RELATION
PUBLIQUE

Christine Deviers-Joncour

RELATION PUBLIQUE

roman

Le Grand Livre du Mois

Mitteux ; 81 à 88 . 88 à 95 Mai
dcd 1/96

ARÈS vente armement

C d J mère (Catherine)

Samanta fille

Alex écrivain et amant des 2

Magot astrologue Let homme politique

Hervé Journaliste à l'indépendant
et ami

Varlot éditeur d'alex

Maréchal homme politique (président
ou ministre)

Levert édgar homme d'affaire impot
chez Arès thecnologie

Sebastien mari de Catherine.

Note de l'auteur

Naturellement, aucune confusion n'est permise ni possible entre les personnages et les situations de ce roman – imaginaires, comme il va de soi – et la réalité*.

C. D-J.

et antiquaire carréras président

* Le Groupe ARÈS, coté en bourse au second marché, éditeur de logiciels, intégrateur et prestataire de services en informatique, est autorisé, suite à l'intervention de maître Cédric SEGUIN et maître Olivier BARATELLI, avocats, à préciser qu'il n'existe aucun lien entre lui et le groupe d'armement ARÈS ou ARÈS TECHNOLOGIES mentionné dans l'ouvrage *Relation publique* de Mme DEVIERS-JONCOUR, qui est le pur produit de l'imagination de l'auteur.

Tarkos : politique conseiller d'état mari de maquerelle

Marencourt : politique

Savini : 1er ministre

« Comme toujours, si vous étiez arrêté ou tué – vous ou quelqu'un de votre équipe –, nous nierions avoir eu connaissance de vos agissements. Cet enregistrement s'autodétruira dans cinq secondes. Bonne chance, Jim ! »

Mission impossible.

I

Les persiennes resteront closes, et pas seulement à cause de la chaleur.

Par les fenêtres ouvertes du bureau obscur, les bruits de la ville engourdissent l'imagination d'Alex. Effondré au fond du canapé, il s'est laissé porter tout l'après-midi par les accords de l'ouverture de *Don Giovanni*, que le lecteur de CD rabâche en boucle. Cette ouverture est un mystère que, depuis des années, il n'a pas su élucider. Pour commencer à écrire, il doit d'abord le résoudre.

Il se lève de temps à autre pour noter les images que son esprit est impuissant à retenir. Traces impalpables de souvenirs enfouis.

Il revoit Isabelle, son amie d'autrefois. L'époque lointaine de leurs amours où il pensait que seuls les hommes peuvent basculer dans la passion. D'un seul regard, Isabelle lui avait signifié la sienne, aux accents de cette même musique. Un regard limpide, définitif, qui s'était imprimé en lui.

Alex n'ouvre plus les persiennes. Sur le balcon de la fenêtre jouxtant son grand bureau, il y a un nid d'oiseau. L'œuf est éclos depuis plus d'une semaine déjà. Un pigeonneau frileux s'en est gauchement extirpé. Alex passe des heures à l'observer. Bientôt, il s'élancera. Ce sera le signe que l'histoire va commencer.

Pour l'instant, il est semblable au petit volatile. Stupide, tétanisé, enfoui dans son abri dérisoire, il ne bouge pas. Il sait qu'il peut, qu'il doit lui aussi s'envoler, mais il demeure immobile.

Dans quelques jours, ce sera son anniversaire. Trente-cinq ans pour l'état civil. Mais qui s'en souvient, maintenant ? Il a envie de noter à l'intérieur de sa ceinture, à la manière d'un héros de Stendhal : « Je vais avoir trente-cinq ans ; tout le monde s'en fout. Alex M. »

Dans le miroir de la salle de bains, il voit un visage émacié qui exprime l'effroi. Il se passe la main dans les cheveux : un autoportrait de Géricault. Dans sa tignasse, un cheveu gris. Si seulement c'était une femme qui le regardait... Oui, à cet instant, Alex voudrait entendre une femme lui avouer qu'elle le désire, que son visage est d'une étrange beauté. Aucune femme ne lui a jamais dit qu'il est beau.

Dehors, la fraîcheur du crépuscule a ranimé la ville. Il va falloir passer l'été à Paris, se promener seul dans les ruelles délaissées par les automobiles, s'inventer de nouveaux itinéraires, découvrir des restaurants inconnus, y prendre des habitudes.

Il ira traîner, peut-être, aux terrasses des cafés, engageant la conversation avec de ravissantes esseulées aux jambes nues sous un voile de lin.

Son corps est moite. Le jet glacé qui asperge son crâne le surprend sans le rafraîchir. Il est assis sous la douche, bras croisés, la tête inclinée sur les genoux en attendant que l'eau froide le brûle. Il pense à l'âcre cigarette qu'il allumera plus tard.

Quelle heure est-il donc ?

« Au troisième top, il sera dix-sept heures, quatre minutes, vingt secondes », répond au téléphone la voix de l'horloge parlante.

Encore à Los Angeles, Isabelle ? Alex imagine son ex-amie dans une villa confortable avec ses fils, Mike et Tommy, deux petits Américains qui rentrent de l'école. Alex n'a pas d'enfant, il en ressent le manque, là, dans le bas-ventre, juste au-dessus du sexe, comme une femme. Il pleure. Une seule larme qui coule. Il aurait pu empêcher Isabelle de partir, mais, avec elle, il s'ennuierait trop. En fait, c'est mieux comme ça. Ne plus répondre à ses lettres, ne plus même les ouvrir.

Le courrier s'accumule en vrac sur un coin du bureau : factures de téléphone et d'électricité, carte postale avec vue de Shanghai où Hervé, son vieux complice journaliste, est parti en reportage, invitation à l'Opéra. Tiens : *Don Giovanni* ! Ce soir ? Pourquoi pas. Pour deux personnes. Virginie ? Non, il faudrait souper avec elle après, l'entendre parler des heures durant des vases Ming qu'elle restaure.

Alex étouffe dans cet appartement. A la hâte, il enfile un complet beige, comme s'il avait rendez-vous. Une violente envie de séduire le pousse en avant.

Il se jette sur quelques feuilles vierges, les enfouit dans sa veste.

Après l'Opéra, il s'installera dans un bar du quartier : il écrira.

Fringant, il dévale la rue de Maubeuge encore

baignée d'une chaude lumière. Les citadines sont alanguies comme si elles revenaient de la plage.

Le dôme du palais Garnier est un énorme astronef émergeant des toits avec un Apollon de bronze qui, de sa lyre, défie le Ciel, comme Don Giovanni bientôt. Les premières mesures, si douloureuses, de l'*Ouverture* résonnent encore dans sa tête comme elles résonneront tout à l'heure quand les pendeloques du grand lustre s'effaceront doucement et que la salle frémissante retiendra son souffle.

Rien de plus beau que de dire non, non, encore non, comme Don Juan. Il s'émeut de cette dérisoire fierté qui ouvre les portes de l'Enfer.

Alex traverse à grandes enjambées la place de l'Opéra, gravit les marches de pierre, puis l'imposant escalier de marbre, indifférent au public endimanché qui s'y attarde. Les statues de Gluck et de Lulli semblent le saluer. Tous deux pétrifiés, plume à la main, comme lui.

Alex s'installe à l'orchestre, coincé entre deux douairières américaines et un couple de notables provinciaux.

Son regard s'attarde, comme toujours, sur le plafond de Chagall.

Il essaie de percer du regard le rideau en trompe-l'œil d'avant-scène. Dans quel décor, cette fois, Leporello va-t-il bien pouvoir se plaindre de son maître ?

Alex en a la nausée : tous ces gens immobiles et bavards l'exaspèrent. Heureusement, les lumières s'éteignent peu à peu.

Il est seul enfin avec sa musique, ces lourdes

plaintes éternelles de l'*Ouverture* qui montent des ténèbres.

A l'entracte, pris d'un besoin de boire, de fumer, de marcher pour ranimer son corps ankylosé, il quitte la salle et rejoint le foyer déjà envahi par la foule. Le plancher souple grince sous ses mocassins.

Il imagine un bal, des crinolines.

Les conversations montent comme une rumeur d'océan. Que peuvent bien se dire tous ces gens ?

Dehors, dans les éclats obliques du crépuscule, le lent va-et-vient des automobiles a quelque chose d'irréel.

Alex aspire de larges bouffées dans la galerie du glacier. Deux mille assoiffés se pressent autour du bar octogonal. Les serveurs gardent une impassibilité méprisante en distribuant parcimonieusement les verres.

Son scotch à la main, Alex cherche refuge dans l'embrasure d'une fenêtre. De l'air ! Mais rien à faire : les portes vitrées sont closes, le balcon inaccessible.

A côté de lui, la fille brune aux cheveux coupés a sans doute le même besoin de respirer. Alex n'a pas le temps de l'examiner. Elle est jolie, sûrement.

Elle s'est retournée.

Pourquoi a-t-elle coupé ses cheveux ? Elle vient de quitter un homme, peut-être ? Les femmes coupent souvent leurs cheveux quand elles quittent un homme.

– Vous voyez, dehors il n'y a que des banques. Impossible de s'échapper ! lui glisse Alex avec un sourire.

– Pourquoi voudriez-vous que je m'échappe ? réplique-t-elle.

Ses yeux noirs pétillent de malice.

Alex pense qu'il ne faut pas regarder ses yeux. Juste penser à son corps de liane. Elle s'est habillée pour plaire aux hommes. A n'importe lequel.

La tête légèrement penchée, elle le dévisage avec une insolente curiosité.

Alex rougit. Il est gêné qu'elle se croie désirée, là, sur-le-champ. Il a envie d'elle. Il pourrait l'entraîner sans un mot dans une loge déserte.

La fille a un frisson. A-t-elle deviné cette pensée ? Soudain, elle couvre ses seins comme si elle était nue devant lui. Elle a le visage d'un ange rebelle. Des mains trop longues. Vingt ans, tout au plus.

Elle hésite, le scrute un moment, se détourne. Va-t-elle disparaître ?

Alex s'approche, plonge dans son parfum, lui prend la main. Une main glacée.

Il l'attire vers le bar, commande une coupe de champagne, enlace sa taille gracile, la serre contre lui. Le cœur de l'ange palpite. Elle est troublée. La coupe est vidée d'un trait.

– Je m'appelle Sam. Sam, comme Samantha.

– Moi, Alex. Comme Alexandre.

– Et tu es musicien ?

– Non, écrivain !

Elle retourne la main d'Alex pour en examiner la paume.

– Pourtant, tu as des mains de musicien.

– Parfois, je me dis que la musique, ce serait plus facile que les mots. Mais je sais que j'ai tort. C'est pour ça que je ne suis pas musicien.

– En ce moment, tu écris ?

– J'écris tout le temps. Les mots, quand on écrit, c'est juste la dernière étape.

La jeune fille semble réfléchir, puis, brusquement, colle ses lèvres sur celles d'Alex, glisse lentement sa langue dans sa bouche.

– Même quand on t'embrasse, tu écris ?

Alex est sous le choc de cette initiative imprévue.

– Là, bafouille-t-il, j'avoue que les mots me manquent.

La sonnerie invite le public à reprendre place. Ce baiser n'a pas de sens. Sam va disparaître.

– Tu me suis ? fait-elle.

– Où ça ?

– Dans un endroit où personne ne pose de questions. Surtout pas les inconnus.

Elle se faufile, espiègle, parmi les spectateurs qui refluent dans la galerie. Alex s'étonne de marcher docilement derrière elle. Sa robe courte, noire comme ses bas, épouse les mouvements de sa silhouette déliée. Elle porte des escarpins à talon qui accentuent sa taille élancée. Ses bras et son dos sont nus. De temps en temps, elle se retourne pour s'assurer qu'il est toujours là.

Dans la galerie des premières loges, elle tire une porte entrebâillée.

Sous les pieds d'Alex, la moquette écarlate est moelleuse.

Une loge immense tapissée d'un damas rouge. Cinq chaises vides.

Au fond, une femme est accoudée rêveusement au balcon de velours. Habillée comme Sam. Brune comme elle, mais les cheveux plus longs : une masse souple, épaisse et bouclée. Sa sœur ?

La femme esquisse un sourire lumineux et désarmant.

– Catherine, je te présente Alex, un ami écrivain.

– Enchanté, Mademoiselle ! lance le jeune homme.

– C'est ma mère, corrige Sam.

Catherine répond à la méprise d'Alex en lui tendant la main avec grâce. Il la porte à ses lèvres en s'inclinant et bredouille :

– Pardonnez-moi, Madame, je...

– A cause de notre ressemblance, on nous prend souvent pour des sœurs. J'espère que ça va durer ! Vous êtes évidemment pardonné. Appelez-moi Catherine et restez avec nous ! Nous avons de la place. A moins que vous ne soyez pas seul ?

– Je ne voudrais pas abuser...

– Mais non. Profitez de vous être retrouvés ! L'Opéra est comme un village. On est sûr d'y croiser des visages familiers. Pas seulement d'amis, d'ailleurs...

– En fait..., commence l'écrivain.

Sam l'interrompt :

– Alex veut dire que nous nous sommes rencontrés tout récemment. Au foyer, il y a cinq minutes.

– Cinq minutes ou cinq ans, qu'est-ce que ça change ? soupire Catherine. On ne sait jamais grand-chose les uns des autres ; c'est sans doute préférable.

– En tout cas, dit-il, je vous remercie pour cette hospitalité inattendue... Catherine...

Sam fait asseoir Alex entre sa mère et elle. Il ressent quelque gêne à se retrouver ainsi au milieu de deux femmes d'une grâce également redoutable.

Il s'interroge : quelle est la plus séduisante des deux ?

– Quel genre de livres écrivez-vous, Alex ? demande Catherine.

– Je suis au début d'un troisième roman.

– Qui vous publie ?

– Varlot.

– Un vieil ami. Vous êtes dans une bonne maison. Et votre sujet ?

– L'Opéra, Don Juan... Sam et vous, peut-être.

– C'est ici que vous trouvez l'inspiration ?

– Je ne cherchais que la fraîcheur.

Sam a pris la main d'Alex comme si elle éprouvait de la jalousie à l'idée que Catherine puisse accaparer son attention.

La jeune femme a aussitôt remarqué le geste de sa fille, et détourne la tête en ébauchant un nouveau sourire, dans l'attente de l'acte à venir.

Alex ne peut s'empêcher de lui lancer des regards à la dérobée, avec ce malaise qu'un homme ressent lorsque, en compagnie d'une amie, il est tenté malgré lui de se retourner sur la beauté d'une passante.

– Elle est jolie, n'est-ce pas ? murmure Sam à l'oreille d'Alex, tout en posant la tête sur son épaule.

– Secret de famille, je suppose, répond-il.

– Tu préfères les jeunes filles ou les femmes mûres ? chuchote-t-elle encore.

– J'ai, comme toi, un faible pour les êtres de rencontre qui ne posent pas des questions pareilles.

Les lumières se sont à nouveau éteintes. Sam profite de l'obscurité pour caresser la cuisse d'Alex en remontant assez haut pour vérifier si son audace lui produit de l'effet : c'est le cas.

La musique le dispense d'avoir à poursuivre la conversation. Que dire de plus ? La mère et la fille sont trop complices pour n'être pas rivales. Sam a agi avec une perversité manifeste en le plaçant dans cette situation. Ont-elles l'habitude de se partager ou de se disputer leurs amants ?

Il décide de prendre la jeune audacieuse à son propre jeu. Sa main remonte doucement la jambe de Sam jusqu'à la naissance des bas.

Sa peau apparaît comme une douce surprise, à l'instant précis où, sur la scène, Don Giovanni donne la sérénade :

Tu ch'hai la bocca dolce, più del miele

Le rideau ne se relève plus. Les applaudissements ont fait place aux murmures.

– Accepteriez-vous de souper avec moi ? demande Alex à ses deux nouvelles amies.

– Venez plutôt dîner à la maison, ce sera plus sympathique pour faire mieux connaissance ! répond Catherine.

– Maintenant ?

– Maintenant ! ordonne Samantha.

Il se glisse à l'arrière de l'Aston Martin noire. Pour conduire, Catherine chausse des lunettes d'écaille qui masquent mal les brûlures que son regard inflige. Afin de rester dans le ton de la soirée, sur le lecteur de CD elle remet l'*Ouverture* si chère à Alex.

La place de la Concorde brille de tous ses feux.

La voiture de sport glisse sur les quais jusqu'à l'Alma, puis remonte rapidement l'avenue du Président-Wilson. Les pneus crissent sur la place du Trocadéro tandis que Sam, derrière le siège de cuir, cherche furtivement la main du jeune homme. Catherine prend l'avenue Georges-Mandel dont les immeubles cossus semblent perpétuer l'atmosphère du palais Garnier.

Le hall de marbre de l'immeuble est orné de colonnades, de cariatides, de lustres en bronze.

Alex n'est pas étonné que Catherine évolue avec le plus grand naturel dans un tel décor. Pour Sam, c'est plus surprenant.

Dans l'ascenseur, il se tait. Mère et fille échangent sourires et regards de connivence.

– On reste chez toi ou on monte ? demande Sam à sa mère.

– Laissons Alex décider ! propose Catherine.

– Je n'ai pas de préjugés, répond-il.

– Vous avez pourtant le choix : deux femmes, deux générations, deux styles. Chez moi, c'est plus classique. Sam est différente.

– On commence chez toi, alors ! tranche Sam.

Alex s'installe au fond d'un canapé blanc dans un immense salon d'un raffinement peu commun. Il remarque d'abord les statuettes égyptiennes et chinoises disséminées sur les cheminées et les guéridons. Puis son regard se perd dans les aplats des toiles, pour la plupart contemporaines, qui couvrent les murs.

En glissant une main sous la chemise d'Alex, la jeune fille se niche tout contre lui cependant que Catherine disparaît dans un interminable corridor.

Sam embrasse fiévreusement son ami sur la bouche, le caresse jusqu'à ce que sa mère réapparaisse, cinq minutes plus tard, avec des verres et du whisky.

– Vous habitez un bien bel endroit, dit Alex à Catherine.

– Un peu austère, tout de même ! Le quartier n'est pas très animé, mais je cherchais deux appartements dans le même immeuble. C'est mon côté mère poule. Ne vous fiez pas aux apparences ! Ici, c'est ce que j'ai trouvé de mieux. Sam habite juste au-dessus. Elle vit sa vie. Moi, la mienne.

– Une petite vie d'étudiante, corrige Sam en s'enfonçant voluptueusement dans les coussins.

– C'est ça ! Fais-toi passer auprès de ton ami pour une jeune fille modèle ! jette sèchement Catherine.

– Je t'en prie ! Pas ce soir ! proteste Sam en lui jetant un regard furibond.

– Alors, convenons que ton échec aux examens était imprévisible ! Que ça n'a rien à voir avec tes aventures nocturnes !

– J'aime la nuit. C'est de mon âge. Ce que je fais, tu l'as fait autrefois. Et puis, ces cours à l'école du Louvre n'ont rien à voir avec mes projets, finalement.

– La vérité est que, sans efforts, tu as toujours obtenu ce que tu voulais. Pour la première fois, quelque chose te résiste. Il faudra t'y habituer, ma petite fille. C'est toi qui as choisi de t'inscrire à ces cours ; pour l'instant, c'est un échec. Tiens, tu devrais en discuter avec ton cher Magot !

Sam se lève brusquement et s'écrie :

– Excuse-moi, Catherine, mais je n'ai plus faim ! Je crois que je vais monter.

– Je suis désolée pour vous, Alex ! regrette Catherine.

– Ce n'est pas grave. Au reste, il est tard et j'avais prévu de passer la soirée à écrire. Nous dînerons une autre fois.

Sur le palier, Alex ne sait vraiment pas quoi dire pour apaiser la colère qui fait trembler la jeune fille :

– Je regrette d'avoir assisté à cette dispute. Sans le vouloir, je l'ai peut-être même un peu provoquée.

– Tu n'y es pour rien ! répond Sam. On a l'habitude de s'embrouiller. Surtout quand un gadjo passe dans notre bac à sable !

– Je dois rentrer maintenant.

– Le problème est que tu n'en as aucune envie. Et tu sais que je le sais !

Alex sourit. Le corps tiède de Sam l'attire. Elle lui prend la main et l'entraîne à l'étage supérieur.

L'appartement est moins grand. Des murs nus et blancs. Presque pas de meubles.

Sam jette négligemment ses escarpins, baisse les lumières, met la chaîne en marche : *The Wall of VooDoo*.

Du tiroir d'un bureau elle sort du papier à cigarettes et prépare un joint avec une dextérité d'habituée.

Sans pudeur, elle fait glisser ses bas, sa robe, ses sous-vêtements, et commence à fumer tout en dansant. Elle se rapproche d'Alex pour se faire admirer.

– Tu me trouves comment ?

– Désespérée, déroutante, désirable.

Assise à califourchon sur les genoux du jeune homme, elle promène ses doigts sur son torse et son cou.

– Qui est Magot ? demande Alex.

– Mon astrologue, si tu veux vraiment savoir. Mais c'est bien la dernière fois que je réponds à tes questions.

Puis elle le soumet à tous ses caprices.

II

Alex est resté seul à la table. Il se demande vraiment ce qu'il est venu faire dans cette discothèque surpeuplée.

Sam s'exhibe sur la piste de danse. Elle se laisse approcher par les hommes, mais les repousse lorsqu'ils font mine de la toucher. Elle a bu. Du vin, surtout du champagne. Cependant, son exubérance ne s'explique pas seulement par l'ivresse.

Pour s'occuper, Alex observe les clients, les autres filles ; mais Sam le surveille.

Il a eu tort de sourire à cette blonde assise tout près. Sam revient en bousculant les tables. Un verre tombe et se casse. La fille s'en offusque. Alors, Sam brise d'autres verres, avec méthode, aux pieds de la midinette terrorisée.

Qui ne connaît pas Sam dans cette boîte ? Elle sait qu'elle peut se livrer à toutes les excentricités. Tout le monde est au courant, apparemment.

Alex a du mal à la convaincre de partir. En fait, il voulait un dîner intime, puis la ramener chez lui, retrouver ce corps qui l'obsède depuis la soirée à l'Opéra.

Sam ne voit plus sa veste. Croyant qu'on la lui a volée, elle injurie la terre entière.

Elle titube au milieu de la rue. Elle est magnifique dans ce laisser-aller. Alex se demande ce qui arriverait s'il n'était pas là.

– Tu passes toutes tes nuits comme ça ? demande-t-il.

Elle hurle :

– Qu'est-ce que tu en as à secouer ? Tu n'es pas mon père, ni mon mari, à peine mon amant ! Pourquoi tu ne m'as pas laissée là-bas ?

– Parce que ce n'est pas ta place. Tu vaux mieux que ça. Et je sais que tu le sais.

– Et elle est où, ma place ? Chez Catherine ? Elle qui donne de grandes leçons. Mais tu sais qui c'est, ma mère ? Tu le sais, au moins ?

– Arrête, Sam ! Tout ça ne me regarde pas.

– Bien sûr, tu ne veux rien entendre. Tu te fous de ma vie, de mes problèmes. Tout ce qui te branches, c'est de me niquer et de me reniquer !

– Oui, j'ai envie de te baiser, de te baiser et de te baiser encore ! Mais ce qui semble t'échapper, c'est qu'à chaque fois c'est différent, que je n'ai pas envie d'une autre, et que je n'ai pas envie non plus que ce soit un autre qui te baise ce soir !

– Tu es jaloux ?

– Et toi ?

– Réponds à ma question !

– Sinon ?

– Sinon je te plante là et je vais me faire ken par le premier baltringue, le premier chalala qui passe !

– Si tu ne savais pas que je suis jaloux, tu ne te livrerais pas à ce chantage lamentable.

– Alors, tu me kiffes un peu ?

– Il n'y a que les déclarations de revenus qui soient obligatoires.

– Dis-moi que tu m'aimes, Alex !

– Sinon, tu te fous à poil au milieu de la rue ?

– Exactement ! Je me découenne séance tenante !

– Alors découenne-toi ! Bonne nuit !

Furieux, Alex s'éloigne sans se retourner. Il essaie de se persuader qu'il y a d'autres filles comme Sam. Mais ses jambes s'engourdissent.

Il a mal. Il repense à Isabelle. Il se dit qu'il est ivre, lui aussi.

S'il s'arrête, c'est juste pour allumer une cigarette. De toute façon, Sam a dû redescendre dans la boîte, maintenant. Il ne la reverra plus. Il ne reverra plus Catherine.

A cette idée, il fait brusquement volte-face.

Sam n'a pas bougé. Elle s'est assise en bordure du caniveau.

Il se penche au-dessus d'elle, et la relève doucement en glissant ses mains sous ses aisselles. Elle est inerte.

Dans le taxi, Alex se demande si ce n'est pas pour revoir Catherine qu'il est revenu sur ses pas la chercher.

Il a couché Sam sur le canapé de son bureau, rue de Maubeuge.

Les premières lumières du matin filtrent à peine, à travers les volets.

Alex n'a pas dormi. Il a essayé de comprendre quel genre de relation il pourra bien entretenir avec une fille pareille qui l'entraîne, nuit après nuit, dans un tourbillon incompréhensible. Et dans ce tourbillon, il ne cesse d'entrevoir Catherine. Il surprend chez les deux femmes des attitudes, des intonations comparables. Il épie des ressemblances. Catherine dort-elle aussi en serrant son pouce entre ses doigts, comme un enfant ?

Sam ouvre les yeux.

– Quelle heure est-il ? demande-t-elle en bâillant.

– Je ne sais pas. C'est le matin. Tu as dû dormir deux ou trois heures. Je t'ai posée là et n'ai pas osé te porter dans ma chambre, de peur de te réveiller.

– J'ai dû te gaver la tête, hier soir, non ?

– Tu ne te souviens de rien ?

– Je me souviens d'avoir dîné avec toi, d'être allée ensuite dans cette boîte. Je me suis dépouillée grave. J'ai dû raconter plein de conneries ?

– Tu as cassé des verres, engueulé tout le monde, après quoi tu t'en es prise à moi et tu m'as fait du chantage pour que je te dise que je t'aime.

– Et qu'est-ce que tu as répondu ?

– J'ai beaucoup bu, moi aussi. Je ne me souviens pas très bien.

– Arrête de me bluffer !

– Qu'est-ce que ça change ? Ce ne sont que des mots. Les mots tombent tôt ou tard dans l'oubli, ou bien ils n'ont plus le même sens. Je me rappelle que tu as parlé de Catherine. Tu semblais lui en vouloir...

– Elle est trop dans ma vie. Je suis complètement addict ! Ce serait mieux si je me tirais la route un bon coup.

– Ça ne tient qu'à toi.

– Il faudrait que je bosse, et le seul taf que je me sente capable de faire ne me permettrait pas de vivre décemment.

– Tu voudrais peindre, c'est ça ?

– Comment tu sais ?

– J'ai vu des toiles dans ton appartement ; j'ai tout de suite pensé qu'elles étaient de toi.

– Parce que c'est de la pignoche ? Tu penses que ça ne vaut rien ?

– Il n'y a rien de maladroit dans ta peinture. Au contraire, je trouve ça très cohérent, très construit. Un peu violent, peut-être, mais ça n'est pas fait pour me déplaire. Non, les sensations que j'ai éprouvées en regardant tes toiles étaient comparables à ce que je ressens au cours de nos conversations. Tu devrais continuer.

Sam s'est levée d'un bond :

– Où est la salle de bains ? J'ai besoin d'une douche. Après, je dois rentrer.

– J'ai dit quelque chose de mal ?

– Mais non ! Arrête de me tirer !

Elle s'est enfermée. Alex est inquiet. Il croit entendre des sanglots, frappe à la porte.

– Mais, putain, tu vas me lâcher un peu les yocs ? Je commence à fissurer, à la fin !

– Ouvre-moi, je t'en prie, ou explique-moi au moins ce que j'ai fait de mal ! Je te l'ai dit : j'adore ta peinture.

– Ce n'est pas moi qui les ai barbouillés, ces putains de cadres !

– Et alors ? Ce n'est pas grave. Ce n'est pas une raison pour bouder.

– Garde tes compliments pour ma mère ! Les

toiles sont les siennes. Maintenant que tu le sais, tu pourras taper la flambe quand tu la verras. Tu pourras même la sauter, puisque tu as tellement la barre avec elle !

– Mais tu es folle !

– C'est ça, je suis folle ! Eh bien oui, je suis folle ! Ma mère me le dit assez, elle aussi, que je suis folle !

– Sam, ouvre cette porte !

– Pourquoi j'ouvrirais ? Les barjos, il faut toujours qu'ils soient bouclés, non ? Alors va te faire mordre !

– Ce n'est pas ce que je voulais dire, tu le sais bien.

– Tout ce que je sais, c'est que tu ne m'aimes pas, que tu es comme les autres. Et moi, j'ai besoin qu'on m'aime !

Alex entend du verre qui se brise. Il enfonce alors la porte.

Elle est assise à même le carrelage. Elle sanglote.

Pour la consoler, il lui dira tout ce qu'elle veut.

III

Alex dort maintenant toutes les nuits chez Sam. Finalement, c'est mieux que de la faire venir chez lui. Mais il arrive tard, et repart aussi très tôt le matin. En fait, il ne supporterait peut-être pas de passer une journée entière avec elle.

Il n'écrit plus. Il dîne seul aux terrasses des restaurants. Il mange trop. Boit trop de vin. Puis traîne de bar en bar, pour admirer sans envie le corps bronzé des starlettes revenues d'Ibiza ou de Saint-Tropez. Il espère vaguement que l'une d'elles lui sourira, qu'il se laissera entraîner et oubliera dans ses bras l'avenue Georges-Mandel. Mais la fille aura beau lui sourire, il ne la verra pas, ou bien fera semblant de ne pas la voir.

Quand Paris s'éteint, que les derniers bars se vident, il trouve toujours une bonne raison pour s'effondrer dans le taxi qui attend pour le déposer immanquablement à l'endroit convenu : avenue Georges-Mandel.

Certains soirs, Alex se demande s'il est même vraiment nécessaire de donner l'adresse : tout le monde doit être au courant.

Au milieu de l'avenue silencieuse, la façade de pierre se détache une nouvelle fois, impassible et mystérieuse. Alex les connaît par cœur, ces colonnes, ces cariatides, ces mascarons.

Après tout, il est seul et n'a rien de mieux à faire. Et puis, Sam doit l'attendre, même s'il ne lui a pas dit qu'il viendrait. Il n'a rien besoin de lui dire puisqu'il est là chaque nuit.

Il s'est habitué à cette chaleur apaisante qui le protège du monde, à ces gestes tendres qui le rassurent. Il n'a jamais rien à demander. Elle lui offre tout ce que les autres ne lui ont jamais donné. Elle sait mieux que personne éveiller son désir, quand elle ne l'a pas deviné.

Sam s'est quelque peu assagie. C'est Alex qui est souvent ivre lorsqu'il arrive chez elle, et il ne fait pas beaucoup d'efforts pour le cacher. Il ne sait plus garder le silence. C'est peut-être pour cela qu'il lui parle d'amour. L'amour, ils le font toutes les nuits. Et donc toutes les nuits il lui dit qu'il l'aime. C'est ce qu'elle voulait. Mais elle ne le croit sûrement pas. Il a l'air trop triste.

Alex ne s'est jamais réfugié aussi souvent dans le corps d'une même femme.

Il n'aime pas sonner à l'interphone, peut-être de peur de se tromper : S. K. ou C. K. ? Quand on a bu, on peut toujours faire une fausse manœuvre. Il préfère l'appeler sur son portable. Elle répond toujours avec douceur, d'une voix ensommeillée.

Nue, elle lui ouvre la porte, puis se cache un peu derrière pour qu'il la cherche à tâtons et la découvre dans l'obscurité.

Parfois elle se poste pour l'attendre devant l'ascenseur. La nuit, tout est permis. Il découvre d'abord ses pieds, puis remonte le long de son corps, jusqu'au soubresaut qui marque l'arrêt de la cage au quatrième.

Elle l'attend. Elle ne pose jamais de questions. Elle l'écoute. Même quand ils ne font pas l'amour, Alex a tant de choses à lui dire. C'est peut-être pour cette raison qu'il n'écrit plus. Maintenant, toutes ses histoires sont pour elle.

Il lui parle quelquefois de ses livres. Elle les a lus sans faire de commentaires, sans jamais lui demander qui étaient ses héroïnes.

Ce soir, curieusement, Sam n'a pas répondu au téléphone. Alex n'ose pas l'appeler sur son portable. Il ne peut pas non plus l'attendre dans le hall. Ce serait ridicule. Et puis, il risquerait d'y croiser Catherine.

Il s'est assis sur un banc de l'avenue.

Juste devant l'immeuble, garée sur le trottoir, une voiture sombre bien astiquée, avec un chauffeur qui attend au volant. Il doit y avoir quelqu'un d'autre assis à côté du chauffeur.

Vers une heure, une silhouette s'échappe furtivement du porche de l'immeuble. Un homme. Alex le distingue mal. Par coquetterie, il ne porte jamais ses lunettes, sauf pour écrire.

L'homme a l'air âgé. Il s'est engouffré dans la voiture. Il devait descendre de chez Catherine. D'ailleurs, le troisième étage est éclairé. Alex l'a évidemment remarqué.

Il a attendu Sam. Longtemps. Jusqu'à la dernière cigarette et même bien au-delà. Jusqu'à quatre heures du matin. Il ne peut lui reprocher son absence. Plusieurs fois, elle lui a proposé de prendre un double des clés. Il a toujours refusé.

Ce serait un aveu, voire un engagement qu'il écarte !

Un taxi s'est arrêté. Sam en descend et vacille. Alex se précipite pour la prendre dans ses bras. Elle a un sourire bizarre. Son parfum est étrange : le parfum d'un autre. Ce soir, il ne la touchera pas. Il l'imagine dans les bras d'un inconnu tout en repensant à la vision fugace de l'homme âgé sorti de chez Catherine.

Alex essaie de repousser cette souffrance inattendue qui l'investit. Après tout, il lui est bien arrivé d'aller avec une femme et de penser à une autre. Mais il n'en aimait alors aucune. Serait-il tellement attaché à Samantha ? Peut-être.

Une phrase lui revient, qu'il répète machinalement : « L'homme est né pour le plaisir, il le sent : il n'en faut point d'autre preuve. Mais bien souvent il sent la passion dans son cœur sans savoir par où elle a commencé. » Pascal, sans doute ?

Et Sam ? Si elle est allée avec un autre homme, c'est qu'elle est amoureuse de lui. Comment une femme pourrait-elle s'ouvrir sans aimer un peu ? Le plaisir d'une femme, c'est de s'abandonner, donc de faire confiance. Pour ça, il faut de l'amour.

Alex refuse de toutes ses forces qu'elle ait pu accepter le corps d'un autre, recueillir la semence d'un autre.

Il imagine la jalousie de Sam. Il a peine à croire que ce serait la même chose que ce qu'il éprouve à cet instant. Serait-elle jalouse de cet Alex qui désirerait un autre corps, ou de cette inconnue qui s'abandonnerait comme elle ?

De toute façon, ce soir, il ne pourra pas la toucher.

Et cette ombre furtive ? Cette voiture qui a démarré en trombe dans l'avenue Georges-Mandel ? Il pense à Catherine : a-t-elle le même corps que Sam ? Oui, sûrement.

Il essaie de chasser les pensées confuses qui l'assaillent. Non, si Catherine le préoccupe, c'est seulement parce qu'il a vu ce vieil homme sortir de chez elle. Rien de plus.

Sam ne dort pas. Elle est nue, étendue à son côté sur le lit japonais.

Lui a gardé ses vêtements.

Elle attend qu'il la touche. Elle tremble. De désir ou de rage ?

Alex contemple ce corps magnifique : cette poitrine qui se soulève, ces jambes qui se replient. Il les imagine de marbre, étudie leur galbe parfait de statue grecque. Cette peau délicate, laiteuse, qui rayonne comme un astre dans la pénombre, il la caresse, mais seulement du regard. Il s'émerveille, mais ne peut toucher. Pourtant, il le doit. Sinon que ferait-il sur ce lit, allongé lui aussi ? Cela n'aurait aucun sens. N'importe quel homme serait déjà venu sur Sam.

Il ferme les yeux, quête d'autres images, d'autres souvenirs qui puissent l'inspirer un peu. Le premier baiser à l'Opéra. Les longues jambes de Sam perchées sur ces talons trop hauts. Ses seins lourds qui se balancent pendant l'amour... Mais non, Sam a de petits seins. Serait-ce donc à Catherine qu'il pense ? Serait-ce Catherine qu'il veut ?

Alors le désir lui vient enfin.

S'il caresse les seins et le ventre de Sam, c'est à Catherine qu'il songe. Il le sait, maintenant. C'est Catherine qu'il va prendre, pas Sam.

– Mais pourquoi te forcer ? s'écrie la jeune fille avec dépit. Tes gestes, c'est de la piperie ! Je sais bien que je ne te fais pas bander.

Lâchement, Alex comprend qu'il ne peut s'en tirer que par une scène.

– Et toi, riposte-t-il avec une cruauté qui le surprend, tu es sûre d'avoir encore envie ?

– Encore ? Je ne comprends pas.

– Mais si, tu comprends fort bien ! Tu étais dans un autre lit il y a moins d'une heure. Tu as pris les mêmes poses. Tu t'es laissé frôler. Tu as pris le sexe d'un homme dans ta main, dans ta bouche, dans ton ventre, dans ton cul. Tu y as même trouvé beaucoup de plaisir. Ça ne me gêne pas, mais ça me dégoûte. Tu ne peux pas savoir à quel point !

– Tu es flashé, Alex ! fait Sam, terrorisée.

– Pas du tout ! Ta peau est encore imprégnée de l'odeur de cet homme. Je ne sais pas qui c'est, et d'ailleurs je m'en fiche.

Sam s'est relevée, puis agenouillée. Des larmes coulent sur ses joues.

– Je te jure que non ! proteste-t-elle. Je t'ai attendu jusqu'à minuit. Je ne savais pas quoi faire. Je ne supporte pas d'être seule. J'avais envie de bouger, de chalouper. Je suis passée dans la boîte où tu m'as accompagnée l'autre fois. J'ai encore bu du champagne, je me suis un peu bigrée. Il y avait deux ou trois alligators que je connaissais. Ils m'ont payé des coups.

– Tu étais habillée comme une pute, corrige froidement Alex. Alors il t'a pelotée. Tu as ri aux éclats en levant haut ton verre. Il s'est frotté contre toi en dansant. Tu as senti son genou sur ta cuisse. Puis sa queue qui durcissait contre ton ventre. Ça t'a excitée. Tu t'es plaquée sur sa poitrine. Ça t'a excitée davantage. Tu t'es dit que tu avais bien le droit de te faire plaisir. Que ça n'engageait à rien. Que tu étais aussi libre que n'importe qui. Aussi libre qu'un homme. Libre de prendre puis de jeter après usage. Ensuite, tu as sauté dans un taxi. Tu t'es sentie plus détendue. Au retour, tu m'as retrouvé là, qui t'attendais comme un con.

– Tu es délatté total, Alex ! La jalousie te monte au casque. Ça me dépouille !

– Avoue seulement que c'est vrai.

– Si je te disais que c'est vrai, ça changerait quoi ?

– Un peu de franchise me toucherait. Peut-être même que ça m'aiguillonnerait.

Sam essuie ses larmes. Elle a un sursaut d'orgueil :

– Tu n'as pas le droit de me parler comme ça. Et puis, je n'ai pas de comptes à te rendre. Je fais ce que je veux, Alex ! C'est mon cul, c'est ma tête, c'est mon temps, c'est ma vie !

– Tu es incapable d'aimer un homme. C'est pour ça que tu ne seras jamais aimée. Toi aussi, on te jettera. Et quand tu ne feras plus bander personne, tu te rendras compte que dans ta vie, il n'y a rien : que du vide, le néant !

– Tu dois être vraiment flippé pour parler comme ça. Ce ne sont pas tes mots, Alex ! Je ne supporte pas. Ça me fait trop mal.

– Oui, je suis malheureux. Tant mieux, si tu l'as enfin remarqué.

– Je te demande pardon, Alex ! Je croyais que tu t'en battais les couilles. Tu arrives à n'importe quelle heure, tu vides ta gourdasse et puis tu repars au petit matin. Tu ne m'embrasses même plus. Tu crois que c'est une vie ? Moi, je ne te demande jamais où tu vas, d'où tu viens, à quoi tu penses.

– Tu vois que c'est vrai, que je ne suis pas fou !

– OK. J'ai retrouvé Magot dans la boîte. Mais vraiment par hasard.

– Bien sûr : par hasard ! Non mais, tu crois que je vais avaler ça ?

– C'est pourtant la vérité.

– *E gumnè aléthéia* !

– Quoi ?

– La vérité toute nue ! C'est du grec.

– Hé, le dico ! Tu arrêtes un peu de faire style ?

– J'aurais préféré que tu me mentes.

– Je ne sais pas quoi te dire, Alex.

– Tu as couché avec lui ? C'est ça ?

– Il m'a ramenée dans son traquenard. J'étais déjà fracasse. Je savais bien ce qu'il voulait. Je l'ai suivi. Je croyais que tu étais avec une gazelle, que tu ne pensais pas à moi. Une fois dans son donjon, il m'a demandé de me déloquer.

– Arrête, Sam !

– Je ne vais pas te balancer des tailles, puisque tu veux savoir. Je lui ai dit que je ne pouvais pas. Il m'a demandé pourquoi. J'ai répondu que je bandais pour un mec. Que j'étais morgane à en crever.

– Tu mens !

– Je lui ai dit que le keum, lui, ne m'aimait pas. Mais que ça m'était égal. Que je ne serais qu'à lui. Rien qu'à lui. Chaque fois qu'il voudrait bien de moi.

– Ce n'est pas vrai !

– Magot a fait un coup de calcaire. Il a appelé

un tacmard. Il m'a bouquée la semaine prochaine pour m'annoncer ce que les astres en pensent. Il m'a dit que tu allais me dézinguer. Tout ce qui m'importe, c'est que tu sois heureux !

Alex l'a serrée dans ses bras. Elle a fini par s'endormir. Il a recouvert son corps.

Puis il s'est levé doucement, pour ne pas la réveiller.

Il n'a pas pris l'ascenseur. Il a choisi l'escalier. Il s'est arrêté sur le palier du troisième.

Il est resté longtemps, le cœur battant. Il a failli sonner. Mais il a préféré disparaître au bout de la nuit.

IV

Depuis sa rencontre avec Sam, Alex a délaissé ses amis. Les messages de quelques aficionados se sont amoncelés sur le répondeur.

Il vit au jour le jour. Se servir d'un agenda ? Non : la perspective d'une journée balisée même d'un seul rendez-vous l'épouvante.

Aujourd'hui, il se sent de plus en plus incapable de prévoir un déjeuner, ou seulement de soutenir une conversation banale.

Pourtant, la solitude lui a toujours pesé.

Au début, l'idée de passer l'été à Paris pour travailler lui est apparue comme une insupportable pénitence.

Malgré le tirage relativement faible de son second roman, quelques articles louangeurs lui ont valu suffisamment de crédit pour que Varlot, l'éditeur, lui laisse carte blanche. Le sujet du prochain livre importe peu. C'est le ton qui a plu.

Bien qu'il ait la réputation d'être intraitable en affaires, Varlot a versé à Alex assez d'argent pour qu'il puisse envisager les mois à venir avec une insouciance à laquelle il n'est pas habitué. Ça l'effraie même un peu.

A cause d'un vers de Virgile resté gravé dans sa mémoire, il a vaguement songé à un voyage dans l'île de Ténédos. Ça lui rappelle l'époque où il avait senti que rien ne pourrait jamais se comparer à la jouissance mêlée de trouble que vous devez éprouver en surprenant dans l'autobus une belle indifférente plongée dans votre roman. C'était à Henri-IV. Alex avait dix-huit ans.

Mais l'été n'est sûrement pas la meilleure saison pour se rendre à Ténédos. Et puis, à la vérité, Alex n'aime pas les voyages. Surtout pas en solitaire.

D'ailleurs, Sam n'est sans doute pas prête à accepter une escapade qu'elle n'aurait pas décidée. Après ses examens, à l'automne, peut-être.

Alex se figure un ciel d'orage tourmenté de bleu-gris et de jaunes. Sam ferait la moue parce qu'il n'y aurait pas de soleil, parce qu'elle regretterait Paris en se voyant perdue à bord de ce rafiot déglingué. Mais, soudain, on apercevrait Ténédos...

Il est tiré de sa rêverie par la plainte aigrelette du téléphone. Il voit alors qu'il tourne en rond dans son bureau comme ces félins malodorants que son père l'emmenait visiter le jeudi après-midi, au zoo de Vincennes.

De toute façon, il ne lui reste plus de cigarettes.

Sur l'écran à cristaux liquides du téléphone, ce n'est pas le numéro de Sam, désormais familier, mais le mot « anonyme » qui s'affiche.

Alex se souvient d'Ulysse qui se faisait quelquefois appeler « Personne », parce qu'on le disait rusé.

Cet anonyme-là va l'entraîner, sait-on jamais, dans une équipée imprévue. A Ténédos ? Pourquoi pas.

– Eh bien, dis donc, Alex, je commençais vraiment à déprimer ! soupire familièrement une voix mâle dans le haut-parleur.

L'anonyme n'est autre qu'Hervé. Un prénom auquel Alex, depuis plus de vingt ans, n'arrive guère à s'habituer, pensant qu'il s'accorde difficilement aux mèches blondes et au visage poupin de son ami.

Alex l'a connu à Verdonne, le petit village où ils passaient tous deux leurs vacances, à quelques kilomètres de Reims.

Hervé Antoine faisait l'admiration des adolescentes verdonnoises au point qu'Alex, peu sûr de lui, en avait conçu de l'ombrage. D'autant plus qu'Hervé jouait adroitement de la guitare et qu'Alex détestait au plus haut point ces bellâtres à longs cheveux qui vous tombent les filles en moins de deux accords :

Pleased to meet you, hope you guess my name.
But what's puzzling you is the nature of my game...

D'accord, il avait un faux air de Mick Jagger. Mais seulement un faux air.

Non, jamais Alex n'aurait échangé un mot avec Hervé si le blondinet, le premier, ne lui avait témoigné de l'amitié.

Alex l'avait subjugué en lui expliquant que les Stones étaient assez dionysiaques, mais que la voix de Maria (Callas), plus apollinienne, suspendue dans des sphères inaccessibles au vulgaire, faisait beaucoup plus d'effet.

En outre, Alex avait un revers irrésistible quand il montait au filet. Plus tard, ils rivalisèrent souvent, jusqu'à épuisement, sur les courts.

– Je suis encore à l'*Indé,* fait Hervé. On boucle dans dix minutes et après : à nous deux Paris ! Je ne sais pas si tu t'es un peu promené ces derniers temps au Luxembourg, mais la sève monte. Elles se consument dans leurs petites robes transparentes avec des yeux qui brillent. Moi, l'été à Paris, ça me rend tout dingo.

– Et Flo ? Si elle me téléphone, je lui dis comme d'habitude qu'on est ensemble et que tu t'es absenté aux toilettes, c'est ça ?

– Mais on sera vraiment ensemble ce soir, à moins que tu ne m'aies blacklisté !

– Si j'avais dû te blacklister depuis tout ce temps que tu m'emmerdes avec tes histoires de cul, les occasions n'auraient pas manqué, tu sais.

– Alors, le programme ?

– *Smanie implicabili, che m'agitate,* fredonne Alex.

– OK pour l'Opéra, si tu veux, mais, cette fois, j'invite deux en-cas.

– Pas la peine, fait Alex, mystérieux. Nous aurons mieux ce soir. Quelque chose qui te surprendra.

– Du genre ?

– Tu ne me fais donc plus confiance ? Autrefois, tu aurais sauté dans un cab sans poser la moindre question. Mais Monsieur Antoine s'embourgeoise. Bientôt rédac'chef... Agenda très chargé... Injoignable au téléphone... Condescendant avec ses vieux potes... C'est ce que tu nous prépares, dis ?

– Hé, le Prix Nobel, tu arrêtes de me gonfler avec ça ! Je te prends en bas dans une demi-heure.

Alex s'est souvenu que Catherine donnait une fête ce soir-là.

– Mon petit Alex, lui avait-elle glissé, Sam m'a dit que vous étiez un vrai sauvage, mais aucun sauvage ne résiste à Cassandra Misarevitch.

– Misarevitch ? avait rétorqué Alex avec enthousiasme. On dit qu'elle a ébloui tout le monde à la Scala, cet hiver.

– C'est une copine. Elle chantera justement des airs de *Cosi* la semaine prochaine à la maison pour mes happy-few. J'espère que vous en serez. Votre présence m'aiderait à convaincre Sam qu'il existe autre chose que les Chemical Brothers qu'elle écoute toute la journée. Amenez qui vous voulez. Il y aura même un petit dîner après le concert.

– Je ne sais pas si...

– Inutile de confirmer. Sam m'a dit aussi que vous aviez horreur de prévoir quoi que ce soit.

– Elle vous en dit, des choses !

– A vous aussi, j'imagine ? Bon, vous serez le bienvenu, et si on ne vous voit pas, tant pis pour vous !

L'avenue Georges-Mandel baigne dans une curieuse lumière verdâtre que diffusent d'antiques réverbères à travers les feuilles toutes fraîches des marronniers.

Le taxi s'arrête devant le porche haussmannien à colonnes couronné d'une arrogante marquise. Au fil des jours, Alex s'est habitué à cet imposant décorum qui impressionne son ami.

– Les beaux quartiers ! Les boges ! Les blondins ! J'aurais dû m'en douter, s'écrie Hervé, narquois. Au fond, tu as toujours eu un faible pour les jupes plissées, les cheveux au carré et les culottes Petit Bateau, Milord Patachon !

– Là, tu vas être surpris.

– Tu es sûr que je peux me pointer comme ça ? demande Hervé, avec une soudaine inquiétude, en désignant son jean et sa vieille parka d'adolescent attardé.

Alex éclate de rire :

– Hervé Antoine aurait enfin pris conscience des apparences ?

Les deux amis grimpent à pied les trois étages de l'escalier feutré, laissant l'ascenseur à un couple de mélomanes mondains hors d'âge.

Ils se glissent en intrus, sur la pointe des pieds, par la porte entrebâillée.

– Et du beau linge, avec ça ! murmure Hervé, tout excité. Tu m'en cachais, des choses : bravo, Milord !

Catherine s'avance pour accueillir ces étudiants égarés. Elle sourit. Elle est heureuse qu'Alex soit venu.

– Quel plaisir de vous revoir ! s'écrie-t-il en posant ses lèvres sur la main que la jeune femme lui tend coquettement. Je me suis permis d'amener un de mes plus vieux amis, Hervé Antoine, une des meilleures plumes de *L'Indépendant*, et bientôt son rédacteur en chef, à ce qu'on dit.

Engoncé dans sa parka, le journaliste, en rougissant, serre et secoue la main de l'hôtesse.

– Monsieur, je suis une de vos plus fidèles lectrices, et je vous félicite pour le sérieux de vos articles, fait Catherine, amusée. On manque tellement de recul, aujourd'hui. Vos confrères ne recherchent souvent que le sensationnel, et l'on écrit souvent n'importe quoi.

Timide et emprunté, Hervé bafouille :

– Pardonnez ma tenue, Madame. Si seulement Alex m'avait prévenu...

– Ici, on se soucie peu des apparences, vous savez. Tout ce qui compte, c'est la musique.

Catherine s'est éloignée pour accueillir d'autres invités.

Les yeux écarquillés, Hervé murmure à l'oreille de son ami :

– Putain, ce canon ! Une vraie mégatonne !

Les meubles du grand salon ont laissé place à dix rangées de chaises disposées en demi-cercle autour d'un grand Steinway qui attend l'arrivée de la diva.

Des groupes se sont formés dans le salon contigu. On bavarde à mi-voix autour du buffet.

En cherchant Samantha du regard, Alex découvre, stupéfait, son éditeur, Varlot !

D'autres visages lui semblent familiers. Des célébrités du show-business et de la politique mêlées à de vieilles séductrices à la retraite qui, pour suivre leur ténor préféré, traversent les océans en cabine de première classe avec l'argent de maris qu'elles ont tués.

Laetitia Tarkus passe en revue ces troupes dérisoires. Intime de Catherine, la redoutable conseillère du Premier ministre Balzin. Elle aime les hommes, mais ceux-ci ne le lui rendent pas. Catherine a dû souvent forcer les portes de Matignon pour intervenir auprès d'un jeune chargé de mission sur lequel Laetitia avait jeté son dévolu et qui n'osait plus se rendre aux réunions du cabinet de peur d'affronter l'amante insatiable et délaissée. Laetitia Tarkus déteste les infidèles. Elle les châtie sans mesure : lettres anonymes, dénonciations, rien ne lui paraît excessif.

Marencourt, le ministre des Affaires étrangères, en sait quelque chose depuis qu'il a eu l'imprudence de remplacer Laetitia par une présentatrice du Journal télévisé. Sa vie est devenue un enfer. Avant de le punir, Laetitia appelait Catherine cinq fois par jour pour lui demander conseil. Marencourt la rejoignait chaque semaine dans un petit hôtel proche de la place des Victoires, mais jamais il ne se disait amoureux. Laetitia avait supplié Catherine de lui révéler quelque secret infaillible pour garder le ministre dans ses rets. Alors Catherine, lassée, lui avait dicté un texte. Une nouvelle érotique que Laetitia devrait laisser négligemment traîner sur la table de nuit, à portée de main de Marencourt. L'histoire mettait en scène l'arrivée inopinée d'un vigoureux garçon d'étage. L'artifice se révéla fructueux. Mais Laetitia eut le tort de cacher l'œuvre licencieuse chez elle, dans le tiroir secret d'un bureau à mécanisme. Honorable conseiller d'Etat et mari bafoué, Pierre Tarkus, un jour qu'il était plus jaloux qu'à l'ordinaire, s'arma d'un marteau pour mettre au jour, en l'absence de Laetitia, les preuves de son infidélité. Les quatre feuillets s'échappèrent du bureau éventré. Avant l'arrivée de l'ambulance qui devait le transporter d'urgence au service de cardiologie du Val-de-Grâce, Pierre Tarkus eut la force d'appeler Catherine, l'amie de toujours, pour lui conter l'ignoble forfait littéraire de Laetitia.

La Tarkus bavarde avec une sexagénaire longue

et décharnée, couverte de bijoux et maquillée comme une voiture volée. Avec ses cheveux teints en blond platine et ses énormes lunettes, elle semble sortie d'une terrifiante Apocalypse que même Jérôme Bosch n'aurait osé peindre. C'est Manou, ou, si l'on préfère, Germaine Strauss. Débarquée des bordels chics de Casablanca à l'âge de dix-huit ans, elle a mis à profit son incontestable savoir-faire pour monter sa propre entreprise, qu'elle gère depuis un demi-siècle avec une orgueilleuse rigueur. Rien ne saurait l'émouvoir. Sauf le ministre Maréchal qu'elle a rencontré à la fin des années soixante, alors qu'il n'était encore qu'un jeune avocat ambitieux à peine sorti de la conférence du Stage. Il avait entrepris de se lancer dans la politique avec un appétit digne de l'attention qu'il portait au sexe réputé faible. In extremis, Maréchal avait sauvé Manou des griffes d'un inflexible juge d'instruction qui avait eu le mauvais goût de confondre le libre échange du plaisir avec le proxénétisme aggravé. Maréchal ayant la réputation d'aimer l'argent autant que les femmes et les honneurs, le magistrat s'était ému que Manou puisse, avec les maigres ressources dont elle prétendait disposer, régler les honoraires de son pétulant défenseur.

– M'sieur l'juge, aurait-elle répondu avec la gouaille d'Arletty, j'vois pas en quoi ça vous r'garde d'savoir comment que j'le paye !

Si Manou a gardé son accent des faubourgs, elle a perdu sa jeunesse après avoir perdu Maréchal. Mais le non-lieu qu'il avait réussi à lui obtenir a transformé l'amour de la tenancière en une reconnaissance qui se traduit par ces mille attentions que seules une vieille maîtresse ou une mère abusive peuvent prodiguer.

Parvenu aux sommets du pouvoir, Maréchal répond à cet attachement en protégeant le claque de Manou des foudres de la Mondaine. Il ne dédaigne d'ailleurs pas de s'y montrer de temps en temps, en voisin, puisque l'hôtel du ministère jouxte la maison galante. Et il trouve piquant d'y croiser des membres de son cabinet.

Manou ne quitte pas son protecteur. Elle a même réussi à faire nommer un de ses séides aux prestigieuses fonctions de garde du corps. Ainsi reste-t-elle informée des faits et gestes du ministre.

N'est-ce pas pour lui plaire qu'elle s'est initiée à l'opéra, où elle passe désormais pour une incontournable sommité ? A l'occasion des premières et des récitals, elle lui organise des voyages. Elle choisit elle-même à Milan les étoffes des costumes qu'elle lui fera couper à Londres. Elle le conseille sur le choix de ses maîtresses, pour lesquelles elle dévalise la place Vendôme, le faubourg Saint-Honoré et les fleuristes de renom. C'est pour cela que Maréchal passe pour généreux auprès de celles qui ne lui refusent pas leurs faveurs. Généreux ? Du moins au début...

Alex aperçoit Samantha, flanquée d'un petit homme à la calvitie prononcée, au regard insidieux, qui dévisage les invités derrière les verres épais de ses lunettes. Il peut avoir dans les trente-cinq ou quarante ans.

– Bonsoir, Sam ! s'empresse Alex. Je te présente mon ami, Hervé Antoine.

Distante, la jeune fille répond du bout des lèvres.

– Hubert Magot, mon astrologue ! fait-elle en désignant le petit homme. Mon cher Hubert, poursuit-elle en se retournant, je vous présente un des plus fervents admirateurs de ma mère.

Magot a la main moite et le regard fuyant.

– J'espère que tu ne vas pas te friter avec Hubert ! glisse Samantha à l'oreille d'Alex. C'est un mec sensible et brillant, tu sais. Je suis sûre que tu peux te faire pote avec lui.

– Tu as raison, j'adore les illuminés ! répond l'écrivain à voix basse.

Sam prend le large en haussant les épaules, laissant perfidement les deux hommes s'expliquer.

– Ah, c'est donc vous, Alex ! lance Magot avec la componction d'un casuiste du Vatican. Alex Meyer, l'écrivain ! Sam ne cesse de parler de vous.

– Quelle chance vous avez ! Avec moi, quand elle regarde les étoiles, elle est toujours silencieuse.

– Je vois : vous n'aimez guère les astrologues et vous avez bien raison ! fait Magot d'un air complice. Je partage entièrement votre point de vue. D'ailleurs, ce métier n'est pour moi qu'alimentaire. En fait, tout comme vous, mon activité principale est d'écrire. Une activité, hélas, bien peu lucrative. Pour l'instant, naturellement...

Magot s'est emparé d'une coupe de champagne et prend familièrement Alex par la taille en essayant de l'entraîner à l'écart.

– Les vrais talents restent longtemps méconnus, poursuit le devin. C'est vrai que l'astrologie n'est qu'un passe-temps nécessaire pour moi, mais figurez-vous qu'au travers de mes clients, je glane une quantité d'anecdotes incroyables : d'ailleurs, le plus souvent ils ont plus besoin de confier leurs misères que de profiter de ma science. Et comme je n'ai guère d'imagination...

Tandis qu'Alex se demande comment endiguer sa logorrhée, Magot vide d'un trait son verre, puis éclate d'un rire inextinguible et poursuit avec entrain :

– Ha-, ha ! Ne dit-on pas que les malheurs des uns font souvent les beaux jours des autres ? En tout cas, ça me permet d'évacuer mes propres angoisses.

– L'écriture, ou la boule de cristal ?

– Les deux ! Tout cela est lié... Mais je préfère les livres. Ah, le prix Goncourt ! Qui n'en rêve pas ? Même vous, j'en suis certain ! Pour ma part, on me dit que j'ai mes chances. Mais, franchement, le talent n'a pas besoin de cette reconnaissance. Frelaté, tout ça, cher ami ! Croyez-moi !

Alex jette autour de lui un regard désespéré. Samantha a disparu. Il lui faut échapper à tout prix à ce malade.

Catherine surgit à point nommé :

– Alex, venez donc bavarder avec moi. Je vous l'enlève, Magot ! Nous devons parler musique !

Elle l'entraîne dans une antichambre déserte et tendue de bleu pâle.

– Catherine, vous tombez bien ! dit le jeune homme reconnaissant. Cet homme est un fléau !

– Oui, un danger, en tout cas pour ceux qui tombent entre ses mains. Il pratique la manipulation avec plus de talent, je le crains, que l'écriture.

Enfoncée dans les profonds coussins du sofa,

Catherine s'est blottie contre Alex. Il sent la chaleur de sa hanche, les effluves de son parfum.

L'endroit est tranquille. Par la porte entrouverte, on peut observer à loisir les invités qui s'égaillent dans les pièces de réception.

– Pardonnez-moi ! chuchote Catherine. C'est un vrai cirque, ce soir ! Il n'y a pas que Magot ! Alors, essayons d'en rire, voulez-vous ? Voyez, par exemple, cette femme, là-bas, à droite. C'est Béatrice, la sœur de Carreras, le président du Directoire d'Arès Technologies. On ne compte plus ses amants ! Son mari, célèbre antiquaire du quai Voltaire, collectionne les bois de cerf et les dépressions nerveuses. A chacun ses trophées ! Beaucoup d'entregent et de relations ! Au plus haut niveau ! Elle organise des soirées. Un peu spéciales, dit-on. Des gens influents s'y retrouvent et participent, chacun selon sa fantaisie. Elle détiendrait des documents photographiques très compromettants. Certains ministres et hauts fonctionnaires ne peuvent plus rien lui refuser, à présent. Son agenda vaut de l'or. Et je suis sûre qu'elle sait fort bien le vendre !

– A la voir, pourtant, on ne pourrait rien imaginer de pareil, s'étonne Alex.

– Une femme peut en cacher une autre.

Alex se souvient d'un dîner. Rien que des hommes. Hormis une femme en bout de table. Une pièce rapportée, triste et silencieuse. Par politesse, il avait essayé de lier conversation avec elle. Peine perdue. De lieux communs en banalités, il avait renoncé. Mais, au café, elle avait fini par se confier : première de cordée sur l'Everest ! Depuis ce jour, il s'abstient de porter des jugements hâtifs sur les autres, surtout sur les femmes.

– Et qui sont donc ces trois Grâces à gauche du piano ? demande-t-il.

– Jolies, n'est-ce pas ? répond Catherine. Vous avez un œil affûté, mon petit Alex ! La blonde est la première épouse de notre Grand Argentier national. Il vient d'abandonner sa maîtresse. C'est cette femme un peu rondelette, là, à droite. Vous la voyez ? Elle sort d'une terrible dépression. Lorsqu'elle a appris la nouvelle, elle a tenté de se supprimer. A son côté, vous avez l'épouse actuelle, tout de noir vêtue.

Alex paraît surpris.

– Vous savez, continue Catherine, sans l'aide et le soutien des deux autres, elle ne s'en sortait pas !

– Ce sont vraiment les deux épouses qui l'ont aidée ?

– Bien sûr. Le ministre a pris une autre maîtresse, plus jeune. Il lui a fait un enfant. C'est cette naissance qui a rapproché les trois femmes. Elles ont appris à se connaître et à s'apprécier. Elles se voient souvent pour échanger des albums de photos, des souvenirs : « C'était en telle année, tu étais avec lui à Marrakech ! Il m'avait dit qu'il était à Bruxelles à la Commission européenne... » Tantôt elles pleurent, tantôt elles se déchirent, mais elles finissent toujours par rire. Elles lèvent leur verre à leur vie brisée.

– Le ministre a eu des enfants avec ses deux épouses ?

– Oui, avec les deux ! Mais il n'a jamais eu le temps de les regarder. Il ne se souvient pas des anniversaires. Heureusement, les enfants, eux, voient régulièrement leur père... sur le perron de l'Elysée, pour la photo de famille, quand on forme un nouveau gouvernement !

– Vous êtes cynique !

– Mais non, Alex, c'est vous qui êtes naïf. C'est du propre, à votre âge ! Méfiez-vous : vous pourriez m'intéresser !

Catherine se redresse brusquement, s'arrache aux coussins, et se retourne vers le jeune homme, altière, pour le regarder droit dans les yeux.

Il soutient ce regard et cherche sa main.

Quand, d'un geste machinal, elle balaie les lourdes boucles brunes qui lui cachaient le visage, il s'approche enfin pour effleurer ses lèvres.

Leurs souffles se mêlent un instant.

Il a envie de la prendre.

Elle le sent et s'écarte. Un trouble plutôt que de la gêne.

Lorsqu'elle porte une cigarette à ses lèvres, l'éclair du briquet permet à Catherine de recouvrer sa belle assurance. Même si son regard chavire et que sa main tremble un peu.

Hervé est dans l'embrasure de la porte. Il les épie. Il les voit trop près l'un de l'autre.

Elle s'est penchée sur l'épaule d'Alex pour lui murmurer encore quelque chose à l'oreille.

De quoi parlent-ils, et de qui ? Pourquoi ces confidences ? Hervé est contrarié, mais excité aussi. Alex lui racontera, peut-être. On ne sait jamais, pour un prochain article : des révélations, des secrets d'Etat...

Les invités ont pris place sur les chaises dorées du grand salon. Cassandra Misarevitch ne va plus tarder. En se levant pour accueillir la diva, Catherine a croisé Hervé. Elle ne s'est même pas sentie gênée d'être là, seule avec Alex.

– J'avais cru comprendre que c'était la fille qui t'intéressait, s'inquiète Hervé en venant se laisser choir près de son ami. Après la fille, la mère ? Il te les faut toutes, salopard !

– Tu es bien placé, toi, pour me faire la morale !

Samantha s'est assise au premier rang au côté de Magot, indifférente à la présence d'Alex.

Sous les appplaudissements, la mezzo fait son entrée. On s'étonne qu'elle soit si frêle.

Après le premier accord, sa voix s'élève. Le salon immense paraît alors minuscule.

Alex ferme les yeux et frémit, loin de Catherine. A l'autre bout de la pièce, elle vibre pourtant avec lui.

V

– Enfin seuls ! s'écrie Magot.

Il arpente le salon en maître des lieux.

Alex et Hervé n'ont pas la force de quitter leur siège. Maintenant, ils savourent le silence.

Catherine a reconduit les derniers invités et remercié la jeune diva.

Sam est rêveuse.

– Et si nous faisions un autre voyage ? propose l'astrologue. Après l'opéra, pourquoi pas la danse ! Que diriez-vous d'une petite virée à l'Arapaho, un des clubs favoris de Sam ?

– Banco, Hubert ! s'exclame la jeune fille en sautant sur son éternelle redingote de cuir noir.

– C'est trop pour moi ce soir ! fait Catherine avec une moue de bébé. Je suis lasse, je préfère m'endormir sur Mozart. Mais si nos amis souhaitent se joindre à vous...

Le peu d'empressement des deux compères, qui échangent des regards dubitatifs, n'échappe pas à Sam.

– Très bien ! dit-elle. J'ai cliqué ! Je n'insisterai pas, Alex ! Venez, Magot, laissons-les tranquilles !

Catherine, je te souhaite une bonne fin de soirée en si agréable compagnie. Je repasserai plus tard, si tu ne dors pas. Salut !

Magot accomplit devant Catherine une révérence aussi maladroite que ridicule.

Sans se soucier de Sam, Alex vient droit vers lui, la main tendue.

– Vous pouvez la serrer, cette fois, fait l'écrivain, ironique, puisqu'il paraît que le talent n'est pas contagieux.

La porte claque sur des éclats de voix et d'inaudibles commentaires.

– Avez-vous aimé la musique, Monsieur Antoine ? s'enquiert Catherine en s'asseyant près des deux jeunes hommes, devant le grand piano.

– Je n'ai pas votre expérience. Il y a des petites phrases qui me touchent, un peu comme des mots incompréhensibles mais dont on devinerait le sens aux intonations de la voix qui les prononce.

– C'est un bon début. Savez-vous que même pour les mélomanes les plus avertis, au cours d'un opéra, il n'y a pas plus de trois ou quatre grands frissons ? Mais, quand ça arrive, ne serait-ce qu'une fois, alors c'est gagné !

– Je ne sais pas, Catherine, si j'ai gagné, ni quel est l'enjeu, s'enhardit Hervé, charmeur. En tout cas, j'ai vraiment passé une magnifique soirée. Votre compagnie m'est très agréable. D'ailleurs, vous voyez bien que je m'attarde sans aucune intention de prendre congé.

Alex sourit, et prend l'initiative de servir à boire.

– Hormis le plaisir que vous éprouvez à caresser ou à égratigner avec votre plume, cher Hervé, quel homme êtes-vous donc dans l'intimité ? interroge Catherine.

– Là, je vais peut-être vous étonner : épicurien acharné et libertin convaincu !

Alex manque de s'étrangler. L'effronterie soudaine de son ami le surprend.

Catherine se prend au jeu et le presse :

– Libertin ? Voyons donc ! Expliquez-moi ce que ça veut dire. C'est prendre et ne pas donner ?

– Il y a de ça, oui !

– C'est votre inclination naturelle, ou seulement le parti pris des circonstances ?

– Les circonstances, comme les astres, influent mais ne déterminent pas !

– Je crois qu'on éprouve du plaisir à prendre, dit Catherine. Mais pourquoi s'interdire de recevoir et de donner aussi ?

– Je ne m'interdis rien !

– Même pas d'aimer ?

– C'est un mot que je ne comprends pas !

– Que vous ne voulez plus comprendre ou que vous ne comprenez pas encore ?

– Je ne sais pas !

– Il n'y a pas de honte à refuser la souffrance ! tranche Catherine. Et vous, fait-elle à l'adresse d'Alex, défendriez-vous aussi le libertinage ?

– Si c'est une manière de se préserver de la souffrance, oui ! Mais ma vision pessimiste du monde n'est peut-être qu'une attitude superstitieuse destinée à laisser un peu de place à l'espoir.

– L'espoir de quoi ?

– L'espoir !

La conversation se poursuit et se développe,

comme les harmonieuses arabesques d'un trio léger, jusqu'à laisser place à un long silence.

– Messieurs les libertins, je vous abandonne ! s'excuse soudain Catherine. Le gin me tourne un peu la tête. Je crois que nous en avons un peu abusé ! Vous pouvez rester, si vous désirez attendre le retour de Sam. Mais, si le cœur vous en dit, mon lit est assez grand, je crois, pour la conversation, et vous y serez tous deux les bienvenus.

L'invitation laisse les deux jeunes gens abasourdis. Catherine, d'un pas lent, s'est retirée en coulisse. Mais la porte de son antichambre est restée entrouverte.

Emoustillé, légèrement éméché, Hervé s'apprête déjà à rejoindre la belle hôtesse.

– Tu as entendu ça ? Non mais, incroyable, cette femme ! Quel cran ! Alors là, mon pote, si on se déballonne, on est cramés !

– Mais elle plaisante ! se défend Alex. C'est juste pour nous mettre mal à l'aise. Elle est toujours comme ça.

– Elle plaisante ? Non, mais c'est toi qui plaisantes ! Elle était on ne peut plus sérieuse, oui ! Et puis, même si elle plaisante, on va lui retourner sa plaisanterie, tu vas voir ! Il faut assurer, maintenant ! Allons, Alex, tu ne vas pas nous faire ta flipette !

Les deux hommes poussent délicatement le battant. Les vêtements les plus intimes de Catherine sont distraitement posés sur le sofa, où, tout à l'heure, elle s'était rapprochée d'Alex.

Au fond de la pièce plongée dans l'obscurité,

une autre porte de bois sculpté les attend, refermée.

Hervé tourne doucement la poignée.

Au milieu du grand lit, Catherine est allongée. Ses formes se dessinent impudiquement sous une longue chemise de soie.

Elle leur lance, espiègle :

– Alors, messieurs, aurez-vous tous les courages ?

En un tournemain, Hervé fait voler ses effets. Il garde juste son caleçon et se glisse penaudement sous les draps brodés de lin blanc.

Catherine s'amuse de l'embarras d'Alex.

Après une longue hésitation, celui-ci retire à regret sa chemise, laisse glisser son pantalon et s'avance, impassible.

Catherine le dévore des yeux : elle n'avait pas soupçonné la beauté de son corps. Elle s'attarde avec insolence sur le torse puissant et glabre du jeune homme, sur son ventre musclé, ses cuisses nerveuses.

– Eteignez la lumière, voulez-vous ! lui demande-t-elle quand il vient s'allonger près d'elle.

Les lourds rideaux sont restés ouverts. Dehors, les lueurs incertaines des réverbères de l'avenue se mêlent à la frêle clarté de la demi-lune.

Cette étrange pénombre les incite au silence.

Hervé Antoine n'a pas osé bouger.

Alex, couché sur le dos, reste lui aussi immobile.

– Mais pourquoi ce malaise, messieurs ? Dites-moi ! Ne sommes-nous pas dans les circonstances les plus favorables pour poursuivre décemment notre entretien ? Tout à l'heure, nous nous séparerons et perdrons tout simplement la mémoire...

Hervé risque une main fiévreuse sur la hanche de la jeune femme.

Dans le silence tout juste éraflé par le froissement du tissu sous la caresse d'Hervé, Catherine ressent au fond d'elle-même le malaise d'Alex. Pas un mot ni l'esquisse d'un mouvement. Elle entend juste sa respiration légère et saccadée.

Plus les attouchements du journaliste se précisent, plus le corps d'Alex se raidit, se paralyse.

– Alex, fait Catherine pour refuser cette froideur, à votre droite vous avez un lecteur de compacts ! Il suffit d'appuyer. Je suis sûre que ça vous plaira.

Le jeune homme tâtonne, à gestes fébriles et désordonnés.

– Laissez-moi faire ! ordonne alors calmement Catherine. Franz Liszt : *La Bénédiction de Dieu dans la solitude*. Voilà qui est pour vous !

Pour atteindre l'appareil, elle se tourne, se tend, vient rouler nonchalamment sur Alex. Ses seins s'écrasent sur sa poitrine. Ses cheveux parfumés lui balaient le visage.

Elle reste ainsi un instant, appuyée sur sa peau.

Lui serre juste les poings, inerte, tendu comme un arc, les bras plaqués le long du corps.

Elle écoute les premières notes, légères et aériennes, de cette musique. Elle écoute aussi le cœur d'Alex qui bat trop fort, sa respiration qui s'accélère. D'une main elle écarte sa chevelure pour découvrir le visage de l'homme qu'elle retient prisonnier sous le poids de son corps. Lentement elle se retire en l'effleurant de ses lèvres.

Il refuse encore les caresses sur son front, ses joues, le lobe de son oreille.

Elle le flaire, le déguste.

Il ne bouge toujours pas. Il ne veut pas la toucher, ni l'étreindre. Il se retient. Mais tout son corps commence à brûler comme la porte d'une poudrière léchée par les flammes.

Elle vient délicatement vers sa bouche.

La douceur qu'il ressent n'est peut-être qu'une souffrance. Cette envie si forte de la prendre. Devant l'autre qui les regarde ? Peu importe !

– Viens avec moi ! Ne reste pas là ! Je t'en supplie ! lui murmure-t-il à l'oreille.

Comme elle sourit, impénétrable, il la repousse brutalement et s'extirpe du lit.

D'un geste bref et précis, il ramasse ses vêtements et sort vivement de la chambre.

– Qu'est-ce qui lui arrive ? s'inquiète Hervé. Pourquoi est-il parti ?

– Je crois que votre ami est malade. L'abus du gin, peut-être...

Catherine s'est levée à son tour.

Elle craint qu'il n'ait disparu. Il n'est pas au salon.

Elle appelle, appelle encore :

– Alex, Alex ! Où êtes-vous ?

Il est assis dans le désordre de la cuisine.

– Ah, vous voilà ! J'ai craint... J'ai cru... Enfin, j'avais peur. Je ne voulais pas que vous soyez fâché ou choqué par ce qui s'est passé.

– Fâché, moi ? Et pourquoi donc ? fait-il en haussant les épaules.

– Mais alors, pourquoi me provoquez-vous ?

– Je vous provoque ? s'étonne Alex.

– Oui, d'une certaine façon ! En jouant l'indifférent. Vous avez trop lu Proust.

– Proust ? *L'Indifférent* ? Ah oui, cette nouvelle perdue et retrouvée... Mais le héros n'aimait que les femmes qu'on paie. Et ce n'est pas mon cas. Ni le vôtre, je présume ?

– Ne soyez pas insolent ! Tout est de votre faute. J'ai dû attirer Hervé Antoine pour avoir le bonheur de ce moment passé contre vous. J'ai l'impression de vous l'avoir volé.

– Je ne vous fuis pas, Catherine. Vous le savez fort bien... Et puis, il y avait Sam.

– Je sais. Merci de me le rappeler ! jette-t-elle, froissée.

Elle prépare silencieusement du café.

Alex la regarde.

Une fois de plus la porte claque. Hervé n'a jamais su faire montre de patience.

Alex s'approche de Catherine, prend son visage entre ses mains, la supplie :

– J'ai besoin de savoir. Besoin de te connaître. Parle-moi ! Dis-moi ! Quelle femme es-tu donc, Catherine Kerville ?

Les premiers signes du matin percent à travers les stores de la cuisine.

Ils espèrent tous deux que Samantha ne rentrera pas.

VI

Les bras noués sous la nuque, Catherine est étendue sur la houle des draps souillés, dans cette chambre verrouillée qui sent l'amour.

Alex contemple pensivement son corps provocant qui s'offre dans le clair-obscur avec l'innocente impudeur du sommeil. Il se retient de jeter sur elle une fois de plus.

Avec peine, il est parvenu à la décider à l'acc pagner, le temps d'un week-end, dans ce petit hôt qui, perché en haut d'un rocher, défie orgueilleusement la Manche comme un phare indestructible. C'est là qu'il vient parfois, en solitaire, quêter un peu d'inspiration, les soirs de tempête.

Depuis deux jours, ils n'ont pas quitté le champ de cette bataille à l'issue si incertaine. Sauf pour quelques pas, les pieds nus, sur la grève humide et déserte, au petit matin. Il lui a ramassé les plus beaux coquillages.

– Parle-moi encore ! supplie Alex.

Lentement elle s'arrache à sa torpeur et s'étire en souriant :

– Que veux-tu que j'ajoute ? Je t'ai déjà dit tant de choses !

Elle a ouvert les yeux.

– Tant de choses ! répète-t-elle avec lassitude.

– Parle-moi encore de toi !

Elle a redressé son corps et s'est appuyée sur les coudes, comme pour faire front. Elle murmure :

– Tu es perdu sans les mots, n'est-ce pas ? C'est ta manière de faire, avec les femmes ?

– Non, les mots, c'est juste un petit *supplément* ! fait Alex avec un sourire faussement désolé. Une perversion littéraire ! Mais tu peux garder le silence. Rien de ce que tu tairas ne pourra être retenu contre toi !

Elle esquisse à son tour un sourire désarmant. Un sourire qui ferait faire n'importe quoi à n'im-
rte qui. Alex pense qu'avec ce sourire, si elle le
ılait, elle pourrait déclencher la Troisième
erre mondiale. Il l'empêchera de sortir de cette
mbre. Aucun autre homme, jamais, ne devra
ıs voir ce sourire.

– En fait, les mots, c'est amusant ! fait-elle avec majesté.

– Rousseau parle d'un homme qui délaissait sa maîtresse pour aller lui écrire. Je n'en suis pas encore là.

– Essaie un peu, pour voir !

– Dis-moi seulement qui t'a appris l'amour !

– La nature, sans doute ! Ça te plaît ?

– Il faut croire que oui !

Alex s'est agenouillé près du lit. Sa main redessine les pleins et les déliés du corps de Catherine. Il s'attarde sur ses genoux repliés, sur ses chevilles. Il aime les angles délicats de ses articulations, le galbe de ses jambes immenses. Il se plaît à jouer avec ses orteils. Il explore et fouille son corps comme un désert, en quête d'un endroit que les autres ne pourront jamais découvrir.

– A qui d'autre as-tu donné tout ça ? fait-il d'un air pitoyable. Au ministre Jacques Maréchal ?

Alex sait qu'il a dérapé. Il s'est senti perdre l'équilibre. A présent, il tombe. Une chute interminable de cauchemar. Catherine peut le tuer d'un regard, d'une simple phrase.

Il écarquille les yeux d'effroi pour lui demander pardon. Mais c'est elle qui est touchée. Elle a eu un soubresaut, comme si une balle perdue venait de l'atteindre. Elle pâlit :

– Qui t'en a parlé ?

– Samantha, sûrement ! bafouille Alex. Il lui arrive de parler de toi.

– Tiens, Samantha ? rétorque Catherine en se relevant comme un animal blessé. Avec elle aussi tu pratiques la perversion littéraire ?

– De temps en temps, lâche Alex avec un soupçon de cruauté. Mais tu ne m'as pas répondu.

– Ne m'oblige pas à remuer ces souvenirs. Oui, je l'ai aimé, si c'est ce que tu veux entendre.

– Tu l'aimes encore ?

– De temps en temps ! répond-elle avec une cruauté proportionnée à celle dont Alex vient de faire montre.

– Parle-moi de lui, lance le jeune homme en se raidissant dans un sursaut de bravoure.

– De lui ? Je croyais que c'était moi qui t'intéressais ?

– Puisque c'est l'homme que tu as aimé, et que tu l'aimes encore de temps en temps, parler de lui, c'est encore parler de toi.

Catherine se détend. Elle prend un oreiller pour se caler confortablement contre le mur.

– Avec Jacques, pour la première fois, probablement, j'ai découvert ce sentiment qui bouleverse et permet d'aller jusqu'au bout de soi, de se dépasser sans cesse. Une expérience terrible. Toujours cette peur au ventre. Peur de perdre l'autre, de le lasser. Chaque jour, se remettre en question pour plaire encore, exciter la curiosité. Perdre fatalement chaque fois un peu plus de son mystère en voulant le rendre plus troublant. C'est ce qu'aiment les hommes ! « Femmes, restez mystérieuses ! » disait Gauguin.

Elle se redresse pour s'envelopper dans le drap froissé.

– My-sté-ri-eu-ses, répète-t-elle en chantonnant.

Alex la dévoile d'un geste brutal.

– L'amour, dit-il, ce n'est pas du tout cette inquiétude que tu décris et qui d'ailleurs n'est pas spécifiquement féminine. Non, l'amour ne vaut pas grand-chose s'il n'est partagé. Et, s'il l'est, je ne vois pas pourquoi on aurait besoin d'entretenir le mystère. On est tous déjà assez compliqués pour n'avoir pas à en rajouter. Tout ce que tu racontes me laisse penser que Maréchal ne t'aimait pas, que tu en souffrais et que tu essayais de le faire souffrir à son tour pour t'en faire aimer.

– Pas du tout ! Je crois qu'il m'aimait aussi, dit-elle d'un ton évasif.

Elle a baissé les yeux et poursuit d'une voix plus faible :

– Oui, sûrement, il m'aimait... Mais c'était difficile à percevoir. C'est un être complexe et tortueux. Quand je lui causais de la peine, il avait l'impression d'exister davantage. Il allait jusqu'à me remercier. Il prenait sans doute plaisir à se voir souffrir.

– Une bien étrange relation amoureuse ! fait Alex en s'emportant. Des rapports sado-masochistes, oui !

– Personne n'a dit que les rapports sado-masochistes étaient exempts d'amour, ni que l'amour se passait de tels rapports.

– Non, mais tout de même, bafouille Alex, je trouve ça plutôt... destructeur. Pas très sain non plus...

Un éclat de colère jaillit des yeux soudain assombris de Catherine.

– Et notre escapade, dans le dos de ma fille, tu trouves que c'est vraiment plus sain ? Et le fait que tu prennes un tel plaisir à me faire parler de Maréchal, tu trouves ça mieux ?

– Admettons ! fait Alex avec soumission. Mais que ça ne t'empêche surtout pas de continuer !

Catherine s'est assise en tailleur. Elle allume posément une cigarette.

Alex a baissé les yeux.

– Ce qui me fascinait, dans les débuts, poursuit-elle, c'était son sens de la dérision, son goût de l'imprévisible. Il me surprenait toujours. Inattendu et bouleversant, il prenait tout à contre-pied, à contresens, avec une incroyable désinvolture.

– S'il te surprenait, c'est que tu ne le connaissais pas. Comment peut-on aimer quelqu'un que l'on ne connaît pas ?

– Si on connaissait vraiment les gens, comment pourrait-on les aimer ou même seulement les supporter ? Moi, je préférais me laisser surprendre.

– Quel genre de surprise ?

– Tu veux vraiment des détails ?

– J'aimerais assez, lance Alex par bravade.

– A ta guise ! Je t'en donnerai donc un exemple. C'était au tout début de notre relation. Par jeu, Maréchal avait réussi à subtiliser un de mes dessous et refusait de me le rendre. J'ai fini par ne plus y songer. Et puis, un jour que j'étais en admiration, devant la télé, en l'écoutant intervenir à l'Assemblée, j'ai remarqué que la pochette rose fanée qu'il portait sur sa poitrine s'accordait particulièrement bien au gris de son costume. La caméra fit un plan plus serré et je reconnus ma petite culotte, depuis longtemps oubliée. Ça te va ?

– Charmant ! Vraiment charmant ! fait Alex en baissant la tête.

– C'est toi qui l'as voulu ! Je ne suis pas sûre qu'il soit indispensable que je te parle de Maréchal.

– Je préfère savoir. Cet homme m'intrigue.

– Curiosité purement littéraire ?

– Pas seulement ! J'ai envie de mieux te comprendre. Tout a son importance. Moi, je pense que pour aimer, il faut comprendre.

– M'aimer ?

Elle a brusquement caché son visage au creux de ses mains.

Alex les prend doucement. Il embrasse ses paupières closes, sa bouche. Dans un souffle, il chuchote contre son visage :

– *Mystère*, en grec, désigne des lèvres closes. Et moi, j'aime bien les ouvrir, ces portes qui se referment.

– Pour voir derrière ce qui se passe, petit

salaud ! murmure Catherine en l'effleurant d'un baiser.

– Tu vois, les mots aussi peuvent semer le trouble ! J'ai donc décidé que chaque fois que tu prononceras le mot *mystère*, quelles que soient les circonstances, j'entrerai en toi.

– Mystère ! susurre Catherine.

Elle ferme les yeux et, en offrant son visage, pince les lèvres.

Il les force.

La langue de Catherine est un fruit rare. Toucher ses dents, c'est apprivoiser un peu plus son sourire. Jamais il ne se lassera de la caresser, de l'écarter, de la prendre.

– Pour toi, quel est le mot le plus troublant ? demande Alex.

– Mouiller ! répond Catherine en ouvrant doucement ses bras et ses jambes.

Elle gémit et se tend. Elle aime le poids de ce corps qui l'envahit. Un instant, elle se sent sauvage et rebelle. Puis elle décide d'être docile.

Rires, insultes, cris et pleurs se mêlent.

Oui, Alex s'est pris à penser que tout cela pourrait ressembler à de l'amour.

Elle ne demandera jamais grâce. Plutôt mourir !

Le temps d'une lueur soudaine Alex voit se résoudre tous les mystères de Catherine. Puis, au creux de ses jambes, il pose la tête et s'endort à son tour, sans illusions, mais provisoirement apaisé.

VII

– Mais où étiez-vous ? hurle Sam, furieuse. Catherine, j'ai passé deux jours à te chercher ! Tu pourrais au moins laisser un numéro de téléphone ! J'étais morte d'inquiétude.

Elle voit le regard déconfit d'Alex et réfléchit un instant. Des flammes s'allument dans ses yeux. Elle s'est retournée vers sa mère :

– Ne me dis pas que tu as passé le week-end avec Alex ! Non, mais j'hallucine ! Vous êtes deux belles racailles !

Ils sont restés sur le pas de la porte. Interdits. Alex dépose le sac de Catherine et tente de se sauver, mais Sam s'accroche à lui.

– Alors toi, tu ne vas sûrement pas t'en tirer comme ça !

– Sam, tu arrêtes un peu ce cinéma ? intervient sèchement Catherine. Il ne s'est absolument rien passé entre Alex et moi, si c'est ce que tu veux dire.

Sam crie à tue-tête :

– Non, mais tu me prends vraiment pour une cavette ?

– Sam, je t'en prie ! gronde Catherine en l'empoignant par les épaules et en la secouant pour la faire taire.

Sam se dégage d'un geste nerveux, et interpelle Alex :

– Tu l'as vue, cette vieille peau ? Qu'est-ce que tu peux bien lui trouver ? Tu n'es vraiment qu'une enclume ! Magot avait raison. Vous n'êtes que des factices ! Je vous déteste !

La jeune fille gravit à toutes jambes les marches de l'escalier pour se réfugier au quatrième étage.

Alex échange un regard inquiet avec Catherine, puis se précipite à son tour.

Il tente de prendre Sam dans ses bras avant qu'elle ait refermé la porte. Elle se débat.

Il réussit à entrer dans l'appartement. Elle va se réfugier sur son lit et éclate en sanglots.

– Pourquoi tu m'as fait ce coup de crasse ? Pourquoi ? Tu n'as toujours pas compris qui est ma mère ? Elle se fout de toi ! Elle est scotchée à son ministre ! Ça ne lui passera jamais ! Tu n'es rien pour elle ! Ce n'est pas ton monde, Alex, ni le mien ! Tu le sais, au moins, d'où elle tire sa soudure ?

– Je te jure, Sam, qu'il ne s'est rien passé. Catherine avait besoin de parler, c'est tout. C'est vrai qu'elle est accrochée à son ministre. Mais tu ne peux pas me reprocher de l'avoir écoutée.

Il essuie ses larmes. Elle hoquette comme un enfant. Il la serre dans ses bras.

– Tu me le jures, vraiment ? C'est pas des patates ? fait Sam, suppliante.

– Je te le jure !

Elle vient chercher ses lèvres et colle son corps contre le sien.

Alex sait bien qu'il ne peut refuser cette étreinte désespérée. Sinon, il perdrait aussi Catherine.

Sam, fébrile, commence à le déshabiller comme si elle cherchait dans le corps d'Alex la preuve que ses soupçons ne sont pas fondés.

Il n'a pas revu la jeune fille depuis deux semaines ; à la suite du concert, leurs relations sont restées plutôt indéfinies. Ils ne se sont même plus téléphoné. Alex a tout fait pour l'éviter. Comment pourrait-il avoir deux maîtresses à la fois – la mère et la fille, au surplus ?

Et que doit penser Catherine, à l'étage en dessous ?

Ces considérations ne sont guère de nature à rassurer Alex, ni à lui permettre de répondre aux avances de Sam. Il se trouble et transpire.

– Comme tu fumes, Alex ! Tu n'as pas l'air trop cool !

– C'est ta réaction qui m'a choqué, bafouille le jeune homme. Le fait que tu t'imagines des choses. J'ai eu peur de te perdre.

– Je te fais confiance, Alex, soupire Sam, rassurée, en lui caressant les cheveux. Il faut me pardonner. Je suis comme ça. Je marche au *feeling*. Quand je t'ai vu avec ma mère alors que je n'avais plus de nouvelles de toi depuis quinze jours, j'ai pété les plombs.

– Si on ne s'est pas revus, ce n'est pas seulement ma faute. Tu n'as pas cherché à me joindre. La dernière fois, tu as claqué la porte et disparu avec ton gourou.

Sam l'embrasse et prend un air mutin :

– Je croyais que ça t'arrangeait, de rester avec Catherine.

– Et moi, j'ai cru que ça t'arrangeait de partir avec Magot. Après ce que tu m'as dit de lui, difficile de se méprendre sur ses intentions !

– Magot est un pote, rien de plus. Mais toi, qu'est-ce que tu glandais avec Catherine ?

– Le soir où tu es partie avec Magot, nous avons discuté. Mon ami Hervé, qui m'accompagnait, l'a beaucoup appréciée. Comme je n'avais pas de nouvelles de toi et que je ne tenais pas à t'appeler, de peur de ta réaction, je me suis inquiété. Alors je suis passé par Catherine. Je l'ai eue plusieurs fois au téléphone.

– Elle sait qu'on a baisé... enfin, qu'on baise ensemble ?

– Elle s'en doute, je pense. Sinon, elle n'aurait pas eu cette attitude, tout à l'heure. De toute façon, je n'ai pas à lui faire de confidences.

– Mais vous avez passé tout le week-end tous les deux ?

– Ecoute, pour ne rien te cacher, Hervé a trouvé ta mère très séduisante. Il cherchait un moyen de la revoir. Ça fait quinze jours qu'il m'emmerde avec ça. Il a une grande maison de campagne du côté de Reims. Je devais y passer le week-end pour écrire. Jeudi, j'ai appelé Catherine pour avoir de tes nouvelles. Nous avons eu une longue conversation. Elle n'avait pas trop le moral. Elle m'a un peu parlé de son travail, de ses problèmes. Elle m'a dit qu'elle était fatiguée, qu'elle avait besoin de faire une pause. C'est pour ça que je lui ai proposé de passer un ou deux jours au vert. En plus, je savais que ça ferait plaisir à Hervé. D'ailleurs j'ai proposé à Catherine de t'emmener.

– Elle a dit quoi ?

– Elle a dit qu'elle ne te voyait plus beaucoup, ces derniers temps, mais qu'elle allait t'en parler.

– Je n'ai rien su. Mais c'est vrai que je n'étais pas souvent là et qu'on ne s'est pas trop bigophoné.

– Eh bien, ce doit être ça ! s'exclame Alex en prenant de l'assurance. Elle n'a sans doute pas eu l'occasion de te prévenir. Ou alors, peut-être qu'Hervé l'intéressait, et qu'elle a préféré que tu ne sois pas là. Peut être aussi qu'elle n'approuve pas notre relation.

– Et pourquoi donc ?

– Tu la connais mieux que moi, je suppose. Je ne sais pas. Tu n'as que vingt ans. Elle ne t'a peut-être pas vue grandir. Elle te traite comme une copine, mais c'est quand même ta mère. En tout cas, elle a passé deux jours formidables. Hervé ne l'a pas décollée. Moi, j'ai eu une paix royale pour écrire. J'avais prévu de revenir ce soir en train. Comme il faisait beau et qu'Hervé devait rester jusqu'à demain, j'ai pensé les laisser tous les deux. Mais Catherine avait des rendez-vous très tôt. Elle a proposé de me ramener. J'ai accepté. Elle a fait un crochet pour me déposer avec mes affaires rue de Maubeuge, et là j'ai dit que je la raccompagnais, histoire de l'aider à monter son sac. Je pensais que ce serait peut-être aussi l'occasion de te croiser. Tu vois, je ne me trompais pas.

– Tu crois qu'il y a quelque chose entre Catherine et ton copain ?

– Je ne sais pas, mais ils ont l'air de beaucoup s'apprécier.

– Ce serait bien, pour Catherine. Elle n'arrive pas à pagetourner avec Maréchal. Il est vraiment gore, ce type ! Il la déjante. Mais Catherine, il n'y a rien à lui dire. Ça fait des années qu'il lui en fait voir. Mais plus il lui mange les couilles, plus elle est accro !

– Ils sont toujours ensemble, alors ? fait Alex en dissimulant mal son inquiétude.

– Officiellement, non. Mais il ne se gêne pas pour radiner à l'improviste. Mine de rien, il ne lui lâche pas le tergal !

– C'est peut-être lui que j'ai vu l'autre fois ?

– Quand donc ?

– Le soir où je t'attendais sur le banc. Il y avait une grosse voiture, genre officiel avec chauffeur, en bas de l'immeuble.

– C'est sûrement ça ! s'écrie Sam avec colère. Ah, le fennec ! Elle ne pourra donc jamais s'en déplâtrer ! Moi, j'en ai ras-la-cale, de ce mec !

– Mais ils sont peut-être liés pour affaires ?

– Ça, sûrement ! N'empêche qu'il y a autre chose. Maréchal ne veut surtout pas qu'elle lui échappe. Il suffirait qu'elle se fasse la tchave pour qu'il se raboule. Si ton copain a une histoire avec ma mère, je lui en souhaite, du courage, parce qu'alors là, le vieux va s'occuper de son cas !

– Que veux-tu dire ?

– Il est complètement entamé, et ministre en plus. C'est te dire qu'il a les moyens de se la péter et d'emmerder les gens.

– Comment ça ?

– Tu débarques, ou quoi ? Le ministère de la Défense, c'est un Etat dans l'Etat. Il a la haute main sur les pit-bulls des services secrets. Il a des plans incroyables dans la politique, les affaires, la presse, bien entendu, et même l'édition. Et puis, il y a cette vieille gisquette qui lui sert d'« homme » de main.

– Qui ça ?

– Manou ! Enfin, Germaine Strauss ! Tu as dû la voir au concert, cette rate ! Elle se ferait fumer pour lui ! Elle est au courant de tout. Elle sert de modem avec le milieu, et elle parfume les condés. Elle a commencé en 42 en faisant la roussette avec les résistants, à ce qu'on dit. Elle leur aurait payé un ticsbar aller simple pour Birkenau ! Maintenant, elle tient une guinguette en toute impunité, et c'est lui qui la protège des schmitts. Tu vois le genre de relations qu'il a, le Maréchal ? Paris fait un caca nerveux dès qu'il éternue. Il a des dossiers sur tout le monde. Ça moite grave dans les hautes sphères ! Si on le fait chier, il fait péter le bazar. Il est complètement allumé, en plus. Ma mère m'a raconté de ces trucs que je n'oserais même pas te redire. Alors, un bon conseil pour ton copain : qu'il marche à l'ombre !

– Tu crois que ça pourrait être dangereux ? demande Alex d'une petite voix.

– Ecoute, je n'en sais rien, mais il y a des rumeurs. Tu te souviens de ce journaliste qui enquêtait sur les relations entre la France et le Bozanga, pour les livraisons d'armes ?

– Oui, Dumesnil ?

– Tout juste ! Eh bien, un jour Dumesnil a fait une crise de parano grave. Il disait que Maréchal voulait le faire charcler. Quelqu'un de sérieux l'aurait prévenu que ça commençait à sentir le sapin.

– Mais attends, Sam, on n'est pas au Far West, tout de même ! dit Alex en essayant de se rassurer.

– Non, on est en France, et je ne sais pas si c'est mieux. Toujours est-il que le mec a eu un lézard. Il avait pris un avion privé pour passer en Tanzanie. Il était sur le point de boucler l'enquête. Le bimoteur a dû faire un sérieux arrêt sur image, vu qu'on l'a retrouvé en kit sur des kilomètres. Les crocodiles avaient une dalle ! Ils ont tout bouffé : Dumesnil, le pilote, et même la boîte noire. Et les crocos, c'est pas facile à interviewer. Le résultat ? Un petit entrefilet de circonstance dans les journaux. On a dit que le pilote avait sûrement eu un malaise. Il y a même eu des témoins pour dire qu'il s'était repassé avant le décollage.

– Tu crois que c'est Maréchal qui l'aurait fait tuer ? demande Alex, de plus en plus inquiet.

– Je ne crois rien. Je pense simplement que la vie d'un pauvre mec, quand il est question d'oignon, ça ne pèse pas bien lourd, que personne n'est à l'abri d'une gamelle, d'un malaise, des crocos de Tanzanie ou de la raison d'Etat. Alors, ton pote, tu lui dis de la part de Sam Kerville : qu'il fasse gaffe, c'est tout !

Alex est resté songeur.

Sam est venue sur lui et il s'est laissé faire.

En sortant, il a appelé Catherine. Elle n'était pas là. Ou elle n'a pas voulu répondre. Il lui a laissé un message pour l'aviser de son mensonge.

Alex a décidé de marcher. Laisser loin derrière lui l'avenue Georges-Mandel. Evaluer physiquement la distance qu'il doit prendre avec ces deux femmes. Elles ont semé tant de désordre dans sa vie sans surprises !

Leurs visages maintenant s'entremêlent, se superposent, s'altèrent puis s'évanouissent lentement.

Il veut retrouver un semblant de paix, son manuscrit, ses pages blanches, sa solitude. Peut-être aussi s'imposer un manque, pour forcer l'inspiration ?

VIII

– Quand je suis avec toi, j'ai le sentiment de faire l'école buissonnière, dit Catherine. Eh oui, j'y prends carrément goût, à ces virées champêtres. Je redécouvre le temps.

Elle esquisse un pas de valse en tournant autour d'Alex. Son long imperméable balaie les premières feuilles mortes qui tapissent le chemin.

Il fait mine de se vexer :

– Dis tout de suite que mon temps à moi ne vaut rien, que je passe ma vie à buller !

– Mais non, Alex ! Ne prends pas tout de travers ! Seulement toi, tu peux t'arrêter.

– M'arrêter ? bougonne-t-il. Tu parles !

– Mais si, pour vivre, pour réfléchir. Tu arranges tes journées comme bon te semble. Tu es un homme libre, et c'est rare. C'est plutôt un compliment que je te fais là !

– Un homme libre ! s'indigne Alex. On voit bien que tu ne connais pas les éditeurs. Varlot aurait plutôt tendance à me traiter en fournisseur, et comme je le considère comme un prestataire de services, tu vois ce que ça peut donner.

– Oui, mais tu n'es pas pris dans un engrenage ! Moi, entre les réunions et les voyages, avec ce job qui pompe toute mon énergie, je suis en transit permanent. Il y a toujours un sac bouclé au pied de mon lit. Et j'ai l'impression d'être passée à côté de l'essentiel, pendant ces dernières années. Je n'ai pas su ralentir pour voir, écouter, sentir les choses. C'est grâce à toi que je retrouve tout ça. J'avais besoin de souffler. Tu es précieux, Alex !

Ils se sont arrêtés sous les arbres pour se protéger de l'averse.

Une vapeur légère s'exhale du sol, chargée d'un parfum de terre humide.

Alex s'est accroupi, songeur. Il a envie de la questionner, mais se retient. Finalement, il se lance, rassuré à l'idée qu'il veut juste entendre le timbre de sa voix quand elle s'enflamme à ses souvenirs, et que la curiosité n'y est pour rien.

– C'est donc si important, si passionnant ce que tu fais ? demande-t-il timidement. Quelquefois, quand on est perdu, on cherche refuge n'importe où, juste pour oublier.

– Je n'ai pas assez de recul pour me rendre compte de l'intérêt de mon boulot.

– Et Maréchal ?

– Mon travail ne m'a jamais éloignée de lui. Au contraire. Tout s'est un peu confondu. Ou entremêlé.

– Mais tu fais quoi, au juste ? demande Alex avec impatience.

– Je suis une femme d'affaires.

– Dans quel domaine ?

– Les relations publiques, le lobbying. J'interviens pour de grosses sociétés en amont des contrats. Tu sais, avant toute signature, il y a un long travail de préparation. Le public, lui, n'en est jamais informé.

– Tu es efficace ?

– On le dit.

– La meilleure ?

– On le dit quelquefois, mais seulement quand je réussis.

Alex s'est relevé d'un bond. Il sautille de joie en battant des mains. La pluie a cessé.

– Ouais ! La meilleure ! Je veux que tu sois la meilleure !

Ils se prennent par la taille et avancent un moment en silence en évitant les flaques d'eau des ornières.

– Mais ce boulot, c'est une vocation ou un pur hasard ?

– Un peu le hasard. J'ai rencontré un homme qui m'a proposé de travailler avec lui. C'est un personnage étonnant.

– C'est quoi, son truc ?

– Oh, comme tous les autres : le pouvoir et le fric.

– Tu oublies le cul ?

– Alors lui, ça ne l'intéresse pas du tout ! De ce point de vue, il est assez exceptionnel. C'est peut-être pour ça que j'ai accepté de travailler à ses côtés.

– Il s'appelle comment ?

– Edgar Levert. Son nom ne te dira sûrement rien. C'est un homme qui préfère rester en retrait. Mais, dans le monde des affaires, son influence est énorme.

– Tu sembles avoir beaucoup de respect pour lui. Il est différent ?

– Je ne me fais guère d'illusions sur personne, mais Levert est à part. J'apprécie chez lui son humanité, un certain sens de l'honneur, et même une forme de générosité. C'est rare, dans ces milieux. Je me souviens qu'avant le début de notre collaboration, il m'avait invitée pour un week-end dans sa maison de campagne. Je suis arrivée pour déjeuner. Il m'attendait sur le seuil avec son chat. Il était affublé d'un tablier de cuisine écossais, coiffé d'une toque. C'était vraiment étonnant de le voir comme ça ! Je ne l'avais pas du tout imaginé dans l'intimité. Je ne l'avais croisé que dans des bureaux luxueux. Je n'étais pas encore descendue de voiture qu'il me criait déjà, avec son accent du Sud-Ouest : « Je t'ai mitonné un de ces repas, ma chérie, tu t'en souviendras longtemps ! »

– Ah, tu aimes les hommes qui font la cuisine ? C'est toujours bon à savoir.

– J'aime les gens authentiques.

– Je croyais que tu préférais les ténébreux, les mystérieux, les esthètes ?

– Mais Levert est tout ça à la fois !

– Tu vas me rendre jaloux, à la fin !

– Il n'y a pas lieu. Il lui manque ta beauté, et surtout ta jeunesse !

– C'est tout ?

– Que tu es con ! fait-elle en riant.

– Je n'aime pas que tu parles de l'âge des gens. De mon âge, du tien. On s'en fout, de tout ça !

Catherine s'arrête et fixe le jeune homme d'un air triste.

– Bientôt je serai vieille, Alex ! Tu ne me regarderas même plus !

– Catherine, quand un homme aime une femme, il ne craint pas de la voir vieillir. Il a juste peur qu'elle disparaisse.

Alex s'est assombri un instant. Puis il s'illumine.

– Allez, continue ton histoire ! dit-il en l'embrassant. Ça me plaît bien. Pour une fois qu'un salaud a l'air un peu sympa.

Catherine reprend son récit en allongeant le pas. D'un même souffle, le vent fait mugir les chênes et rabat ses boucles sur son visage.

– Donc, il avait vraiment fait des efforts pour me recevoir. Au petit jour, il avait sillonné le marché de son village pour trouver les légumes les plus frais, les viandes les plus tendres. Puis il s'était enfermé à la cuisine comme un artiste dans son atelier. Dans la salle à manger, il y avait une table avec trois couverts. Une femme était déjà installée. Une femme énorme, immobile et muette. C'était son épouse. A demi impotente. Attentive aux effluves délicats et alléchants qui emplissaient la pièce, elle semblait attendre le début des réjouissances comme la reine d'une ruche attend ses ouvrières. Elle avait visiblement l'habitude qu'il s'occupe d'elle. Je me rendis compte que j'étais envieuse de ces attentions. Mon regard s'attarda sur ses mains. Des ongles peints en rouge. Des ongles extrêmement longs. Des griffes. Jamais je n'avais rien vu de pareil. Edgar nous servit lui-même un déjeuner aussi plantureux que raffiné : poulardes rôties au jus de morilles, artichauts au foie gras, langoustines à la coriandre...

– Arrête, tu me donnes faim !

– Les vins les plus rares s'accordaient aux mets. Il remplissait prestement les verres comme un peintre prépare sa palette. Avec le Margaux 61 ou le Lafite-Rothschild 59, un éclat de rubis. Une touche d'émeraude avec le Pouilly-Fuissé. Les yeux brillants, il révélait ses astuces : « La poularde, il faut toujours lui frotter le ventre avec du citron. Elle aime ça, la bête. C'est tout le secret ! » Il allait et venait, prodiguant mille attentions à son énorme moitié. Il la servait avec amour, lui découpait sa viande comme on fait pour les enfants. Je me sentais un peu exclue. Et puis, au dessert, il s'est glissé derrière moi, et soudain, dans l'assiette – une assiette de porcelaine bleue – il a déposé subrepticement un petit paquet. Je ne sais pas recevoir les cadeaux. Jusqu'alors, les hommes que j'avais croisés ne m'y avaient guère habituée. Je m'étonnai et protestai. Lui fit semblant de se fâcher : « Mais ouvre donc avant de faire des histoires ! » Ne sachant quelle attitude adopter, je dépliai le papier d'emballage et je découvris un écrin rouge. A l'intérieur, il y avait une montre magnifique. Je n'en avais vu de semblables qu'aux vitrines de ces boutiques, tu sais, où on n'ose même pas entrer.

– C'est la montre que tu portes ? demande Alex en lui prenant doucement le poignet.

Il aime ses longs doigts d'adolescente.

– Oui, je l'ai toujours gardée. Ce jour-là, mon émotion dissimula ma gêne. Il repartit s'affairer dans sa cuisine. Je ne savais plus quoi faire. Je regardais cette femme qui me souriait affectueusement. Elle finit par me dire d'une voix douce : « Prends ! C'est de bon cœur, tu sais. Edgar est comme ça. Il aime donner. C'est un homme simple. Il aime sa femme, ses trois filles. C'est toute sa famille. Par ce geste, il veut te faire savoir que tu en fais partie, maintenant. Fais-lui comprendre que ça te fait plaisir, tout bêtement ! » Je mis la montre à mon poignet. Lui installa sa grosse épouse sous la véranda. Après s'être assuré qu'elle ne manquait de rien, avec un air de conspirateur, il tira d'un coffret qui fleurait le cèdre et le tabac un *Cohiba lancero*, son cigare de prédilection. Il le décapita d'un geste précis, avec une petite guillotine à double lame, et l'alluma enfin en le faisant voluptueusement tourner entre ses doigts. Il ricanait de plaisir en voyant monter les premières volutes : « Tu vois, encore un que Fidel ne fumera pas ! Il est pour Tonton Edgar, celui-là, rien que pour lui ! » Il me prit par le bras pour me faire découvrir son royaume avec une joie vraiment naïve. J'eus droit à une visite guidée de son poulailler. Il était très fier de ses lapins, aussi. Et de ce grand pré où paissait son petit troupeau de moutons. J'étais surprise de découvrir l'univers rustique dans lequel il évoluait. J'avais l'impression d'être avec un autre homme, mais je savais que c'était celui-là, le vrai Levert. Conquise par son amour de la vie, je décidai d'accepter la proposition qu'il m'avait faite.

– Mais tu es vénale, ma parole ! fait Alex en souriant. Pour t'emballer, il suffit de te faire des petits cadeaux ? Eh bien, pour ça, ne compte pas trop sur moi ! D'abord, je n'en ai pas les moyens. Ensuite, j'ai horreur de faire des cadeaux – tout autant que d'en recevoir, d'ailleurs.

– Sois tranquille, je ne te coûterai rien ! répond

Catherine avec une moue de réprobation. Comme tu vois, j'ai déjà une montre et je déteste les bijoux !

Alex craint d'avoir commis un impair. Il avale sa salive et la pousse du coude pour qu'elle continue.

– Alors, tes débuts avec Levert ?

– Un soir, il me demanda au pied levé d'assister à un dîner où il ne voulait pas apparaître. Il avait besoin qu'on lui rapporte la teneur des propos qui y seraient échangés.

– On appelle ça de l'espionnage...

– Espionnage, si tu veux. En tout cas, Edgar avait tout prévu : « Je m'occuperai de ta petite, je la ferai manger, ne t'inquiète pas ! » Samantha me parle encore de cette soirée. Il commença par la conduire chez le traiteur le plus proche et l'interrogea sur les plats qu'elle préférait. Puis il l'emmena chez le marchand de jouets. A mon retour, j'ai retrouvée Samantha fascinée : « Mais, Maman, je ne savais pas qu'on pouvait tout acheter dans un magasin ! Et, tu sais, c'est un ogre ! En sortant, il a encore voulu aller acheter une côte de bœuf ! » Il y avait de quoi nourrir vingt personnes. La chambre de Samantha ressemblait à un entrepôt de Père Noël. Edgar s'est excusé gauchement : « Il fallait bien qu'elle mange et qu'elle s'amuse, cette petite. J'ai fait de mon mieux. »

– Mais tu le crois sincère ? Je suppose qu'il a besoin de toi ?

– Sans doute. Les gens ne commencent à se fréquenter qu'à partir du moment où ils ont besoin les uns des autres. Mais ça ne l'empêche pas d'être vrai, et même honnête.

– Oh, moi je suis certain qu'il n'est pas blanc-bleu, ce type !

– Il brasse d'incroyables quantités d'argent, c'est clair. Et, bien entendu, il en garde. Mais, au-delà, son plaisir, c'est de redonner, de redistribuer autour de lui. Adroitement, bien sûr – c'est là son art et sa force. Aussi avec un peu de malice. Mais il y prend un réel plaisir, je t'assure.

– Redistribuer ? Je ne comprends pas très bien.

– Personne ne connaît mieux que lui les faiblesses humaines et le pouvoir du fric. Alors il utilise les deux avec une adresse consommée.

– Hmm ! Je vois. On sait bien comment ça fonctionne !

– Tout le monde s'en doute, tu veux dire, mais, à un certain niveau, il faut vraiment le voir pour le croire. En fait, c'est très simple. Il travaille sur les plus gros contrats, met en place ses réseaux, négocie jusqu'au dernier moment : jusqu'à la signature. Il est souvent nécessaire d'obtenir l'aval des politiques. Il règle minutieusement les renvois d'ascenseur.

– De quel ordre ?

– Financier ! Les campagnes électorales coûtent cher, tu sais. Les opérations secrètes des gouvernements aussi. Et puis, chacun se paie au passage. Ça finit par faire des sommes rondelettes. Alors Edgar récupère les commissions dans les pays acheteurs, avec toute une armée secrète de porteurs de valises. Il en réinvestit une partie dans d'autres marchés, il redistribue le reste. Tout le monde est content. Et on recommence. Mais il est toujours très pointilleux sur l'intérêt national. Il rend de réels services au pays !

– Pourquoi ne pas le décorer, tant qu'on y est ?

– C'est déjà fait, répond sèchement Catherine. On en décore d'autres pour moins que ça !

– Toi aussi, on t'a décorée ?

Catherine sourit de la naïveté de son ami. Avec modestie, elle murmure à son oreille :

– Edgar dit toujours que les décorations, c'est comme les pots-de-vin. Ça ne se demande pas et ça ne se refuse pas non plus. Moi, je ne porte jamais de rubans, sauf lorsque je me trouve en réunion avec des vieux cons qui sont tout fiers de montrer les leurs. Je m'excuse un instant et j'ouvre tranquillement mon sac. Ils croient que je vais me repoudrer devant eux, et ça les émoustille. Alors, je sors mon liseré rouge et je l'accroche tranquillement au revers de mon tailleur. Ce moment-là est toujours du meilleur effet.

– Dis-moi, ton Levert, il n'a pas intérêt à égarer son carnet d'adresses ni à publier ses Mémoires ?

– Le silence, pour lui, c'est la Loi et les prophètes. C'est une tombe. Ça aussi, ça s'apprend.

– Et à toi, il ne t'a pas appris le silence ?

– C'est la première chose qu'il m'ait apprise.

– Alors, pourquoi tu me racontes tout ça ?

– D'abord, je ne t'ai tracé que de très grandes lignes. L'art du secret, ce n'est pas forcément se taire. Le fin du fin, c'est de faire croire qu'on a tout dit alors qu'on n'a même pas commencé. Ensuite, si je t'ai parlé, c'est que je te fais confiance et que ça m'est peut-être utile.

– Je ne vois pas en quoi ! Si tu veux m'enrôler dans ces magouilles, je ne suis vraiment pas l'homme qu'il te faut. Je n'arrive même pas à négocier convenablement mes contrats avec Varlot, alors tu vois...

Catherine s'esclaffe :

– Si Edgar intervenait, il t'arrangerait ça en un clin d'œil. Tu en serais surpris.

– Et comment ferait-il ?

– Comme d'habitude. Il commencerait par sortir le dossier de Varlot.

– Varlot n'a pas de dossier.

– Tout le monde a un dossier chez Edgar. Varlot comme les autres. Il l'étudierait. Il en analyserait les failles. Ensuite, il commencerait l'approche. Toujours indirecte. Il tisserait sa toile. Il avancerait ses pions. Il laisserait mûrir. Et, le moment venu, hop ! il obtiendrait ce qu'il souhaite.

– Au fond, les affaires, si je te comprends bien, c'est comme la cuisine.

– A peu près. Sauf que ça ne sent pas toujours très bon.

– Alors, ton Edgar, il ne doit pas falloir lui marcher sur les pieds ?

– Evidemment ! Ses colères sont redoutables et ses rancunes tenaces.

– Il te fait peur ?

– Parfois. Il est exigeant et autoritaire. Mais j'ai confiance en lui.

– Il connaît tes relations avec Maréchal ?

– Bien sûr. Son métier, comme je te l'ai dit, consiste également à tout savoir. Il m'a lancé un jour : « Moi aussi, je pourrais te faire la cour. Ce serait normal, tu es séduisante. Mais si je te garde à mes côtés, c'est uniquement pour le travail. Que les choses soient bien claires entre nous ! Ça me gênerait que tu me croies impuissant ! »

– Pardonne-moi, mais j'ai l'impression qu'il a vite compris que tes relations avec le ministre de la Défense valaient plus qu'une hypothétique romance. C'est un vrai tiroir-caisse, ce type !

– Tu deviens grossier, Alex ! hurle Catherine. Vas-tu enfin cesser de m'agresser ?

– Ce sont les réalités de la vie qui sont grossières. Au fond, tu vois, j'ai peut-être encore moins d'illusions que toi.

Catherine s'est brutalement écartée pour marcher sur le côté du sentier. Elle s'est repliée sur elle-même, l'air renfrogné et mélancolique.

On n'entend plus que le souffle du vent et le bruit sec du tapis de feuilles mortes qui s'écrase sous leurs pas.

IX

Au plus profond de leur nuit, les deux amants veillent encore.

La ville, assoupie, s'est éteinte.

Alex ne trouve pas le sommeil. La curiosité le taraude. Il lui faudrait en savoir plus sur cette femme, si proche et si lointaine, qui ne semble lui céder que son corps.

Catherine parle. Parle encore. Mais ses paupières s'alourdissent. Ses yeux se voilent.

Alors il hausse la voix, lui allume une cigarette, pour l'inciter à reprendre le fil de son histoire. C'est comme un livre qui ne doit pas se refermer.

– Comment vous êtes-vous connus, Maréchal et toi ?

Catherine sourit faiblement, se soulève de l'oreiller où elle s'était affaissée, tire une bouffée en toussotant, et continue d'une voix enrouée :

– Il y a une dizaine d'années, chez des amis communs. Tout de suite son regard de chasseur qui me déshabillait l'avait trahi. J'ai dû rougir, sûrement. Je connaissais déjà son épouse. J'ai su, depuis, qu'elle lui avait annoncé ma venue : « Vous allez enfin rencontrer la petite Kerville. Tout à fait votre genre ! » Désillusionnée, la malheureuse préférait crânement devancer les offenses. Il a d'abord apprivoisé Sébastien, mon mari. Sans la moindre difficulté, d'ailleurs ! Sébastien se laissait facilement convaincre et duper par ceux dont il enviait la réussite et la notoriété. Le clinquant le fascinait. Maréchal plaçait adroitement ses jalons. Sébastien m'annonça bientôt qu'il avait prié le ministre à dîner chez nous. C'est ainsi que le loup entra dans la bergerie au nez et à la barbe du mari crédule dont il n'avait cure.

– Crédule ? Tu parles ! Plutôt complaisant ou manipulateur, oui !

– Va savoir ! répond-elle en riant. Il était peut-être complaisant. Mais, pour manipuler, il lui aurait fallu la pointure. En tout cas, un jour que nous marchions avec Maréchal pour nous rendre au Dragon, notre cantine préférée, j'eus droit à des propos très durs. Je m'inquiétais de l'attitude étrange de Sébastien dont mes fugues et mes absences de plus en plus fréquentes dérangeaient le quotidien si méticuleusement ordonné. Sa nervosité devenait insupportable. Le harcèlement qu'il m'infligeait était si brutal ! Ses questions contenaient toujours les réponses qui, chez lui, tournaient à l'obsession. Je m'en ouvris à Maréchal : « Pensez-vous qu'un homme intelligent et équilibré puisse soudain perdre tout contrôle et devenir complètement imbécile ? » Le ministre s'arrêta au milieu de la rue et m'adressa, en plissant les yeux, un regard aussi interloqué qu'ironique. « Bien sûr, me dit-il. Ça peut arriver à tout moment, et à tout âge. Personne n'est à l'abri.

Mais si c'est à votre mari que vous pensez, là, vous m'étonnez. Lui, je ne crois pas qu'il se soit brusquement transformé. S'il vous aura fallu dix ans pour le voir tel qu'il est, moi, un dîner m'a suffi ! » Cette phrase cinglante me fit l'effet d'une gifle qu'il m'aurait administrée à toute volée. Il sourit, satisfait de l'effet qu'il avait produit, puis parla d'autre chose.

– Vous étiez déjà amants ? demande Alex.

Elle se trouble en rougissant légèrement.

– Oui. Oui, sans doute. Mais ce qu'il voulait, c'était que je devienne amoureuse. De jour en jour, sa cour devint plus assidue, plus pressante. Il se passa des précautions d'usage. Quand il venait à la maison, il était même insolent. Sébastien n'osait rien dire. Un jour, pour cacher son malaise, mon mari s'extasia gauchement sur la cravate bleu pâle du ministre qui s'accordait si bien à son visage hâlé. J'avais honte. Tu sais ce que c'est que d'avoir honte de quelqu'un ?

– Je crois, oui, répond Alex en essayant de ne pas penser à Isabelle, son ex-amie.

– En partant, sur le palier, Maréchal, le sourire aux lèvres, dénoua sa cravate et me la tendit en disant : « Offrez-la donc à votre époux, puisqu'elle lui plaît tant ! » Tout était comme ça. Lorsqu'il lui prenait la fantaisie de me faire parvenir un billet doux, un poème, en toute simplicité, il dépêchait un messager. Un garde républicain, armé, bardé de cuir, qui se présentait à notre porte, quelle que fût l'heure. Parfois, c'était Sébastien qui ouvrait, ensommeillé, ahuri et rageur. Le téléphone sonnait aussi. Maréchal ne se gênait pas pour m'appeler de l'autre bout du monde, sans jamais se soucier du décalage horaire.

– Mais comment ton mari pouvait-il endurer tout ça ?

– Oh, tu sais, notre couple était déjà fragile.

– Depuis longtemps ?

Elle réfléchit un moment en tirant sur sa cigarette presque entièrement consumée.

– Depuis le début, peut-être. Enfin, je ne sais pas. Toujours est-il que l'arrivée de cet homme a fait le reste. Très vite, tout a volé en éclats.

– Sébastien s'est effacé ?

– Non, c'est moi qui suis partie. Un matin, j'ai fait ma valise, tout simplement. J'ai emmené Samantha avec moi. Elle n'a pas vraiment compris. Elle n'avait que dix ans.

– Il t'a suppliée de revenir ?

– Au début, oui. Sa fille, surtout, lui manquait. Mais il n'a pas vraiment insisté. Je crois qu'il était comme soulagé. Il a fini par suivre une pianiste à Chicago.

– Parle-moi encore de Maréchal !

– Bientôt vint le temps des invitations au voyage. Un matin de printemps, un motard sonna encore. Sans mot dire, il tira de sa veste un billet d'avion pour l'Irlande. Maréchal assistait à une conférence à Dublin. Un Sommet européen, je crois. A l'arrivée, une limousine m'attendait. Un chauffeur prit le sac que j'avais préparé à la hâte et démarra en trombe, sans explication. Je finis par le questionner pour savoir où il me conduisait. Aucune réponse. Je commençais à me demander si je ne m'étais pas trompée de voiture. On quitta la ville. Les routes devenaient plus étroites, plus sinueuses, plus sauvages. Nous glissions au milieu de collines, tachetées çà et là de moutons égarés, marqués de signes étranges.

– Ils étaient plus beaux que ceux de Levert ?

– Les prés étaient surtout beaucoup plus grands. Une impression d'infini. Et puis tout s'est rétréci. La voiture s'est engagée sur un mauvais chemin enserré entre des murets de pierres sèches. Les rhododendrons ployaient sous leurs grappes mauves. Apparurent des chênes centenaires dont les branches feuillues, en se rejoignant, formaient une voûte épaisse, de plus en plus obscure. Au bout de ce tunnel, une trouée de lumière. Dans une pâle clarté, la voiture acheva sa course devant la grise silhouette d'une bâtisse de granit. Devant ce château fort de légende qui émergeait de nulle part attendait un homme de haute stature, vêtu de tweed. Ses yeux bleus pétillants de malice s'accordaient avec distinction aux cheveux blancs qui couronnaient son crâne. Il s'approcha respectueusement pour m'accueillir : « *Welcome, Madam, the Minister is waiting for you.* » Je le suivis, le cœur battant. En gravissant un majestueux escalier de granit ouvragé, il m'expliqua dans un français châtié que la demeure lui venait de ses ancêtres. Il me conta dans les moindres détails l'histoire des Moloney en commentant les portraits emperruqués qui ornaient les corridors.

– Moloney ? Ça me dit quelque chose !

– Arrête de m'interrompre, sinon je me rendors pour de bon !

– Non, continue, surtout !

– Pour entretenir son castel, il lui fallait maintenant tenir des chambres d'hôtes en se donnant l'impression de ne pas déroger. « Vous serez seuls ici ce soir, précisa-t-il en français. Mon épouse et moi-même ferons tout ce qui sera possible pour vous rendre le séjour agréable. » Je me souviens de l'odeur particulière qui flottait dans cette maison : un subtil mélange de citronnelle, de lavande, de cire et de vieux bois. Nous avons traversé d'interminables galeries. Il a continué son interminable monologue. Les lames disjointes des vieux planchers grinçaient sous nos pieds. Il s'est arrêté devant une porte à double battant. Après s'être retourné machinalement comme pour s'assurer que je n'avais pas disparu dans une oubliette, il frappa timidement, et poussa la porte en murmurant avec obséquiosité : « Votre invitée est arrivée, Monsieur le Ministre. » Puis il s'effaça. Maréchal était là, au fond de cette chambre désuète. Il faisait mine de travailler, campé derrière un lourd bureau Chippendale, tournant le dos à la fenêtre qui laissait découvrir une luxuriante campagne. Il se leva quand même pour me serrer dans ses bras : « Alors, ma belle amie, avez-vous fait un joli voyage ? » Ce jour-là, j'ai compris que le piège se refermait sur moi. En riant, je lui laissai entendre que je n'étais pas dupe. « Quel piège ? De quoi parlez-vous ? me dit-il, moqueur. C'est vous et vous seule qui refermez les grilles. Vos grilles ! Parce que vous le voulez bien. Moi, je n'impose rien. Jamais rien. J'aime la liberté. Ma liberté, et celle des autres aussi. Je hais toutes les contraintes. Vous comprenez, n'est-ce pas ? »

– Il t'a complètement manipulée, intervient Alex.

– En tout cas, il a essayé ! Bien plus tard, alors qu'il croyait sentir que je lui demandais plus d'exclusivité, il eut comme un mouvement de révolte : « Personne à ce jour ne m'a eu. Je n'appartiens à personne, vous entendez ? A personne ! Mais si vous avez besoin à nouveau, ma chère, d'une vie bourgeoise, et si vous souhaitez retrouver tous les soirs un crétin en pantoufles qui vous attende à la maison, alors cherchez-en un très vite, et refaites l'expérience ! Je ne vous donne pas six mois pour me revenir. Mais je pense sincèrement que vous méritez mieux que ça ! Parce que, maintenant, je sais que vous me ressemblez. » Ce qu'il n'imaginait pas alors, c'est que l'élève, sans jamais avoir cherché à se mesurer à lui, pourrait un jour dépasser le maître. Il me disait souvent : « Lorsque les femmes auront enfin compris que pour avoir l'homme qu'elles aiment vraiment à elles, il leur en faut trois, ce jour-là naîtra la parfaite harmonie dans les couples. » Tout d'abord, je pensai que Maréchal avait tout d'un monstre, et j'en éprouvai une vive souffrance. Puis je compris que ces boutades recelaient une part de vérité. Je me dis qu'il y avait peut-être quelque chose à en tirer pour éviter que l'amour ne succombe à la banalité et à la monotonie.

– Alors, l'infidélité, selon toi, transfigurerait l'amour ? s'écrie Alex épouvanté. Non, mais tu crois à ces conneries ? Tu ne t'es jamais dit que Maréchal te racontait toutes ces salades parce qu'il était tout simplement incapable de t'aimer, incapable d'aimer quelqu'un d'autre que lui-même ?

– Je crois qu'il m'a vraiment aimée, tu sais, fait-elle à mi-voix. Même s'il s'en défendait. Il m'a aimée parce qu'il croyait vraiment que je lui ressemblais.

– Mais non, tu ne lui ressemblais pas ! C'est parce que tu étais amoureuse que tu le lui faisais croire.

– Difficile de duper quelqu'un comme Maréchal ! Si tu viens à le croiser, tu te souviendras de ce que je te dis ce soir.

Elle reste un moment songeuse, puis reprend avec mélancolie :

– Il me répétait souvent : « Je suis sûr que vous écrirez notre livre, un jour, vous verrez. » Il ajoutait en riant : « Vous pourriez même l'intituler *Le Diable en deux*. Pas mal, comme titre, vous ne trouvez pas ? »

– Fallait-il que tu l'aimes pour accepter ça ! murmure Alex d'un air désabusé.

Catherine ne répond pas. La première lueur du nouveau matin commence à percer la tenture de soie nacrée. Elle s'est assoupie, épuisée, abandonnée, la tête sur sa poitrine. Il caresse ses longues boucles emmêlées. Il écoute sa respiration calme et régulière. Il n'a toujours pas sommeil. Il pense à ce qu'elle vient de dire sur l'amour. A vouloir à tout prix la cerner, la posséder au travers de ses confidences sur Maréchal, elle lui échappe un peu plus encore.

Catherine se réveille et sourit d'un air désolé. Elle s'est détachée doucement de lui pour se lever.

Il pense qu'elle l'abandonne. Mais il aime la regarder nue quand elle déambule sans pudeur dans cette chambre. Il craint de s'habituer à la voir ainsi, de ne plus y prêter attention. Il aimerait surprendre cette nudité plutôt que de la subir. Il s'imagine invisible, et son désir revient.

Elle a rapporté du café et des cigarettes. Avec un petit sourire moqueur, elle a remis l'air de Liszt, la musique de cette première nuit où il ne voulait pas la toucher.

Il ne faut pas qu'elle s'habitue à être désirée. Il cherche quelque chose de désagréable à lui dire pour qu'elle s'inquiète, qu'elle soit de nouveau amoureuse.

– Parle-moi de ton métier !

Catherine pose le plateau sur les draps chiffonnés. Elle s'assied près d'Alex, en appuyant ses mains retournées sur le lit. Le corps arc-bouté, elle met involontairement en évidence la rondeur de ses seins.

– Et que pourrais-je t'en dire de plus que l'autre fois ? fait-elle avec mystère. Je travaille avec Edgar Levert, l'un des responsables d'Arès Technologies. Je t'ai déjà parlé de lui. Voilà, c'est tout ce qu'il y a à dire !

– Arès Technologies ? Ah oui, le lobby militaro-industriel ! Evidemment, il doit y avoir un rapport avec le ministre de la Défense !

– C'est possible.

– Tu te fous de ma gueule ? s'emporte Alex.

Le visage de Catherine se ferme et devient dur, presque féroce. Alex ne lui avait pas imaginé une telle expression.

– Si tu le prends comme ça, mon petit bonhomme, je ne te dis plus rien !

– Non, excuse-moi ! répond-il timidement en se passant une main dans les cheveux et en secouant l'autre comme pour repousser le démon de la jalousie. Toutes ces histoires avec Maréchal me rendent hypernerveux.

– Alors, pourquoi en redemander ?

– Je n'ai jamais prétendu que je n'étais pas un peu pervers, moi aussi, répond-il avec un sourire candide, tout en remontant pudiquement le drap jusqu'à sa taille.

Il verse du café dans la tasse de Catherine, et ne peut s'empêcher de reprendre son interrogatoire :

– Quel est ton rôle chez Arès Technologies ?

– De ne jamais répondre aux questions, dit-elle avec un sourire tout en laissant glisser sa main sous le drap qui recouvre le ventre d'Alex. Surtout pas à un petit pervers qui bande en douce en imaginant que je ne m'en rends pas compte, et qui nous fait sa crise parce que je ne m'occupe pas de lui !

Il se trouble et l'enlace en faisant l'enfant.

– Arrête de déconner ! Raconte-moi.

– Mais tu le sais déjà. J'aide à conclure des marchés d'armement à travers le monde, fait-elle avec lassitude.

Alex frémit quand il sent les longs doigts de Catherine se refermer sur son sexe.

– Je reçois des commissions pour ça, fait-elle encore. D'énormes commissions, pour d'énormes contrats.

Il la regarde, tellement stupéfait qu'elle n'ose plus le caresser.

– Tu n'avais pas deviné ? demande-t-elle.

– La seule chose qui ne m'avait pas échappé, c'est ton train de vie. A moins d'être héritière ou richement entretenue...

– Ni l'un ni l'autre ! corrige-t-elle brutalement. Et j'en suis assez fière ! C'est ma vraie liberté de n'avoir de merci à dire à personne.

Elle éclate d'un rire forcé et poursuit :

– Tu n'as pas idée du prix d'un seul de mes coups de fil, simplement pour entrouvrir une porte ou organiser un rendez-vous. Je suis une femme très chère, figure-toi !

Alex pense avec affolement qu'il a maintenant affaire à une autre femme. Ce rire métallique, cette expression de louve impitoyable qu'il ne lui connaissait pas : si elle s'était soudain démasquée ? Si c'était elle, la vraie Catherine, cette amazone froide et joueuse, sans états d'âme ? Une fois de plus, elle lui a échappé.

– Maréchal est-il au courant de tes activités, de l'origine de tes revenus ?

– Non mais tu n'as rien compris, ma parole ! Non seulement il est au courant, mais ça l'arrange !

– Là, je ne te suis plus.

– Lorsque j'ai quitté Sébastien, Maréchal a commencé à s'inquiéter. Il s'imaginait qu'il aurait à m'entretenir, et ça ne l'amusait pas du tout.

– Mais on le dit très riche ?

– Avare, surtout ! Très, très avare ! Il ne sait pas donner : ni l'argent, ni l'amour. Ne jamais rien dépenser, c'est le moyen le plus sûr de consolider une fortune. N'aimer que soi est le meilleur bouclier contre les désillusions. J'ai tout de suite compris que j'allais le perdre. Pour le garder, il me fallait des moyens. Quand je lui ai parlé des offres d'Edgar Levert, il m'a vivement encouragée. Il m'a même proposé de m'aider. Je crois d'ailleurs qu'il y voyait son propre intérêt, indépendamment de notre relation.

– Que veux-tu dire ?

– Au départ, Maréchal n'avait pas de fortune. On ne s'enrichit pas aussi facilement. Je suis sûre qu'il ne m'a pas attendue pour tirer parti de son carnet d'adresses.

– Tu crois qu'il est corrompu ?

– Comme la plupart des dirigeants politiques qui ne sont que l'émanation d'une société où l'argent est devenu une fin en soi. Aucune démocratie ne peut fonctionner sans un certain nombre de principes élémentaires, mais tout le monde aujourd'hui s'en moque.

– La distinction entre intérêt général et intérêts particuliers, par exemple ?

– Exactement. Les mécanismes du pouvoir politique et ceux du pouvoir financier sont trop solidaires pour qu'industriels, banquiers et politiques puissent travailler chacun de leur côté, en s'ignorant mutuellement. Quand bien même ils le voudraient, ce serait impossible. Les uns et les autres sortent du même moule. Ils ont fréquenté les mêmes écoles. Ils se retrouvent dans les mêmes clubs, les mêmes bordels, les mêmes partouzes. Ils sont liés. Nos contemporains ne rêvent que de s'enrichir. Aucune voix ne s'élève pour proposer d'autres valeurs. Comment voudrais-tu que les élites se sacrifient quand la fortune est à portée de main ? C'est tout le système qui est malade. En ce qui concerne Maréchal, on peut imaginer que la corruption ferait bon ménage avec le cynisme qu'il affiche. En tout cas, s'il est corrompu, il se garde bien de me tenir informée. Il aurait trop peur que ça me donne prise sur lui. Levert est peut-être au courant, mais il ne me dit pas tout. Au fond, ça ne me regarde pas.

– Et toi, cet argent que tu gagnes, demande Alex en s'énervant, ça ne te pose aucun problème ? Tu trouves ça normal ?

– Tout ce que je fais est légal ! Les commissions ont toujours existé ! Catherine Kerville n'a rien inventé.

– Je me fous que ce soit légal ou pas ! bredouille Alex. Mais tu ne te demandes pas, de temps en temps, si c'est légitime de faire du fric en vendant des armes ? Moi je trouve ça franchement dégueulasse. Tu ouvres les journaux et tu vois... des enfants, des femmes, des pauvres types qui crèvent aux quatre coins du monde, dans des conflits absurdes, et toi, là-dessus, tu... tu touches le pactole ? Ah non, vraiment, ça me dégoûte ! Tu n'as donc pas de cœur ?

Catherine s'est levée d'un bond. Elle arpente la chambre. Ses yeux brillent d'une colère trop longtemps contenue. La porcelaine qu'elle tenait à la main se brise avec fracas. Elle commence à hurler :

– Mais les journaux parleraient de quoi, s'ils ne pouvaient se régaler du spectacle sordide et grotesque de la misère humaine ? Les romanciers parleraient de quoi, si les hommes étaient des anges ? Tu peux me le dire ? C'est la merde qui vous fait vivre, tout comme moi ! Mais tu ne vas pas te mettre à me faire la morale sous prétexte que tu barbouilles du papier toute la journée, et que ce serait plus noble ! D'accord, la poudre, ça pue ! Mais si on te donnait plus d'argent, tu ne le refuserais pas ! Ce n'est pas ma faute si les missiles se vendent mieux que les mots !

– Mais calme-toi, Catherine, je ne voulais pas te faire la morale, vraiment pas !

– Eh bien, quitte à faire de la morale, je me demande si vous, les soi-disant intellectuels, vous n'êtes pas plus coupables que les marchands de canons. Qu'est-ce que vous avez fait de vos plumes pendant tout ce siècle ? Pendant que les gens s'égorgeaient, vous vous êtes contentés, dans le meilleur des cas, de piailler, de pleurnicher ! Vous n'avez rien compris à la politique parce que vous n'avez rien compris aux hommes ! Vous avez encensé les salauds quand ils vous caressaient dans le sens du poil. Après, vous n'avez jamais eu honte de crier à qui voulait l'entendre qu'on vous avait trompés. Vous avez cru vous en tirer en vous regardant le nombril, en remettant en question jusqu'aux mots, au lieu de vous en servir pour flinguer, comme vous auriez dû le faire si vous aviez eu des couilles. La vérité est que vous êtes complètement déboussolés, alors qu'on attendait tout de vous, à commencer par de bonnes raisons pour qu'il n'y ait plus jamais de guerres ! Tu peux m'en donner, toi, des raisons pour qu'on ne se foute plus sur la gueule ? Sûrement pas ! Parce que l'humain porte ça dans ses gènes. C'est la bête la plus immonde, la plus tordue qui soit. Alors, tu peux toujours pisser de l'encre dans tes torchons, ou tes bouquins, ça ne changera rien. Les marchands d'armes te dégoûtent ? Et les foutriquets qui distillent l'anathème à deux balles sans jamais prendre d'autre risque qu'étaler leurs noms dans les journaux, ou attendre, fiévreux, les mauvaises nouvelles pour sauter dans un avion, en première classe, afin que le monde entier voie leurs sales gueules d'hypocrites à la télé ? C'est ça, la bonne conscience ? Foutaises ! Tant que personne n'aura pris la peine de donner de vraies raisons pour qu'il n'y ait plus de guerres, ça continuera. On fabriquera des armes ! Et il faudra bien aller les vendre ! Et il faudra bien des marchés, encore et encore. Et s'il n'y a pas assez de guerres, on en inventera, sois-en sûr ! On trouvera bien le moyen de foutre le bordel entre deux pays tranquilles, entre deux ethnies pacifiques, entre deux frères qui s'aiment. Et on les fourguera toujours, les roquettes, les chasseurs, les frégates, et tout le bazar !

Alex est stupéfait de la voir ainsi s'emporter.

Soudain elle baisse le ton et vient se rasseoir.

– Pardonne-moi ! fait-elle en prenant son ami par l'épaule. Et qui te dit que j'approuve tout ça ? Qui te dit que je n'ai pas pensé pouvoir agir un jour pour le dénoncer ? Je ne t'ai pas attendu ni pour réfléchir, ni pour agir ! Le moment venu, je te ferai entendre certains enregistrements, et là, tu comprendras mieux.

– Des enregistrements ? Mais de qui ?

– Au début de ma relation avec Maréchal, j'avais besoin de garder des traces de ce que j'imaginais être un amour naissant. C'est mon côté midinette. Il me fallait du tangible, des preuves, des souvenirs de pacotille. L'éphémère me faisait peur. Alors j'enregistrais en douce, j'accumulais les bandes comme on garde des lettres jaunies en les attachant avec des faveurs parfumées. D'ailleurs, il ne m'écrivait guère !

– Ah, tu trouves normal qu'une femme amoureuse d'un ministre enregistre ses conversations ?

– Je me foutais bien qu'il soit ministre !

– Tu parles : s'il avait été chômeur, tu te serais donné moins de peine !

– Mais qu'est-ce que tu en sais ?

– Ce que je sais, c'est que ton attitude était perverse et même assez cynique !

– Eh bien, si je suis perverse et cynique, moi au moins je l'assume ! Ça ne m'a pas empêchée de l'aimer vraiment.

Elle prend le temps d'allumer une cigarette en esquissant un sourire.

– En tout cas, fait-elle encore, j'ai une de ces collections d'enregistrements, je ne te dis pas ! Non seulement ça m'amuse, mais ça me protège.

– Tu n'as que des enregistrements de vos tête-à-tête ?

– Pas seulement. J'ai pris goût à ce petit jeu. Je l'ai aussi enregistré lorsque d'autres gens étaient avec nous. La plupart des bandes n'ont qu'une valeur affective ; mais certaines sont de vraies bombes.

– C'est comme ça que tu le tiens ?

– Pour le tenir, encore faudrait-il qu'il le sache. Et s'il le savait, je le perdrais.

– Pourquoi tu me dis tout ça ?

– Les secrets, c'est lourd à porter. Et puis, je sais que je peux te faire confiance. Contrairement aux apparences, Alex, je suis une femme très seule. Ces réceptions, ces gens qui défilent, ça n'est que du vent. Leurs sourires, leur prétendue amitié : du toc. Ce sont des bouffons, des papillons attirés par la lumière. Si demain j'avais le moindre pépin, ils seraient tous aux abonnés absents. Oubliée, Catherine ! Oubliés, les dîners et les réceptions de l'avenue Georges-Mandel ! Oubliés, les concerts, le champagne et le beluga ! Il diraient : « Catherine qui ? Kerville ? Non, franchement, connais pas ! »

– Mais cette vie d'apparences, c'est toi qui l'as choisie ?

– C'est l'amour que je portais à cet homme qui m'a conduite à la choisir. Pas à pas je m'y suis engagée. Après, je me suis retrouvée engluée dans le système. Alors j'ai continué. Mais j'étais lucide, et sans illusion. Sans illusion sur personne, surtout pas sur Maréchal, ce voyou que j'ai aimé plus que ma vie.

– Pourquoi tu emploies le passé ? Tu l'aimes toujours, c'est clair !

– Tout s'en va, Alex ! J'aime le souvenir de l'avoir aimé. Oui, je l'ai aimé au-delà de tout ce que je croyais possible. Depuis le premier jour, je m'en suis vainement défendue. Les souvenirs des moments de bonheur sont à la mesure des souffrances que j'ai endurées. Je n'ai cessé de le fuir. Mais, plus je le fuyais, plus je perdais pied. Je me suis bien inventé d'autres vies, d'autres amours pour me préserver, l'éloigner de moi, m'éloigner de lui. A quoi bon ? Il revenait toujours me chercher. J'avais d'abord droit aux violons, *sottovoce*, puis à tout l'orchestre, *fortissimo*. Il trouvait toujours des arguments pour me convaincre de sa sincérité. D'ailleurs, sincère il l'était ! Du moins sur le moment. Pourtant, j'ai fini par prendre un amant, comme on dit.

– Qui donc ? demande Alex avec une soudaine anxiété.

– Un homme, peu importe lequel. J'étais bien décidée à fermer à tout jamais ma porte à Maréchal. Mais, un soir que nous fêtions l'anniversaire de cet homme, retentit la sonnerie du téléphone. C'était Germaine Strauss, la vieille pute promue maquerelle. La vieille complice de Maréchal, qui ne vit que par procuration au rythme des battements du cœur de glace de son illustre et puissant protecteur. Ce soir-là, elle m'attendait dans une voiture de place en bas de chez moi. J'ai abandonné un instant mon nouvel ami et nos invités. Elle était installée à l'arrière, terrible et ridicule, en robe de chambre, chaussée de charentaises, avec des bigoudis sur la tête. D'un ton sans réplique, de sa voix gouailleuse, elle m'a ordonné de monter. Sitôt la portière refermée, le chauffeur a démarré. Affolée, je lui ai demandé où nous allions. Elle n'a pas pris la peine de me répondre, et s'est contentée de me déposer chez Maréchal. A l'adresse de sa garçonnière. Elle me livrait, comme une marchandise, un colis. Il m'attendait. Il avait préparé un souper aux chandelles. Inutile de te dire que je n'ai jamais revu mon malheureux fiancé ! La fuite était impossible. L'acharnement de cet homme à me retenir et les subterfuges qu'il utilisait étaient imparables... Une autre fois, j'avais organisé un dîner à la maison. Cela faisait plusieurs mois que j'avais, de nouveau, pris des distances avec le ministre...

– Mais pourquoi ?

– Epuisement sentimental !

Elle se verse une tasse de café.

– Tout se passa très bien, continue-t-elle. Il resta réservé. Juste amical. Un brin indifférent. Nous étions passés au salon. Maréchal disparut soudain du côté de ma salle de bains. On ne le voyait pas revenir. Les invités s'impatientèrent. Des hauts fonctionnaires : tu vois le genre ! Un ambassadeur coincé commença à consulter sa montre. Je me risquai au fond de l'appartement. J'entendis le clapotis de l'eau qui coulait. Derrière la porte, je demandai si tout allait bien : il aurait pu être mort. La porte ne se rouvrit qu'après un long moment d'attente. Il était bien vivant, pourtant, et à poil, en plus ! Narquois, il enfilait tranquillement un peignoir. « Tout va pour le mieux, ma chère. Pour le mieux, vraiment. Ne vous faites pas de souci ! » me dit-il.

Alex éclate de rire.

– Et tu l'as gardé, naturellement ?

– Eh oui ! soupire Catherine en baissant les bras en signe d'impuissance. Je suis retournée vers les invités. J'ai dit qu'il avait une légère indisposition. J'ai mis tout le monde à la porte. Ils s'inquiétaient ou faisaient semblant, tous ces connards ! Je les ai rassurés. Je suis retournée vers mon vieux salaud de Maréchal, et je l'ai gardé. Oui, je l'ai gardé dans mes bras jusqu'au matin, furieuse et ravie.

– Tu m'as donné envie de le rencontrer, ton ministre, fait Alex avec émotion.

– Pourquoi pas ? répond Catherine, fataliste. Ce n'est pas un problème. C'est toi qui l'auras voulu. J'arrangerai un dîner. Tiens, avec Levert ! Vous ferez une belle équipe, tous les trois. Tu te sens d'attaque ?

– A toi de me le dire ! fait Alex en attirant langoureusement la jeune femme tout contre lui.

X

Catherine ouvre elle-même la porte.

Dans l'antichambre, Alex, surpris, ne peut se retenir : il lui dit à voix haute qu'il la trouve encore plus belle que d'habitude.

C'est le seul moment de la soirée où elle baissera les yeux. Un instant d'intimité fugace qui s'arrête aux lourdes portes du salon. Elle les pousse avec une force étrange et délicate à la fois.

Jacques Maréchal et Edgar Levert sont déjà installés. De loin, on pourrait croire d'innocents pères de famille. Mais, du fond de leurs fauteuils, ils réchauffent d'inaudibles intrigues au feu de la haute cheminée.

Catherine s'approche sans crainte pour présenter Alex. On le salue avec une politesse distraite mêlée de gêne. Son arrivée a visiblement interrompu la conversation et on ne fait rien pour le lui cacher. Avec quelques raclements de gorge, Maréchal et Levert cherchent un nouveau sujet, plus anodin cette fois. Catherine a l'habitude de ce genre de situation. Elle compense cette maladresse étudiée en interrogeant ces messieurs, avec le plus grand naturel, sur le choix de leur champagne.

Alex l'observe. Ce soir, elle est vraiment différente. Son visage ovale est enchâssé dans une lourde cascade de boucles brunes qui rebondissent jusqu'à ses épaules. Elle est vêtue de noir et de blanc. Un bustier de velours souligne la finesse de sa taille. Par-dessus, une longue chemise de mousseline effleure ses seins graciles et préserve le mystère de ses hanches. De sa jupe serrée s'échappent des jambes fuselées qui arpentent énergiquement le salon.

Alex tente de refuser l'évidence de son désir en se demandant, pour occuper son esprit, comment on peut tenir en si parfait équilibre sur de si hauts talons.

Catherine est volubile, mais avec une élégance si naturelle que sa décontraction s'impose peu à peu aux trois invités.

Alex cherche son regard. Quand il le trouve, il se sent la force d'approcher, de lui prendre la main, guidé par les effluves familiers de l'Heure bleue. Il l'imagine, quand elle vaporise ce discret nuage, qu'elle y pénètre pour en imprégner tout son corps. Il frissonne.

Mais les yeux de Catherine lui échappent.

Avec malice, comme le serpent de la Genèse, Maréchal glisse à la jeune femme quelques mots chuchotés tandis qu'elle lui tend une coupe.

Son rire fuse et pétille. Elle s'accroupit doucement devant cet homme. Alex interprète son geste comme une involontaire soumission. Une cuisse voilée de soie écarte le pli de la jupe noire. Du regard, Maréchal la parcourt et s'y attarde en connaisseur. Mais rien n'échappe à l'attention d'Alex.

« Cet homme, pense-t-il, a bien soixante ans ; pourtant, il n'a pas renoncé ! »

C'est évident, il ne renoncera pas. Il sait trop l'effet irrésistible de ses atouts. Les fils d'argent qui rehaussent le sombre de son épaisse crinière de vieux lion. Les plis de ses yeux rieurs. L'éclat de son visage encore intact de jeune homme insolent.

Levert est à peine plus âgé que Maréchal. Quoique plus massif, il pourrait encore plaire. Mais les arguments dont il use pour séduire et convaincre sont sûrement d'un tout autre ordre. Alex le devine. A ces yeux d'acier toujours aux aguets, qui ne tolèrent pas l'émotion. A ces dents courtes et acérées, qui se montrent parfois derrière des lèvres charnues et gourmandes. A ce rire saccadé dont il use avec maîtrise. Non, lui ne se laisse jamais distraire.

Les flambeaux et les couverts resplendissent.

Le ministre semble agacé. Sans doute par la présence d'Alex, conjuguée avec l'absence de Samantha.

– Comment occupez-vous donc vos journées, Monsieur ? demande Maréchal. Veuillez me pardonner : votre nom m'a échappé.

– Je m'appelle Alex, Monsieur le Ministre, Alex Meyer, et je passe généralement mon temps à écrire. Quand je n'ai rien de mieux à faire, bien entendu.

– Fort bien, et quel genre d'écriture ?

– Je construis des histoires.

– Romancier, alors ?

– Romancier !

– C'est ce qui me paraissait le plus intéressant quand j'avais votre âge. Mais j'ai toujours trouvé de vains prétextes pour m'interdire de suivre mon inclination. Je ne sais pas si j'aurais eu assez d'imagination. C'est plus facile d'utiliser ce que l'on connaît, vous ne trouvez pas ?

– Le problème, c'est que pour bien connaître les choses, il faut y avoir renoncé. Pour ma part, je m'inspire effectivement beaucoup de ce que j'observe. Chez moi. Chez les autres, surtout.

– Ça, c'est du voyeurisme, mon cher !

Catherine lance un coup d'œil inquiet à Alex. Elle connaît trop bien Maréchal.

Toujours à l'affût de la nouveauté, lassé par la monotonie, Maréchal accumule depuis quelques mois des frasques qui font florès dans les dîners en ville. Par exemple, on le surprend au petit matin devant l'immeuble d'une jeune veuve, et on apprend qu'elle est la nièce du ministre des Affaires étrangères d'un pays avec lequel on n'entretient plus de relations diplomatiques.

Même si leurs relations sont devenues aujourd'hui moins étroites, Maréchal garde un œil jaloux sur la vie de Catherine. L'approche de tout rival potentiel provoquerait chez lui un intérêt nouveau, un regain d'excitation.

Catherine a peur qu'Alex ne soit pas de taille à se frotter à cette perversité. Mais cette épreuve qu'elle lui impose ne laisse pas non plus de lui plaire. C'est d'autant plus difficile et intéressant que le jeune homme n'a pas été mis en garde, et que l'issue de la joute dépend avant tout de sa sagacité.

Le cynisme de Maréchal a fait mordre la poussière à plus d'un. Des mots sans réplique possible, des traits affûtés, qui frappent et tuent net.

– Mais nous avons tous un vieux fonds de voyeurisme ! répond Alex. Même vous, j'en suis sûr, Monsieur le Ministre. Tout dépend des circonstances.

Edgar Levert, dont le visage s'est soudain illuminé, délaisse un instant sa fourchette. Le tour que prend la conversation pourrait l'intéresser. Maréchal sourit.

– Vous dites vrai, Alex ! fait le ministre. Mais moi, le plaisir que je pourrais y trouver n'inspirerait pas forcément que ma plume.

L'éclat de rire tonitruant de Levert l'interrompt.

– Il faut aller au bout de sa vérité ! poursuit Maréchal. Je pourrais vous montrer la route, si vous en exprimiez le souhait.

– Avec le plus grand plaisir, Monsieur le Ministre ! répond Alex d'un ton égal. Quand vous voulez, je suis votre homme ! Où que je sois, il est bien rare que je ne me sente pas à ma place !

– Nous verrons, nous verrons !

– Voulez-vous vous servir, Jacques ? bredouille l'hôtesse en tendant un plat à Maréchal.

Le regard inquiet de Catherine a croisé celui d'Alex, qui demeure imperturbable. Le jeune homme esquisse un sourire rassurant qui exprime une inébranlable sérénité. Mais Maréchal pousse une nouvelle botte :

– Vous êtes l'ami de Samantha, me dit-on, et je vois que la belle semble s'être évanouie, ce soir. Vous ferait-elle quelque infidélité ? Vous devez être déçu, mon jeune ami ! Mais, que voulez-vous, l'inconstance leur va si bien !

– Oh, Monsieur le Ministre, lance Alex, vous êtes bien cruel ! N'y a-t-il pas lieu d'excuser une si adorable absente ? Et la présence de sa mère n'est-elle pas du plus grand réconfort ?

Maréchal n'aime pas qu'on le provoque, ni qu'on chasse sur ses terres.

Catherine se concentre en silence sur le rôti qu'elle s'évertue à découper en tranches régulières.

Levert tente une diversion :

– Avons-nous le fin mot de cette ténébreuse affaire au Bozanga ? Vous savez, ce Premier ministre retrouvé plus que mort dans une chambre d'hôtel... ?

– Naturellement, répond Maréchal d'un air détaché tout en gardant un œil de prédateur sur Alex. J'ai entendu toutes sortes de rumeurs à ce sujet. La plus plausible serait que ce brave homme ait succombé aux charmes d'une bonne amie. Vous savez, à la manière de Félix Faure. A force d'assauts, le cœur flanche, quelquefois. On dit qu'il faisait de *l'hypertension*...

Levert s'étrangle de rire et prend un accent africain en se tapant sur les cuisses :

– C'est ça ! Hypertendu, il était hypertendu ! Ha-Ha !

Maréchal ne semble pas apprécier autant qu'Alex l'humour de Levert qui continue de sa voix habituelle :

– Oui, l'hypertension semble vraiment générale, là-bas ! La guerre est même imminente. Le nouveau Premier ministre bozangais s'oppose à l'embargo décrété par le Conseil de sécurité, qui, selon lui, ne servirait qu'à affaiblir un peu plus les forces gouvernementales. Auriez-vous par hasard une petite idée de la position qu'adoptera notre pays ? Une rumeur, par exemple, dont vous auriez eu quelque écho au Conseil... Ça pourrait m'intéresser !

En posant un regard appuyé sur Alex, Maréchal tente désespérément de faire comprendre à Levert que les projets d'exportation d'armement au Bozanga caressés par Arès Technologies ont peu de chances de passionner un écrivain, même voyeur. Mais, pour Levert, l'occasion est trop belle. Il n'a pas toujours le ministre de la Défense sous la main. Et dès qu'il soupçonne quelque perspective meurtrière – émeute, coup d'Etat, conflit ethnique, guerre civile – tous ses sens se réveillent et s'aiguisent. Il entre dans une transe de visionnaire et voit se dessiner les plus juteux contrats.

Catherine actionne une télécommande. L'*allegro* d'un concerto pour violon coupe opportunément la parole à Levert.

– Jacques, fait Catherine, reconnaissez-vous cette musique ?

– Mozart, bien sûr. Non, attendez...

– Non, ce n'est pas du Mozart, Monsieur le Ministre ! répond triomphalement la jeune femme.

Alex, attentif, s'étonne :

– Mais de qui est-ce, alors ?

Levert, furieux de l'intervention délibérée de Catherine, serre rageusement les dents sur son Cohiba et en recrache un morceau sur le tapis.

– Saint-Georges, messieurs ! dit l'hôtesse. Un compositeur méconnu qui a fini sa vie tout seul dans un appartement dont les murs étaient tapissés de lettres de femmes. Je suis sûre que vous aimez, Monsieur le Ministre !

– La mort en solitaire ? Les lettres de femmes ? Ou cette musique ? demande Maréchal.

– Les trois, Jacques ! La mort en solitaire, j'y vois le signe que cet homme est resté libre jusqu'au bout. Les lettres de femmes attestent qu'il avait quelques atouts pour que ce ne soit pas le cas : c'était donc un homme particulièrement séduisant. Quant à la musique, si vous avez pu penser qu'elle était digne de Mozart, que dire de plus ? Vous ne pouvez qu'aimer cela !

– C'est vrai que votre Saint-Georges a tout pour me plaire. Il n'y a qu'une chose qui me chagrine dans ce que vous dites : c'est le fait qu'il soit resté méconnu. Prenons le cas de notre ami Alex : imaginez que, dans deux siècles, personne ne se souvienne de lui. Ou, pire, qu'en lisant une de ses pages, on puisse penser que c'est du Proust ou du Steinbeck...

– Je serais assez flatté, Monsieur le Ministre, intervient Alex, si j'étais en mesure, dans deux siècles, d'être l'occasion d'une telle méprise : les deux auteurs que vous citez figurent parmi mes préférés. Ah, si un seul de mes livres pouvait traverser les deux cents prochaines années pour se retrouver entre les mains d'un seul lecteur ou, mieux, d'une seule lectrice, je crois que je ne serais pas tout à fait mort !

– Vous avez sûrement raison, mon cher, dit Maréchal. Et, dans deux siècles, qui sc souviendra de quelqu'un comme moi ?

– Mais vous, vous écrivez l'Histoire !

– Eh bien, moi, s'écrie Levert avec entrain, si je

pouvais mettre noir sur blanc tout ce que je vois et entends, je peux vous dire que dans deux siècles, ils n'auraient pas fini de rigoler !

– Et pourquoi donc ? demande Alex avec une feinte candeur.

– Pourquoi ? Parce que ma position me permet d'observer les gens tels qu'ils sont, et je vous assure qu'à part le pognon, le pouvoir et la bagatelle, il n'y a pas grand-chose qui les intéresse. Le pognon, surtout : c'est la clé de tout le reste. Vous pouvez vous servir de ça dans vos bouquins, vous qui avez le privilège de pouvoir vous exprimer !

– Je crois bien, fait Alex, que Spinoza a écrit quelque chose dans le sens de ce que vous venez de dire.

– Ah bien, il m'intéresse alors, votre Spinoza ! Vous me donnerez le titre du bouquin, et puis aussi ceux des vôtres. Dans les avions, j'ai le temps !

– Allons bon ! fait Maréchal. Voilà notre Edgar converti à la métaphysique. Vous m'étonnez, décidément !

– Et pourquoi pas ? s'emporte Edgar, en reposant, après l'avoir vidé, son verre de Saint-Amour. Voir toute la journée des clowns, foutre la merde aux quatre coins du monde pour y vendre des flingues et des missiles, et fermer sa gueule comme je le fais depuis trente-cinq ans, vous pensez que ça empêche de réfléchir ?

Voyant Levert qui s'échauffe, Catherine intervient :

– Mon petit Alex, je vais vous demander un service. Nous allons prendre le café au salon, au coin du feu. Mais j'ai peur qu'il ne s'éteigne. A l'office, il y a un coffre à bois, juste à l'entrée. Ça ne vous embête pas de rapporter deux ou trois bûches ?

Alex s'exécute.

Profitant de son absence, Levert décide de revenir sur le sujet qui lui tient à cœur :

– Bon, Monsieur le Ministre, j'en reviens au Bozanga et je vais être clair : il faudrait peut-être que Balzin, votre Premier ministre, accorde ses violons avec ceux du Président.

– Que voulez-vous dire ? demande Maréchal.

– Je veux dire qu'il y a une dissolution qui se prépare.

– Ce sont des bruits qui courent, en effet.

– Les bruits qui courent, les bruits qui courent ! Ne me parlez pas à moi de bruits qui courent ! Dites plutôt que le Président est tellement ficelé qu'il a passé un accord avec ses adversaires de la cohabitation et préfère emmener ses députés au casse-pipe plutôt que de voir certaines affaires remonter à la surface.

– Vous semblez très bien informé, Levert !

– Je m'intéresse, Monsieur le Ministre ! Je m'intéresse, rien de plus ! Tout ça pour dire qu'il y aura un petit remaniement. Les hommes resteront probablement en place. Mais je ne veux pas prendre de risques. Pour le Bozanga, il me faut donc absolument un feu vert avant la dissolution.

– Il faut que je voie avec Marencourt, au Quai, ce que l'on peut faire. De toute façon, c'est le Président qui décidera.

– Pour le Président, pas de problème ! J'ai mon homme, vous le savez ! Non, c'est plutôt votre Premier ministre qui m'inquiète. Parce que lui, c'est un drôle de pistolet. Au fait, il est venu au Conseil, au moins, mercredi dernier ?

– Naturellement ! Pourquoi cette question ?

– Comme ça ! On m'a dit qu'il était très occupé en ville. Que ça pouvait lui prendre un peu de temps. Enfin, du moment qu'il ne fait pas d'*hypertension*, lui aussi !

– Il aurait une nouvelle affaire ?

– Oh, très modeste ! Juste une gamine ! Mais elle le met dans un de ces états ! Ça le travaille sûrement plus que le bordel au Bozanga, vous pouvez me croire. Tenez, mercredi matin, ça l'a pris comme ça, au petit déjeuner ! Alors, avant le Conseil, il a fait un menu détour. Au pied de la butte Montmartre, devant un petit immeuble : trois Safrane avec gyrophares et trois motards qui font le pied de grue, ça attire quand même un peu l'attention !

– Mais c'est vrai, quand j'y repense ! Le Conseil a commencé avec trois quarts d'heure de retard. Le Président était fou furieux.

– Oh, lui, s'il se bourrait moins le tarbouif, il serait sûrement plus patient ! D'ailleurs, il a eu de la chance que Balzin soit venu. Remarquez, on dit que c'est un rapide, le Premier ministre ! Il est tout le temps en retard mais, pour ça, il aurait plutôt de l'avance.

– Vous voulez dire qu'il serait un peu... précoce ?

– Ne faites pas l'innocent. Vous savez bien qu'on l'appelle comme ça au Château : Précoce a fait ceci, Précoce a dit cela...

– A propos du Château, votre homme, ce Savini, vous êtes sûr de lui ?

– Savini ? Mais, Monsieur le Ministre, il me mange dans la main, et il en redemande ! D'abord, il est venu frapper chez Tonton Edgar pour sa pension alimentaire, quand il a commencé comme conseiller technique au cabinet de ce vieux con dont le nom m'échappe. Après, on lui a payé les voiles de son bateau, parce qu'il aime la mer, figurez-vous ! Mais plus il navigue en eaux troubles, plus il coûte cher ! Alors il a encore fallu l'aider pour pendre la crémaillère de sa petite gentillhommière en Normandie. Depuis, ça n'arrête plus ! Les crocs lui ont poussé. Il laboure les tapis du Château. Et il est comme un fou, avec cette histoire de dissolution. Ah, lui, ça l'arrangerait drôlement qu'on puisse faire affaire avec les Bozangais !

– Et pourquoi donc ?

– Parce que dissolution veut dire élections, donc campagne, donc grosses valises, donc pourboires pour les petits porteurs. Mais, si on ne signe pas, où voulez-vous que je le prenne, cette fois, le pognon ? Même si l'élection est perdue d'avance, il faudra régler quand même l'ardoise. Trouver en quelques semaines une grosse marmite pour faire mijoter mes petits légumes, ce n'est pas si facile ! Tandis que si on signe avec le Bozanga, l'affaire est réglée. Un marché de vingt milliards payés *cash* à Zurich, dix pour cent de commission, et en avant la musique ! Aux urnes, citoyens ! Bon, Savini va garder dix pour cent pour ses frais. Il restera quand même un milliard et huit cents petits millions pour les affiches et la colle !

– Et Savini, vous lui en avez parlé ?

Levert se met à se racler la gorge pour prévenir

Maréchal du retour d'Alex. Il finit par s'étrangler et, changeant de couleur, part dans une quinte de toux inextinguible.

– Sans vouloir être indiscret, fait le jeune homme, je viens d'entendre un nom familier. S'agirait-il de Thibaut Savini ?

– Vous le connaissez ? fait Maréchal, glacial.

– Oui, très bien. C'était un vieil ami... En fait, je ne l'ai pas revu depuis quelques années.

– Et en quelles circonstances l'avez-vous rencontré ?

– Nous étions ensemble à Henri-IV. Ça crée des liens. Superficiels, sans doute, mais l'amitié est toujours fragile.

– Il était comment, à cette époque ?

– Assez replié sur lui-même. Brillant. Dévoré d'ambition, je crois. C'était le seul point qui nous séparait. Pour le reste, nous étions souvent d'accord.

– Pour l'ambition, il n'a pas beaucoup changé ! Ça oui, il a de l'ambition ! tonne Levert.

Maréchal le fusille d'un regard terrible, puis se retourne vers Alex :

– Vous le voyez encore ?

– Depuis qu'il est *mamamouchi*, il a quelque peu oublié ses amis d'autrefois. Je ne lui suis d'aucune utilité et je n'ai rien à lui demander. Nous ne fréquentons pas les mêmes gens. Je suppose que sa vie est bien remplie à présent. Alors, hormis le hasard, nous n'avons pas beaucoup de chances de nous croiser. Si vous le faites avant moi, Monsieur le Ministre, transmettez-lui simplement le bon souvenir d'Alexandre Meyer.

– Je n'y manquerai pas ! fait Maréchal, rassuré.

XI

Voilà huit jours que Catherine ne donne plus de nouvelles. Elle est injoignable. Alex travaille mais ne progresse guère.

Dans l'appartement de la rue de Maubeuge, les feuillets griffonnés et chiffonnés jonchent le sol. Les cendriers débordent.

Sur le répondeur, les messages de Varlot s'accumulent. Il voudrait quelques chapitres pour se rassurer. Samantha aussi s'impatiente. Pour la délaisser, Alex a invoqué le prétexte du travail à achever. Magot s'occupe bien assez d'elle, de toute façon !

Alex décide d'appeler ce mystérieux bureau dont Catherine lui a laissé le numéro, à n'utiliser qu'en cas de force majeure. Une secrétaire lui répond d'une voix méfiante :

– Madame Kerville est actuellement en déplacement. Je ne sais quand elle rentrera. C'est de la part de qui ?

– Alex Meyer.

– Ah, Monsieur Meyer ! Que je suis heureuse de vous entendre ! Je ne savais pas comment vous joindre. Madame Kerville ne m'avait pas laissé votre numéro, et je ne vous ai pas trouvé sur l'annuaire. Monsieur le Ministre de la Défense nous a laissé un message pour vous. Il faut que vous le rappeliez. Je crois que c'est extrêmement urgent.

Alex imagine les scénarios les plus invraisemblables et les plus alarmants. Il pourrait être arrivé malheur à Catherine. Sinon, qu'est-ce que Maréchal pourrait bien lui vouloir ? Un écrivain convoqué d'urgence au ministère de la Défense ? Pour rédiger un discours ? Maréchal doit avoir ses nègres. Il n'est pas homme à s'abaisser à demander un service. Surtout pas celui-là.

Alex n'a plus l'habitude de nouer les cravates. Pour une première à l'Opéra, ce serait différent : la musique vaut bien quelques sacrifices. Il ressent cet étranglement protocolaire comme une gêne insupportable. En y passant les doigts, il tente désespérément d'élargir le col de sa chemise.

Pas de doute : c'est bien le ministre qui vient de lui parler :

– Passez donc vers treize heures.... Au ministère... Nous bavarderons en déjeunant tranquillement.

Difficile de décliner une invitation d'apparence aussi amicale. Peut-être Alex parviendra-t-il à recueillir quelques informations utiles pour localiser Catherine ? Et puis, le personnage de Maréchal mérite sans doute qu'on se déplace, ne serait-ce que par curiosité. Ce que lui en a dit

Catherine, ce qu'il a constaté lui-même vaut bien un détour par le faubourg Saint-Germain.

Alex ne pense qu'à son amie en gravissant les marches du grand escalier du ministère dont la solennité est soulignée par l'épais tapis rouge qui s'écrase sous ses pas. Deux huissiers en habit, la chaîne au cou, le conduisent dans l'antichambre du bureau. Meubles en bois de rose et tapis de la Savonnerie : quel décor d'opéra !

Pour atteindre les poignées des portes monumentales de chaque côté desquelles deux gardes, coiffés de shakos, rectifient la position, les deux huissiers doivent lever haut les bras.

Imperturbables, les gardes rêvent peut-être d'une improbable attaque qui pourrait justifier leur présence.

– Monsieur Alexandre Meyer ! lance un des appariteurs d'une voix tonitruante avant de s'effacer en refermant doucement le battant.

Quand Alex pénètre dans l'immense pièce aux plafonds lambrissés, il aperçoit dans le lointain un bureau dix-huitième d'une hauteur inhabituelle, éclairé de deux lampes-bouillottes. C'est là que trône le ministre, juché dans un lourd fauteuil Régence en bois doré. Ses pieds sont posés sur un petit tabouret assorti recouvert de velours grenat. Derrière lui, une tapisserie des Flandres relate les mésaventures d'Icare. C'est sûrement Maréchal qui l'a dénichée au Mobilier national. Comme ça, les visiteurs les plus audacieux sont prévenus : à trop vouloir s'approcher du Soleil, on s'y grille quelquefois les plumes !

Maréchal reste absorbé pendant une dizaine de

minutes dans un dossier qu'on peut imaginer de la plus haute importance.

On n'entend que le cliquettement du gigantesque cartel qui occupe le dessus d'une des cheminées de pierre.

Exaspéré par cette mise en scène, Alex finit par s'avancer et toussote légèrement.

Feignant la surprise, Maréchal pose enfin le stylo d'or qu'il tripotait nerveusement entre ses doigts manucurés. Des doigts trop courts. La nature le trahit.

– Pardonnez-moi, mon cher ami, lâche distraitement le ministre en dégringolant de son perchoir. Je ne vous avais pas entendu. Vous tombez à pic pour me soustraire à une besogne particulièrement fastidieuse !

Le couinement du standard téléphonique posé près du bureau interrompt ces amabilités. Un témoin lumineux clignote d'impatience.

– Ah, c'est vous, Marencourt ! Merci de me rappeler. J'ai donc lu votre note sur le Bozanga. Moi, je vous trouve vraiment tiède... Oui, je sais, au Quai, c'est de tradition ! Mais les Services viennent de me transmettre un rapport extrêmement préoccupant... Figurez-vous que c'est le souk, là-bas ! Et puis, il y a des intérêts en jeu, vous comprenez... Oui, des intérêts stratégiques ! Je vous en reparlerai de vive voix. Il faudrait donc que nous adoptions une position commune mercredi, sinon le Président ne va plus rien comprendre... Oui, le Premier ministre est alerté... Mais non, personne ne sera ingrat ! Pourquoi voudriez-vous ?... C'est cela ! Je vous rappelle dès que j'ai plus de détails. Mes hommages à votre épouse ! Bonne journée, mon cher !

Après avoir raccroché, Maréchal tape rageusement du poing sur le bureau.

– Quel con ! Non mais, quel con !

Il se retourne vers Alex.

– Vous savez, il y a des moments où je me demande ce que je fais au milieu de ces philistins !

Le bureau du ministre s'ouvre sur une large terrasse bordée de balustres de pierre, laquelle surplombe un de ces immenses jardins privés qu'on imagine tapis derrière les hauts murs de certaines rues du septième arrondissement.

Les feuilles des platanes ont pris des teintes automnales. Une table a été dressée pour le déjeuner sous un dais blanc.

Lorsque les maîtres d'hôtel ont fini de s'affairer, le ministre peut rompre le silence :

– Alors, Alex ! Parlons un peu de nos belles amies ! Comment vont vos amours ? Elle ne vous donne pas trop de fil à retordre, au moins ?

– Qui donc ? rétorque malicieusement l'écrivain.

– Eh bien, la petite ! fait Maréchal sur le même ton.

– Elle est jeune, Monsieur le Ministre. Très jeune, et souvent bien impulsive.

– C'est normal, c'est la nature qui veut ça, fait le ministre, l'œil brillant. Une bien jolie pouliche, en tout cas ! Il faut du doigté, de la patience pour la débourrer ! Mais je suis sûr que vous êtes un cavalier émérite. Vous en viendrez bien à bout, et alors là : fouette, cocher ! Vous en tirerez des satisfactions inespérées. Il faut juste que le fruit mûrisse un peu. Si elle tient de sa mère, je crois que ça vaut la peine d'attendre. Je sais de quoi je parle.

– Ce n'est pas si simple ! Sam est aux mains d'un astrologue douteux. Catherine en est du reste très alarmée.

– Effectivement, Nabot. J'en ai beaucoup entendu parler.

– Magot, pour être plus précis. Magot, Monsieur le Ministre !

– Oui, oui. Nabot, Magot, c'est du pareil au même. Un ouistiti grotesque, avec une queue minuscule !

– En tout cas, l'influence de ce personnage est sur elle d'un effet désastreux. Je ne me sens plus guère de taille à lutter.

– Je n'ai pas eu de renseignements sur la valeur du devin, mais j'ai pu me rendre compte sur pièces des qualités de l'écrivain. Par l'intermédiaire de Catherine, il avait cru utile de me faire parvenir son dernier ouvrage. Vous l'avez lu ?

– Je n'ai pas eu cet honneur. D'ailleurs, je ne lis guère en ce moment. Ça me déconcentre.

– Eh bien, abstenez-vous ! Ah là là ! Une vraie calamité. Un fou ! Cagliastro ! Raspoutine ! Aucun intérêt ! Sauf pour la zoologie, bien entendu ! Et une petite braguette, sûrement ! Il n'en tirera rien, mais il peut nuire. Non, je ne vous cache pas que j'avais imaginé que votre présence suffirait à tirer la pauvre gamine de ce pétrin. Vous m'avez fait l'impression d'être sensé, équilibré, d'aimer la vie. Ah, les choses simples de la vie ! C'est ça, le secret ! Vous voyez ce que je veux dire ?

– Oui... Bien sûr ! bredouille Alex, gêné.

– Si ce n'est pas trop indiscret, comment est-elle ? Enfin... à l'horizontale ? Au premier coup d'œil, j'ai deviné qu'elle était faite pour l'amour. Le regard brûlant et effronté, la bouche pulpeuse, la cambrure des reins haut perchés. Et ce petit séant toujours bien serré dans des pantalons moulants ! Ces jambes de faon toujours prêtes à bondir ! Une déesse ! Vous en avez de la chance, mon cher.

– La chance n'y est pour rien, proteste Alex en cherchant une échappatoire pour détourner le ministre du sujet scabreux auquel il s'accroche avec insistance.

– Vous avez raison ! C'est à nous de les éduquer, de les parfaire, dit Maréchal en s'enflammant, saisi d'une transe de visionnaire. Tout se passe dans la tête, la seule zone véritablement érogène. Si vous arrivez à leur faire relâcher la pression, à ouvrir les vannes qui contiennent les flots tumultueux qui les ébranlent inconsciemment, les sens suivent toujours. Il faut orienter leurs lectures : Restif, Sade, Bataille. Leur former l'œil, aussi : Moreau, Masson, Balthus. Et puis l'oreille ! L'opéra n'est pas une mauvaise école. Il faut également flatter leur gourmandise. Comme elles sont toutes plus ou moins anorexiques, on se doit d'exciter leurs papilles. Et aussi leur apprendre à toucher. Les tendre comme des arcs, comme les cordes d'une harpe, jusqu'à se rompre, pour en tirer ensuite les plus douces, les plus exquises harmoniques. J'ai fait ça avec Catherine.

– Ah vraiment ? fait Alex en feignant la froideur.

– Mais bien sûr ! Bon, il faut reconnaître qu'elle avait des qualités innées assez exceptionnelles.

Tenez, par exemple : alors que nous n'en étions qu'aux tout débuts de notre relation et que notre premier contact n'avait été que superficiel, elle vient me voir un matin au ministère sous un prétexte futile : un service à rendre à tel ou tel. C'était l'été. La canicule. Elle s'installe en face de moi, les jambes nues pudiquement croisées, et me tend une lettre. Je la lis devant elle. Elle me surveille, légèrement troublée...

Maréchal s'interrompt un instant pendant qu'un maître d'hôtel vient servir les turbots et changer les vins. Il lève son verre en ricanant :

– Bon ! Alors à la santé de nos femmes, de nos pouliches, et aussi de ceux qui les montent ! C'est bien comme ça qu'on dit, n'est-ce pas ?

– A votre *immortelle santé* ! réplique Alex, goguenard.

– Baudelaire ?

– Tout juste !

– Très bien ! fait Maréchal, flatté par cette allusion littéraire qui lui donne la dimension diabolique à laquelle il aspire, et qui scelle avec Alex une complicité ambiguë. Non, vous êtes vraiment très bien, décidément ! Ou en étais-je ? Ah oui ! Je vous disais donc que ce texte était admirablement bien écrit.

– Quel en était le sujet ?

– Il racontait par anticipation la visite que notre amie était justement en train de me rendre dans mon bureau. Elle y détaillait ses sensations les plus intimes. Le plaisir qu'elle éprouvait à me voir lire. Et jusqu'à l'effet irritant sur sa peau de la tapisserie d'Aubusson qui recouvrait le fauteuil où je l'avais fait asseoir. Vous vous rendez compte ?

Elle avait tout prévu : mes réactions, mes regards, mes envies, mes feintes. Je parcourus les feuillets avec flegme, comme s'il s'agissait d'une note technique d'un de mes collaborateurs. Elle avait deviné cette attitude. Elle annonçait tout ce qui pourrait se passer après que j'aurais lu la lettre, après qu'elle se serait levée pour verrouiller les issues du bureau. Elle avait évalué mes obsessions les plus secrètes. Comme vous l'imaginez, cette lecture ne me laissa pas de marbre. Qu'auriez-vous fait à ma place ? Elle me provoquait comme personne ne l'avait jamais fait avant. Je ne pouvais me dérober !

Alex n'a plus d'appétit. Il n'a pas souvenir que les confidences amoureuses de Catherine l'aient fait souffrir. Mais les mots de Maréchal sont autant de lames acérées qui lui fouaillent les chairs.

Le vieux roué le surveille du coin de l'œil. Alex sait d'instinct que le supplice sera encore plus long s'il trahit le moindre signe de douleur.

– J'ai le sentiment, fait courageusement le jeune homme, qu'elle a su provoquer un attachement très vif de votre part. Comment a-t-elle bien pu s'y prendre ?

– Vous ne vous trompez pas ! Cet attachement a duré plusieurs années. Un véritable exploit ! J'aime conquérir ! Les femmes surtout. Aller à la recherche d'émotions inédites. Un parfum inconnu ! Un geste inhabituel ! Mais je me lasse vite. Avec Catherine, je n'ai jamais croisé l'ennui. Je n'ai jamais éprouvé de lassitude. Comme si, à chaque fois, c'était une femme différente que je découvrais. Elle allait toujours au-devant de mes fantaisies. A chaque fois un peu plus imprévisible !

Dans mes bras, elle était aimante, presque maternelle parfois. Et, soudain, elle se métamorphosait. Comme une chatte que l'on croit avoir soumise et qui se retourne pour vous griffer. M'a-t-elle vraiment aimé ? A-t-elle jamais été sincère ? Je craignais souvent que tout cela ne soit qu'un jeu pour elle. Allais-je pour la première fois connaître les affres et les tourments de l'amour ? L'âge n'émousse pas la douleur, vous savez ! Bien au contraire. Malheureusement, je l'ai rencontrée trop tard. Elle était animée d'un tel appétit de vivre, d'une telle énergie ! Je me sentais vieux. Quand, dans les moments de doute, je voyais à travers elle se profiler le spectre qui annonce la venue du Commandeur, elle prenait soin de me rassurer, de me donner des preuves de ses sentiments. Mais le temps m'avait rattrapé. J'ai eu peur. Pour la retenir, j'ai eu la faiblesse de lui promettre de me consacrer à elle. J'ai même parlé mariage. Je savais bien pourtant que je ne tiendrais pas parole.

– Et pourquoi donc ?

– Parce que, mon cher, j'ai déjà une vie : une femme légitime, des enfants, une famille ! Je tiens à préserver tout cela. Et puis, en politique, le divorce est un faux pas. Quoi qu'on dise, les apparences ont encore leur importance.

Alex se souvient des confidences de Catherine : Maréchal s'était marié sous le régime de la communauté ; en divorçant, il devrait renoncer à la moitié de sa fortune.

– Bref, je craignais de la perdre, poursuit le ministre. Alors c'était tentant. Elle y a cru. Un moment, en tout cas. Moi, je gagnais du temps. Avez-vous été marié ?

– Oh non ! Je n'y ai pas songé pour l'instant. Enfin, sauf une fois. J'ai hésité. Finalement, je me suis abstenu.

– Vous l'avez quittée ?

– Non, mais j'ai tout fait pour qu'elle parte.

– Vous avez bien fait ! Trop de contraintes, tout ça ! Moi, je n'ai jamais pu m'y habituer. J'ai toujours eu plusieurs femmes, plusieurs enfants, plusieurs maisons. Les femmes ont une manie : elles vous accaparent et vous détruisent, comme des mantes religieuses. Elles ont beau paraître détachées, désinvoltes, la hideuse perspective de la vie commune, du mariage et de la reproduction, bien sûr, apparaît tôt ou tard. *Tota mulier in utero !* Leur logiciel de femelles les guide malgré elles et les transforme toujours, en définitive, en gardiennes de l'ordre social. Quel manque d'imagination ! Moi, je préfère ce qui est subversif.

– Mais, dans tout cela, faut-il voir autre chose que le triste reflet de votre déception ? Et l'amour, Monsieur le Ministre ? Le dépassement de soi ? L'ouverture vers l'Autre ? L'échange ? Le don ? Ne faut-il pas *donner*, aussi ? N'est-ce pas la jouissance suprême que de s'oublier quelquefois ?

– Bien sûr, bien sûr ! Au demeurant, de toutes les femmes, Catherine fut la plus comblée. C'est à elle que j'ai consacré le plus de temps. Ah, le temps ! Le bien le plus précieux...

Alex éclate de rire :

– Votre temps ? Il est sûrement précieux, mais était-ce suffisant ?

– Mais je l'ai beaucoup aidée dans son travail également ! précise Maréchal en se rendant compte avec agacement qu'il perd du terrain.

Souvent, je lui ai tendu la main. Elle avait aussi besoin de conseils. Dans le milieu où elle évolue, ce n'est pas si simple d'être une femme. Mes interventions l'ont aidée à s'imposer. J'ai tout de suite senti qu'elle avait besoin de s'épanouir, de se prouver qu'elle pouvait se battre et gagner. Grâce à moi, elle a eu moins de peine à conquérir sa liberté.

– Pardonnez-moi, mais il me semble que vous ne lui avez guère laissé le choix. Cette liberté dont vous parlez, êtes-vous sûr que c'est ce qu'elle voulait vraiment ?

Maréchal hésite un instant pour réfléchir.

– Non, non. Vous vous méprenez ! Catherine est une femme solide. Indépendante. D'ailleurs, autrement, notre relation n'aurait pas duré. Elle aime ce qu'elle fait. Elle éprouve également une grande satisfaction à me faire plaisir. Des petits riens. Je ne sais pas : prendre les devants pour régler l'addition, par exemple. C'est amusant, vous savez, d'être invité par une jeune et jolie femme ! Je me régale toujours en imaginant les commentaires : « Non mais, tu as vu le vieux dégueulasse ? Non seulement il se tape une jeune, mais, en plus, c'est elle qui paie ! » Quelle jouissance ! Quel plaisir de passer pour un vieux dégueulasse ! J'espère que vous connaîtrez ça un jour !

Alex s'est renfrogné. Il ne partage pas cet humour.

– Allons, allons ! reprend Maréchal. Ne vous faites aucun souci pour notre amie ! C'est au premier abord un être fragile, mais ne vous y trompez pas. Sous ces apparences se cache une tigresse férocement indépendante. Tenez : avez-vous une idée de l'endroit où elle se trouve à cette heure ?

– Pas la moindre !

– Vous devez au moins savoir qu'elle a disparu depuis une semaine ?

Alex se sent rougir. Il tente de fixer son attention sur une pensée neutre.

– Samantha est très discrète, Monsieur le Ministre. Elle ne parle guère de sa mère.

– Mouais ! fait Maréchal avec une moue dubitative. Sans doute ! Sans doute ! Toujours est-il que vous avez eu mon message. Enfin, c'est sans importance...

– Oui, j'ai d'ailleurs été très surpris quand la secrétaire m'a appelé, réplique Alex en reprenant le contrôle de lui-même.

– Pour ma part, je n'étais au courant de rien. Et voilà que Levert m'apprend qu'elle se trouve à la frontière sino-russe !

– Voyage d'agrément ? demande Alex en dissimulant mal son inquiétude.

– D'agrément, d'agrément... si on veut ! Bien sûr, elle s'est mise au chinois. Peut-être en profitera-t-elle pour réviser ses caractères ? Comme elle a dû passer quelques jours à Alma-Ata, elle pourra aussi peaufiner son russe. Mais je crois surtout qu'elle devait prendre quelques contacts et régler d'urgence certaines situations un peu délicates. Aux frontières, il y a toujours des escarmouches. Les limites, les lisières, les confins, c'est toujours dangereux. Mais soyez tranquille ! J'ai dépêché des anges gardiens du service Action. Du reste, elle sait très bien gérer toute seule ce genre de position. Elle est très organisée. Je suis fier d'elle.

Alex se souvient de la phrase de Catherine : « L'élève pourrait dépasser le maître. » Maréchal et Levert se flattent de l'avoir modelée ? En fait, ne l'ont-ils pas perdue depuis longtemps ? Elle a vite compris toutes les règles du jeu. Même s'ils pensent avoir encore la main sur elle, Catherine a pris le large. C'est eux qui la cherchent et la demandent. Elle qui ne devait être qu'un modeste maillon de leur longue chaîne, une petite pièce de leur grand puzzle, elle est devenue indispensable. Sans elle, leur système fonctionnerait-il encore ?

Alex n'en comprend pas tous les rouages, mais il s'est persuadé qu'elle en est la nécessaire courroie de transmission.

Ils la disent libre et indépendante ? Ils affectent de ne pas s'en soucier ? Mais, au fond, ils s'inquiètent. Ils la surveillent. Tentent de la contrôler.

Sinon, pourquoi cet homme serait-il là en face de lui ? Il a sûrement mieux à faire.

Mais Catherine leur échappe. Levert a dû appeler Maréchal. Ou alors, c'est Maréchal qui a appelé Levert : « Où est-elle ? Que fait-elle donc ? Avec qui ? Alex Meyer ? Vous savez des choses sur lui ? Vous non plus ? Bon, alors on va le faire venir pour en savoir davantage. Lui faire le grand jeu. Il paraît qu'on l'aperçoit souvent avenue Georges-Mandel. Il faudrait voir d'un peu plus près ce qu'il fait, ce qu'il veut exactement. Catherine n'est pas pour lui. Ça le dépasse ! Qu'il nous fiche la paix et se contente de la petite, si ça lui chante ! Chacun à sa place ! »

Au café, les deux hommes se sont détendus. Alex se surprend à repenser à son enfance. A cause de ce repas d'automne pris en plein air... Il se revoit déjeuner dans un petit restaurant du parc de Saint-Cloud ; il avait compris que son père était malade. Il avait senti que c'était la dernière fois qu'ils se voyaient.

– Etes-vous libre, demain soir ? demande le ministre comme s'il avait perçu cette bouffée de mélancolie.

– Je me libérerai, si c'est important.

– L'importance des choses est toujours relative, mon Cher ! On ne s'en rend souvent compte que bien longtemps après. Quoi qu'il en soit, j'aimerais assez reprendre avec vous la conversation ébauchée lors de notre rencontre.

Maréchal raccompagne Alex jusqu'au perron de la cour du ministère. Leur poignée de main est ferme, presque amicale.

XII

Alex et le ministre ont quitté la capitale depuis plus d'une demi-heure. Les petites routes bucoliques des Yvelines ont le charme triste et mordoré des crépuscules d'automne.

Une cocarde tricolore éclaire faiblement le pare-brise de la Safrane bleu nuit aux vitres fumées. On distingue à peine la trace sanglante des feux de position de la voiture de tête qui ouvre le chemin à toute allure. Des hommes des Services spéciaux y ont pris place, l'arme au poing.

Les éclats bleutés des gyrophares se répondent.

– C'est toujours comme ça, vos petites virées, ou c'est vraiment plus dangereux ce soir que d'habitude ? demande Alex en essayant de ne surtout pas montrer qu'il pourrait être impressionné.

– Oh, c'est surtout pour vous que ça risque d'être plus dangereux que d'habitude ! fait Maréchal, cachottier. Alors, on ne sait jamais...

Maréchal a demandé à Cheng, l'Eurasien vêtu de cuir noir, farouche et impassible, qui lui sert de garde du corps et sans doute de confident, de faire taire les portables et les talkies-walkies pour lui passer sa musique préférée.

Le ministre ferme les yeux pour mieux entendre l'air guilleret qu'entonne un invisible ténor. Comme il en connaît les paroles par cœur, il les murmure avec une satisfaction d'habitué en balançant sa tête nonchalamment renversée sur la plage arrière de la limousine :

La rivedrà nell'estasi
Raggiante di pallore
E qui sonar d'amore
La sua parola udrà, sonar d'amore

– Vous connaissez ? demande le ministre en s'adressant à Alex.

– Bien sûr ! repond l'écrivain avec une autorité tranquille. C'est le début d'*Un bal masqué*. Je crois même reconnaître Giuseppe di Stefano dans le rôle de Riccardo... Oui, c'est bien ça : Scala de Milan, 1957 !

– Pas mal ! fait Maréchal avec une moue d'admiration forcée. Vraiment pas mal ! Eh bien, figurez-vous que j'y étais, mon cher. Oui, j'y étais ! C'était en décembre. Le 7 décembre, je crois. C'était mon premier voyage en Italie. J'étais encore secrétaire de la conférence du Stage. J'avais intrigué comme jamais pour me procurer un billet. A prix d'or, évidemment. Et Dieu sait qu'à cette époque je n'avais pas beaucoup d'argent ! Comme vous savez, c'est la Callas qui tenait le rôle d'Amelia. Ah, la Callas ! Quelle femme ! Quel triomphe ! Une déesse grecque ! J'aurais bien voulu l'avoir, celle-là ! Vous ne pouvez pas imaginer le choc !

Alex croit rêver quand il voit Maréchal, les yeux brillants, reprendre l'air d'une voix puissante, en chœur avec le ténor, tandis que le « gorille » se retourne discrètement avec une expression d'attendrissement mâtiné de complicité malsaine :

O dolce notte, scendere
Tu puoi gemmata a festa ;
Ah, ma la mia stella è questa
Che il ciel non ha ! Quest'è mia stella !

Dans la pénombre, on devine une coquette demeure de la Renaissance tapie au fond d'un parc bien ordonné, fendu d'une allée rectiligne que jalonnent des flambeaux.

Les deux Safrane franchissent avec majesté le petit pont qui enjambe les douves, et pénètrent dans la cour pavée. De grosses cylindrées y sont déjà alignées. Les chauffeurs trompent leur ennui en conversant entre eux et en fumant.

– Nous y voilà ! dit le ministre en s'extirpant souplement de la voiture tandis que Cheng, attentif, s'est précipité pour lui ouvrir la portière.

Une blonde mince et élégante – lèvres peintes, coupe de cheveux au carré, taillcur rose strict – les accueille sur le perron. Alex la reconnaît : elle était au concert, avenue Georges-Mandel. Catherine lui avait vaguement parlé d'elle. C'est la sœur de Carreras, le président d'Arès Technologies.

– Bienvenue, messieurs ! lance-t-elle avec l'exubérance affectée des femmes du monde.

– Notre grande et belle Béatrice ! s'exclame Maréchal avec l'excitation d'un enfant qu'on conduit à la fête, tout en lui baisant distraitement la main. Alex ! Alex ! Venez donc, que je vous présente à notre hôtesse.

Dans un salon, les convives, qui semblent tous

appartenir aux sphères les plus influentes, aux coteries les plus huppées, se pressent devant un plantureux buffet, où officie une armée de serveurs, un tantinet gênés d'être déguisés en laquais à la française : culottes, bas blancs, perruques, souliers carrés à boucles d'argent, habits rouges brodés d'or. Pour marquer un peu plus leur connivence et dissimuler une vague impression de malaise qui n'échappe pas à Alex, les invités échangent de temps à autre de petits sourires entendus.

Mais les hommes ne conversent guère entre eux. Ils préfèrent s'occuper des dames et badiner avec elles sur un ton de galanterie qui se voudrait dix-huitième.

Des filles élancées et superbes, échappées des magazines de mode, entreprennent vainement d'échanger quelques propos avec les bourgeoises compassées des beaux quartiers.

De jeunes lions prennent la pose en cherchant négligemment leur proie du regard, inquiets d'avoir à la disputer avec une nuée de vieux crocodiles décorés qui se bousculent pour reluquer les longues jambes des plus belles. Beaucoup de visages connus. Ici le ministre de la Coopération conspire avec une jeune rousse, le nez penché sur son profond décolleté. Là, un ténor du barreau enveloppe la taille gracile d'une immense brune. Alex a oublié son nom. La réunion a quelque chose d'insolite et de suranné.

Maréchal s'amuse de l'étonnement d'Alex. Il fredonne encore :

La rivedrà nell'estasi...

De derrière une lourde tenture de velours brodé surgit une jeune fille. Sa robe noire trop courte est froissée. On devine la naissance de ses bas. En remettant un peu d'ordre dans sa coiffure, elle bouscule deux hommes, s'excuse, se fraie un passage jusqu'au buffet, saisit des coupes de champagne et disparaît à nouveau de l'autre côté des rideaux.

– Venez ! fait Maréchal en posant amicalement la main sur l'épaule d'Alex. Faisons ensemble le tour du propriétaire !

Derrière les épais rideaux qu'à leur tour ils écartent, c'est la pénombre.

Un temps aveuglé, Alex ne devine que des ombres. Il s'enivre de parfums entêtants : musc, encens, chanvre indien mêlés.

L'ambiance est feutrée : soupirs, chuchotements, petites plaintes étouffées. Quelques chandeliers diffusent une lumière tremblante.

Alex et Maréchal avancent à pas comptés de salons en boudoirs. Le mobilier est authentiquement rococo : sofas, duchesses, larges banquettes.

On devine des silhouettes immobiles, d'autres animées de soubresauts réguliers, comme autant d'automates.

De salle en salle, les tableaux vivants alternent. Des gestes tantôt lents, tantôt saccadés, mais le plus souvent maladroits.

La vue d'Alex commence à s'accommoder à cette demi-obscurité.

Dans le renfoncement d'un salon, un homme à moitié dévêtu, le pantalon baissé sur d'impeccables chaussures anglaises, s'active mécaniquement entre les fesses offertes d'une fille arc-boutée sur un autre homme. Il s'enfonce en cadence dans sa bouche tout en lui pétrissant gauchement les seins.

Maréchal s'arrête pour contempler le spectacle tandis qu'Alex, abasourdi, essaie de se raccrocher à quelques repères rassurants. La scène pourrait rappeler les films pornographiques les plus sordides, mais l'élégance et la beauté des participantes, livrées à ces hommes qui prennent tous soin de garder, dans leur nudité, quelque insigne de leur pouvoir, viennent brouiller un peu les cartes.

Alex se retient. Pour un peu, il interviendrait volontiers pour arracher à ces hommes cette fille si émouvante. Mais cet élan serait-il bien honnête et désintéressé ?

– Vous souvenez-vous de la passionnante conversation que nous avons eue à propos du voyeurisme ? murmure Maréchal. Eh bien, voyez : le temps est venu de passer aux travaux pratiques !

Alex reconnaît l'avocat qu'il a croisé tout à l'heure et dont le nom lui échappe. Il s'en enquiert à l'oreille de Maréchal.

– Mais voyons, c'est le bâtonnier Edmond de la Maestrie ! chuchote le ministre, fâché d'avoir été dérangé dans sa contemplation. Bâton modeste, au demeurant, comme vous pouvez le constater ! Plutôt un vit désossé ! En son temps, il a défendu Béatrice, notre délicieuse hôtesse. Une femme si fantasque ! Il y a une quinzaine d'années, elle avait organisé avec quelques amis un petit happening dans un bar populaire, aux abords du zoo de Vincennes. Ça ne s'est pas très bien terminé.

– Mais encore ?

– Juchée sur le bar, elle avait cru bon de prendre

des poses intéressantes. Le bistrot, évidemment, ne désemplissait pas. Pour le patron, quelle aubaine ! C'était la meilleure recette de sa vie. Il exultait ! Du moins jusqu'à l'arrivée des sergents de ville. D'où l'intervention de La Maestrie, notre bâtonnier, qui la tira de ce mauvais pas.

Alex et Maréchal passent dans le salon suivant.

Un homme se masturbe sans complexe en suivant d'un œil hagard les ébats d'un couple fébrile qui se cherche et s'emmêle en roulant sur des coussins de velours écarlate posés à même le plancher.

Tout près, sur une table à gibier adéquatement étroite, une jeune femme est allongée sur le dos, jambes et bras ballants. De chaque côté, deux éphèbes, l'organe tendu, lui balaient négligemment le ventre et la poitrine. Un quadragénaire grisonnant et bronzé s'est approché en se déboutonnant pour lui écarter les genoux et la pénétrer sans ménagements. Elle se tend et cabre les reins, gémissant faiblement finalement sous les assauts du gentleman qui se retire d'un violent coup de reins. Elle semble se détendre, comme libérée. Pourtant ce membre énorme et luisant qu'il exhibe avec autant de fierté que la rosette qu'il porte encore à la boutonnière, n'a été enlevé que pour mieux revenir, avec plus de brutalité encore. Elle pousse des cris rauques, inarticulés. En secouant la tête, elle fouette l'air de son épaisse chevelure blonde comme pour dire non. Mais les deux autres la maintiennent de force sur la table, et, pour la faire taire, s'engloutissent à tour de rôle dans sa gorge.

– Ne vous alarmez pas ! Elle adore ça, la

chienne ! ricane Maréchal pour rassurer Alex. Céline est une grande bourgeoise, bien sûr, mais c'est aussi une grande amoureuse. Son époux, c'est Brizart, vous savez, le célèbre commissaire-priseur. D'ailleurs, vous pouvez l'apercevoir, là, qui décharge tout seul, comme un malheureux, caché derrière le pilier. Il faut bien qu'il surveille les ébats de sa légitime ! Aimer, n'est-ce pas aussi cultiver le goût du sacrifice ?

Alex cherche du regard une improbable issue où il pourrait disparaître.

– Non mais, regardez-moi ce modelé, ce grain de peau ! poursuit Maréchal à voix haute. Allons, approchez-vous, mon vieux, n'ayez pas peur ! Vous avez même le droit de toucher !

A coups de claques sur les cuisses, le gentleman et les deux éphèbes aident la jeune femme à se retourner. Les assauts reprennent de plus belle.

Maréchal s'est avancé vers la table, et, tandis que le gentleman titille l'orifice de sa victime frémissante avant de s'y précipiter avec une rare sauvagerie, le ministre se prend à caresser avec admiration le lobe charnu d'une des fesses de Madame Brizart, née de Saint-Vaast, comme s'il s'agissait d'un Praxitèle qu'il aurait subrepticement effleuré lors d'une visite de routine au British Museum.

Alex a repéré des fauteuils de cuir disponibles au fond de la pièce. Un refuge inespéré. Il s'y précipite et se laisse choir, halluciné.

Maréchal le poursuit.

En s'inclinant, un bras replié dans le dos, un laquais vient leur présenter sur un plateau d'argent des cigarettes roulées et d'étranges petits flacons dont certains invités, pour reprendre des forces, s'imprègnent régulièrement les narines.

Ils préfèrent un peu de champagne et boivent en silence. Alex se donne l'air le plus blasé qu'il peut, tandis qu'aux alentours les groupes se croisent, se mêlent et se défont.

– Ça ne vous tente pas ? interroge Maréchal. Moi, à votre âge...

– Non, réplique Alex. Je n'ai aucun penchant pour les mutuelles ! D'ailleurs, au bout du compte, ces scènes provoquent chez moi le contraire de ce que l'on pourrait en escompter. Ce n'est pas ma faute.

– Oui, oui, on dit ça ! Vous préférez vous tenir hors de l'arène, faire semblant de n'être pas là, tout en étant là quand même. C'est bien ce que je disais : c'est la pire des perversions ! Ne me faites pas croire, à moi, que ça ne vous fait pas un petit quelque chose ! Vous n'avez rien d'un saint ! Vraiment pas !

– Et Catherine, fait Alcx pour dissimuler sa gêne, vous l'amenez souvent dans ce genre d'endroit ?

– Eh bien, à vrai dire, j'ai bien essayé plusieurs fois de la convertir. Mais en vain. Dommage : elle aurait pu parfaire son éducation, et, en plus, y trouver sûrement quelque plaisir inédit. Tant pis pour elle ! Tant pis pour vous !

– Que voulez-vous dire ?

– Je veux dire que vous pensez trop. Subtilité et raffinement inutiles ! Lâchez-vous de temps en temps, mon vieux, sinon vous allez exploser ! Pour vous aider à vous détendre, écoutez plutôt cette histoire qui va certainement vous plaire. Un jour

Catherine m'a mis au défi. Elle est venue me voir la veille d'un de mes départs en voyage. Nous nous séparions pour une semaine. Elle était triste, mais le cachait bien. « C'est décidé, je vais vous quitter ! déclara-t-elle. J'en ai assez de vous ! A votre retour, nous nous verrons une dernière fois et je vous ferai mon cadeau d'adieu. » Je lui demandai lequel. Elle dénoua ma ceinture et l'arracha pour la brandir au-dessus de sa tête. Par jeu, je faisais quelquefois ce geste pour feindre de la menacer lorsque j'étais mécontent d'elle. « Cette fois, Monsieur, il faudra bien que vous l'utilisiez vraiment ! » précisa-t-elle. Cette idée ne me quitta plus pendant huit jours. Lorsque je me déplaçais à l'étranger, je n'avais pas l'habitude de l'appeler souvent. Là, ce fut différent. Je lui téléphonai dès mon arrivée au Caire pour lui annoncer sur le ton du secret que j'avais déniché dans un souk un fouet magnifique. Un antique fouet de chamelier. En s'esclaffant, elle me fit observer que j'aurais peut-être des problèmes à la douane et qu'il faudrait avoir recours à la valise diplomatique. Je lui répondis que ça ne risquait pas d'arriver, puisque le fouet en question était en fait bien caché dans ma tête ! Personne ne le trouverait. Plus tard, elle m'avoua à quel point elle avait été angoissée en songeant à cette promesse. Elle s'était même confiée à l'une de ses amies qui, pour la protéger, avait eu l'idée de lui peindre des hiéroglyphes au bas des reins : « Il ne te touchera pas tant qu'il ne les aura pas déchiffrés ! » lui avait-elle assuré. Mais, bien sûr, je les aurais surprises toutes deux en déjouant leur stratagème. Toujours est-il que j'abrégeai mon séjour, obsédé par les images nouvelles que je ne pouvais plus chasser de mon esprit. Avec quelle impatience j'ai attendu de la revoir ! Comme j'étais loin d'imaginer ce qui arriva finalement !

Alex a du mal à reprendre sa respiration. Il sait bien que le dénouement de cette histoire ne peut être qu'insupportable.

– Dès mon retour, je lui ai demandé de passer chez moi, continue Maréchal. Lorsqu'elle est entrée, hautaine et méprisante, elle n'a manifesté aucune émotion. Sans attendre, elle a exigé que nous passions à l'acte dans les délais les plus courts. Je me suis troublé. Elle m'a aussitôt demandé avec aplomb : « Seriez-vous timide ? Auriez-vous peur ? » Elle trouva des mots terribles, cyniques, cruels, insultants pour me mettre au défi. Ma colère monta peu à peu. Je me retenais. Mais, bientôt, je fus débordé. Je pris ma ceinture et arrachai ses vêtements. Quand je commençai à la frapper, ce fut avec une telle maladresse, un tel manque de conviction qu'elle éclata de rire : « Vous n'êtes qu'un lâche, un incapable. Vous êtes comme les autres ! criait-elle. Des mots, rien que des mots ! » Les coups redoublèrent. Je frappais maintenant de toutes mes forces. Ma ceinture claquait sur sa peau délicate. Elle criait encore en m'insultant de plus belle pour attiser ma rage : « Pauvre type ! Ordure ! » Je ruisselais de sueur. J'aurais pu la tuer. Elle a fini par s'écrouler, sans une plainte, sans une larme. Son dos, ses reins portaient les marques des coups violents que je lui avais administrés. Le sang perlait. Elle est restée longtemps au sol, haletante. Je me suis agenouillé en pleurant, honteux et impuissant. Je l'ai suppliée de me pardonner. Dans mes bras, elle était inerte. Ce jour-là j'ai compris que je l'aimais, et que jamais je n'avais aimé auparavant. Elle m'avait vaincu. Elle le savait. Elle jouissait de cette victoire.

Alex n'a plus de salive. La nausée le prend à la gorge. Il veut fuir, mais une inavouable curiosité le tenaille encore. A moins qu'il n'ait plus la force de partir ?

– Les jours qui suivirent, continue Maréchal, impitoyable, je l'ai appelée pour lui demander quelles nuances de l'arc en ciel pouvaient bien épouser les zébrures de son adorable séant...

Alex s'est levé. Il titube. A tâtons, il parvient à s'échapper..

Dehors, dans le parc silencieux, l'air est frais. Il frissonne.

L'étoile du berger brille au firmament. Il oubliera ces horreurs. Il la reverra dans l'extase, sa petite étoile à la pâleur rayonnante. Il la suivra sans plus jamais poser de questions. Il attendra. Alors elle lui parlera encore d'amour. Rien que de l'amour.

XIII

Hervé Antoine repose avec satisfaction le verre de bourbon qu'il vient de vider goulûment.

Au prix de mille artifices qu'Alex n'a pas entièrement pu désamorcer, il a réussi à dérouter la conversation sur Catherine.

L'écrivain a d'abord fait la sourde oreille, mais il ne pourra se dérober longtemps sans éveiller quelques soupçons.

Hervé éprouve visiblement presque autant de plaisir à parler de la jeune femme que s'il la voyait franchir inopinément la porte du petit bar tranquille où ils se sont installés, rue Réaumur, à deux pas de la rédaction de *L'Indépendant*. Ils aiment à s'y retrouver, en milieu d'après-midi, juste avant le bouclage, pour échanger des confidences de garçons.

– Une agace-pissette, oui ! lance le journaliste pour donner le ton. Je ne sais pas si tu te souviens du fameux soir où elle nous a invités à la rejoindre dans son pieu ?

– Ah oui, fait Alex en se forçant à rire. C'était assez original !

– Alors ça, mon vieux, je ne suis pas près d'oublier ! Non, mais tu te rappelles avec quelle désinvolture elle m'a zappé ? Remarque, elle avait un de ces épidermes ! Du satin !

– Je ne sais pas, réplique Alex, impassible. Moi, je suis sorti tout de suite. Je ne voulais pas te déranger, ç'avait l'air si bien lancé ! Les sports d'équipe, ce n'est pas ma catégorie, mais alors vraiment pas !

– Tu ne peux pas savoir, tu n'as pas essayé ! fait Hervé, goguenard.

– Il y a des tas de choses que je n'ai jamais testées mais que je ne tiens absolument pas à connaître.

– En tout cas, j'aimerais bien la revoir, cette femme ! Je n'arrête pas d'y penser. Je n'ai rien compris. Enfin, merde ! Elle voulait se faire charpenter, non ? Tu as vu comme moi ? Je n'ai pas rêvé ?

– Tu sais, Hervé, elles sont si étranges. Va savoir ce qu'elle cherchait exactement !

Les mains du journaliste s'agitent frénétiquement. Pour secouer la cendre de son cigare qui s'est malencontreusement écrasée sur son vieux blouson de cuir râpé, d'un geste malhabile il a laissé échapper son verre qui se brise sur le plancher du bar.

Le vieux serveur au sourire résigné, qui tutoie tous les journalistes de Paris, vient ramasser les morceaux en s'accroupissant à grand-peine avec sa pelle et sa balayette.

– Je te trouve bien nerveux, en ce moment, fait Alex dans l'espoir que l'autre, décontenancé, lâchera enfin prise. Non mais, tu as vu l'état de tes ongles ? Bouffés jusqu'au sang !

Hervé est touché au défaut de sa cuirasse. Il s'excuse :

– Quand je tartine un papier, je tachycardise un maximum ! En ce moment, je traque un scoop d'enfer. Ça me met une de ces pressions !

Hervé continue de gesticuler dans son fauteuil. Il tire une bouffée de son cigare et la rejette avec force comme on ouvre une soupape de sécurité pour prévenir une explosion. Il ne se sent plus capable de la retenir encore, cette question qui le turlupine depuis dix minutes :

– Dis donc, au fait, t'as fini comment, avec elle ? Tu l'as tringlée, au moins ?

– Penses-tu ! fait Alex avec un détachement longuement préparé. Elle m'a fait du café et après, on a discuté.

– Tu me prends pour un bouffon ? demande l'autre en laissant voir qu'il n'est pas dupe. Elle n'avait vraiment pas l'air partie pour ça.

– Il faut croire que si ! soupire Alex, faussement fataliste.

– Tu ne vas pas me faire avaler que tu te retrouves à trois plombes du mat avec une marquise de Sade à moitié déloquée, et que tu lui tailles une bavette devant un caoua alors qu'elle t'a chauffé toute la soirée et t'a serré dans son plumard. Devant un autre mec, en plus ! A d'autres ! Je te connais quand même depuis vingt ans !

– Ecoute, répond Alex en essayant de se convaincre de la crédibilité de son scénario, tu ne sembles pas bien te rendre compte que j'ai déjà une histoire avec Sam. Et que Sam est sa fille. Tu me crois assez con pour me foutre dans un guêpier pareil ?

Avec une finesse de policier, Hervé fait des efforts désespérés pour qu'Alex passe enfin aux aveux :

– Et alors ? Qu'est-ce que t'en as à battre, de tremper la belle-doche ? Au moins, après, elle te foutra la paix ! Si tous les mecs faisaient ça, je t'assure qu'il y aurait moins de sacs dans les familles ! Je te le dis ! En plus, celle-là, elle a un de ces petits pétrus ! Incroyable ! C'est une chaude. Qu'est-ce qu'elle doit être bonne. Allez, tu peux me raconter. Je m'en fous, hein...

– Je te dis qu'on a bavardé. C'est tout ! grommelle Alex, ulcéré par l'insistance du journaliste.

Hervé finit par se rendre compte de l'outrance de ses questions, mais, au fond, il n'est toujours pas rassuré. Il rallume son cigare.

– OK ! J'ai compris. Tu fais ton cachottier. Tu as peur que je te balance à Sam ? Merci pour la confiance, vieux ! Au fait, ta zamazone, tu la tires toujours ?

– C'est un interrogatoire, ou quoi ? proteste Alex. Tu travailles à ton prochain article ? Tu as changé de rubrique ? Tu fais dans le *people*, maintenant ?

– Ne te vexe pas ! Je m'inquiétais pour toi, c'est tout. Mais si tu ne veux rien me dire, pas de problème !

– Tu sais, j'ai déjà assez de soucis avec mon bouquin ! Je n'avance pas ! C'est un cauchemar !

– Ah oui, ce fameux bouquin ! Tu ne veux toujours pas m'en parler ?

– Quand tu parles d'un livre, c'est qu'il est déjà fini, même s'il te reste à l'écrire. Moi, je n'en suis vraiment pas là.

En refusant de s'épancher sur son angoisse de la page blanche, Alex a pris le risque de voir Hervé revenir à la charge.

– Bon, tu peux au moins me dire sur quels thèmes vous avez débagoulé ?

– Avec qui ?

– Eh bien, avec Catherine !

– Non mais, tu fais une sérieuse fixation ?

– Un peu, pour être franc ! avoue Hervé avec une humilité presque touchante.

– Oh, elle a parlé d'elle, de sa vie. Des conneries !

– Des conneries, des conneries : ça devait quand même être intéressant. Elle t'a parlé de Maréchal, aussi ?

– Dis donc, tu as l'air de t'être sacrément rencardé, espèce de fouille-merde !

– Eh oui, mon gars, je suis un fouille-merde ! concède Hervé avec cynisme. C'est plus fort que moi. Ça m'excite et c'est ça qui me fait bouffer ! Mais les écrivains, dans le genre, ils ne sont pas mal non plus ! Toi, tu n'as pas l'impression d'être un peu zieutard, de temps en temps, un peu sadique avec tes personnages ?

– Mais c'est tout l'art du roman !

– Eh bien, le fouille-merdage, c'est tout l'art de l'investigation !

Il sort son stylo et un calepin en faisant mine de prendre des notes.

– Bon, est-ce qu'elle t'a dit au moins d'où elle tirait sa caillasse ? Est-ce qu'elle t'a raconté ce qu'elle foutait chez Arès ?

– Ecoute, si tu veux l'interviewer, tu es un grand garçon : tu l'appelles !

– Justement ! J'arrête pas ! Pas moyen de la joindre ! Je lui ai envoyé une lettre. Très cool. Pas d'échos ! Il ne me reste guère d'autres solutions que d'y retourner. Mais là, il faut un prétexte, sinon elle va encore me jarreter. Alors, justement, j'avais pensé que... enfin, par Sam... tu pourrais peut-être...

Alex frissonne à l'idée que Sam et Hervé se croisent. Elle apprendrait qu'il lui a menti. Elle ne pourrait le lui pardonner. Il imagine sa fureur. Elle en parlerait à Catherine. Par mauvaise conscience, la mère choisirait de préserver sa fille. Il ne les reverrait jamais plus.

– Ah non ! Pas Sam ! Tu la laisses en dehors de ça, s'il te plaît ! Tu te débrouilles avec Catherine Kerville, tu règles tes problèmes avec elle. Qu'ils soient professionnels ou sentimentaux !

– Les deux, mon colonel ! fait Hervé en hochant malicieusement la tête.

– Elle t'a vraiment tapé dans l'œil, hein ? demande Alex avec une compassion appuyée.

– Je crois, oui ! fait Hervé, rêveur. Dès que je l'ai vue, j'ai adrénalisé ! Ce sont des choses qui arrivent. En plus, elle doit sacrément soutenir le choc !

– Tu sais, il ne faut pas trop se fier aux apparences. Si ça se trouve, ce n'est qu'une bourgeoise qui s'ennuie. Le soir où elle était avec nous, elle a sûrement voulu se faire peur. Il n'y a rien de plus à comprendre.

– Non, non ! Il y a autre chose, chez cette

craquette. Du mystère, je t'assure ! Elle vaut le détour, je le sens.

– Ecoute, Hervé, tu es mon pote. Je vais me permettre de te donner un conseil : oublie ! Elle est parquée avec Maréchal. Tu n'as pas les épaules assez larges, tu comprends ? Son Excellence ne doit pas trop aimer qu'on vienne jouer au chacal dans sa seigneurie. Alors, si tu cherches la merde, tu peux toujours continuer. Mais il faut que tu saches où tu mets les pieds. Après, si tu as envie de finir dans le râtelier d'un saurien, libre à toi.

– Tu fais allusion à Dumesnil ?

– Par exemple.

– Moi, je ne risque rien.

– Lâche l'affaire, Hervé ! C'est trop gros !

– Alors là, plus tu me dis ça, plus ça me pulpe !

– Tu fais comme tu sens ! Mais, à mon avis, ce genre de bonne femme ne te vaudra que des histoires. Et ne te fais pas trop d'illusions sur elle !

– Ma parole, on dirait que toi aussi, tu t'es fait jeter !

Alex est las de ces mensonges. Il n'a jamais su mentir. Ou plutôt, il n'y a jamais pris de plaisir. Pour ses romans, ça ne lui a d'ailleurs pas facilité la tâche.

Et si, tout à trac, il lui disait la vérité ? S'il pouvait enfin se confier ? Lui décrire minutieusement ces sensations qui le brûlent et l'émerveillent. Confesser enfin tout ce qu'il éprouve quand il la tient à sa merci. Ce chagrin si violent quand il croit la perdre. S'il pouvait trouver une oreille amie pour l'entendre parler de ce piège velouté qui s'est refermé sur lui ?

Mais Hervé est trop impliqué. Alex n'ose

imaginer sa réaction s'il lui faisait un tel aveu. Il lui infligerait mille sarcasmes : cette double liaison dans laquelle il s'est empêtré, livré à son seul instinct, est presque impossible à raconter. Dans l'heure, Hervé le trahirait. Il a déjà commencé son enquête sur Catherine. A travers ses articles, il serait capable de se venger de son échec.

Le journaliste consulte sa montre. Il va devoir retourner à *L'Indépendant*.

– Vraiment, le meilleur conseil que je puisse te donner, conclut amicalement Alex en se levant, c'est d'oublier cette femme.

– Jamais de la vie !

Après avoir demandé l'addition d'un ton sec et autoritaire, Hervé tranche net :

– Bon, je me débrouillerai tout seul. J'ai un moyen infaillible de tirer la louve de son bois. Tu verras ! Je vais lui cuisiner un de ces papiers au venin de cobra, et le jour où il sortira, je t'assure qu'elle le retrouvera, mon numéro de téléphone !

XIV

Sam a replié ses jambes contre sa poitrine. Elle dort profondément, les poings serrés sous sa joue.

Alex s'est levé depuis longtemps. Il s'est accordé d'aller prendre un café dans son bistrot préféré et d'acheter *L'Indépendant* pour vérifier si Hervé a tenu parole. Evidemment, les nouvelles sont aussi mauvaises qu'à l'accoutumée, mais, Dieu merci, il n'y a rien sur Catherine.

Alex a traîné, comme il le fait souvent, en s'occupant à épier d'un œil distrait toutes ces petites scènes matinales qui font la vie du quartier : les livreurs qui se faufilent en maugréant sur leur scooter déglingué pour porter des messages sans importance, les automobilistes qui ne peuvent ni rouler ni s'arrêter et qui s'aperçoivent qu'ils n'ont pas de vraie raison d'aller là où ils vont, les ménagères qui n'osent plus espérer une rencontre furtive au supermarché, les employés cravatés qui font semblant d'aller travailler alors qu'ils se demandent si la fille de l'autre jour sera encore au peep-show, les désœuvrés qui attendent une occupation ou un amour, les mendiants qui maudissent tout le monde en pensant aux pièces ou aux cigarettes qu'on refusera ce jour-là de leur donner.

Au retour, Sam se sera peut-être dissipée comme un mauvais rêve.

Alex n'aime pas qu'elle vienne dormir chez lui. Surtout pas en ce moment.

Elle a sonné en pleine nuit. Elle était encore anormalement exaltée, grisée par le hard-core qui lui avait martelé les tympans, et sans doute sous l'effet de la bière, de la tequila ou de quelque produit à la mode : ex, beu, dust, acide, farine, speed... Mademoiselle s'est encore encanaillée dans les quartiers où la Providence lui a refusé de naître. En affrontant de nouveau les dangers convenus des ténèbres artificielles, en se frottant aux voyous, elle aura un moment oublié les jupes plissées de Sainte-Marie, le Jardin d'acclimatation, les rallyes où elle se rendait quand même pour s'assurer qu'elle n'était pas à sa place, les chocolats chauds de chez Carette, les virées du week-end à Deauville ou dans les grandes maisons de province.

Il a fait semblant de ne pas entendre, mais, à force de coups de pied et de poing dans la porte, il a bien fallu lui ouvrir.

Il lui en veut d'avoir ainsi forcé sa retraite. Il s'en veut davantage encore d'avoir cédé une fois de plus, malgré les fermes résolutions qu'il avait prises. Il devait ne plus la revoir. Elle aurait bien fini par se détacher de lui.

Aussi l'a-t-il fermement repoussée quand elle s'est offerte avec désespoir.

– Je ne te capte plus, ou quoi ? Tu peux m'expliquer ? s'est-elle étonnée d'une petite voix plaintive avant de tomber à la renverse.

En remontant, Alex s'est refait du café. Ça doit faire au moins dans les deux litres qu'il a avalés depuis qu'il a rouvert les yeux. Il ne s'est pas allongé près de Sam, de peur d'être tenté par ce corps de fille qu'il connaît trop bien. La distance qu'il a prise avec elle ne la rend pas indésirable. Il pourrait encore la convoiter en douce, comme on s'entiche d'une passante.

Mais il a préféré passer la nuit derrière son bureau, à frapper le clavier usé en composant sans réfléchir les mots les plus étranges sur l'écran, comme on se débarrasse de poids morts. Lui aussi s'est exalté à sa façon, jusqu'à ce que ses yeux brûlent et que le sommeil le fige.

Au petit jour, il s'est retrouvé affalé sur sa table de travail, le corps endolori, la bouche collée aux feuillets noircis.

L'odeur matinale et rassurante du café a chatouillé les narines de Sam. Elle se réveille en s'étirant. Elle essaie de se convaincre qu'Alex est encore amoureux, peut-être pour prolonger le rêve où elle s'est octroyé tout ce qu'il ne lui accordera jamais.

Elle a dégringolé du lit pour le rejoindre dans son bureau. Alex remarque à peine qu'elle s'est épilé le pubis en iroquoise, pour suivre la mode et lui plaire.

– J'aime beaucoup cet endroit, fait-elle d'une voix éraillée. C'est là que tu écris ? Je voudrais bien être une petite souris pour épier comment tu fais.

Il ne répond pas. Il ne doit voir à présent que ses yeux gonflés, et les dégoulinades de son rimmel.

Il reste assis dans un coin du bureau, vidant sa tasse à petites gorgées. Convaincu qu'il n'est qu'indifférence, il la regarde sans crainte déambuler et se déhancher. Il se dit qu'il n'y a rien de plus misérable que cette fille-là. Pourquoi refuse-t-elle donc d'admettre l'évidence ? Non, ses charmes n'agissent plus sur lui.

Si le corps d'Alex réagit faiblement, ce ne peut être que l'effet de l'abstinence qu'il s'est imposée depuis quelques jours, pour y voir un peu plus clair.

En bâillant, Sam s'est arrêtée devant l'écran de l'ordinateur qui est resté allumé pour éclairer la pièce d'une lumière d'aquarium.

Elle s'empare d'une page qui traînait sur l'imprimante, et, après une lecture attentive, éclate d'un rire qui sonne faux. Un rire qui pourrait s'achever en sanglot.

– Samantha, je t'en prie ! C'est très personnel. C'est comme si je fouillais dans ton sac.

En faisant la moue, elle éparpille une pile de feuillets manuscrits, ouvre au hasard les livres disséminés sur la table, soulève les cahiers, s'empare d'un stylo avec lequel elle commence à jouer sans y penser. Puis elle s'assied derrière le bureau et, en tirant la langue, se met à raturer les feuilles déjà imprimées.

– Est-ce que tu vas arrêter, à la fin ? Ce n'est vraiment pas drôle !

Sam ne répond pas. Elle continue comme si elle était seule. Alex n'a pas beaucoup de patience quand on le pousse dans ses ultimes retranchements. Il n'a plus de prise sur grand-chose, depuis ces dernières semaines. Il ne lui reste que les mots, et encore. Son petit appartement ayant déjà été envahi, l'histoire embryonnaire qu'elle s'ingénie à subvertir est la dernière redoute, la dernière salle du donjon. Si elle franchit cette porte ultime, il lui faudra capituler.

Samantha va trop loin ? Tant pis pour elle ! Alex songe un instant à la défenestrer. Ne serait-ce pas le moyen le plus expéditif pour qu'elle disparaisse de son univers ? Il frémit en se représentant le corps désarticulé de la jeune fille gisant sur le capot d'une voiture, douze mètres plus bas. Ce corps parfait qui, naguère, était pour lui le hâvre le plus sûr. Quand Alex se réveillait, il pensait qu'il n'y avait rien de plus beau que ce corps-là, que les plus sublimes œuvres d'art n'étaient que de pâles copies à côté de ce modèle qu'il avait à portée de main. Heureusement, la fenêtre et les volets sont restés clos.

– Je t'interdis de toucher à quoi que ce soit dans ce bureau ! rugit Alex avec une détermination soudaine qui le surprend. A quoi que ce soit ! répète-t-il. Sinon...

– Sinon, quoi ? fait-elle, provocante. Une fessée très sévère ? Comme on fait avec les vilaines petites pisseuses qui ont désobéi ?

Elle soulève son tee-shirt et lui tend impudiquement ses fesses.

– Allez, vas-y ! dit-elle. Tu en meurs d'envie, n'est-ce pas ? Montre que tu es un vrai caïd ! Flingue-moi un bon coup, si c'est ça, ton truc !

Alex repense aux confidences de Maréchal, au fouet de chamelier. Lui aussi pourrait ôter sa ceinture et la cingler jusqu'à ce qu'elle s'écroule ou se rende. Parce que là, c'est trop !

– Sam, par pitié, je suis fatigué. J'ai écrit presque toute la nuit, pendant que tu cuvais.

Elle s'est mise à genoux comme pour s'excuser.

– C'est vrai que je me suis pris une petite pistache, hier, en faunant à Oberkampf. D'accord, j'ai un peu de mal à cicatriser, mais tu ne vas pas nous en faire un vélo !

– Tu devrais aller te démaquiller ! jette-t-il avec mépris.

Sam s'est relevée pour venir se planter, jambes écartées, devant le fauteuil où il s'est retranché.

Elle lui prend brutalement la tête pour l'attirer contre son ventre.

Instinctivement, il se rejette en arrière afin de se soustraire à cette chaleur, à cette odeur particulière qu'il veut oublier.

– Ah, tu ne peux plus godiller ? Complètement flanelle ! C'est ça qui te flippe ?

Pour se calmer, Alex serre les dents. Il imagine qu'il se lève, l'attrape, qu'il ramasse ses vêtements, ses boots métallisées de loubarde, qu'il jette le tout par-dessus la rampe en la précipitant à son tour dans l'escalier.

– Ou alors, il baise ailleurs, mon petit Alex ! ajoute-t-elle, narquoise. Oui, ce doit être ça : il baise ailleurs !

– Tais-toi, Sam !

– Il pique son dard n'importe où. Il butine les belettes, il se disperse !

– Est-ce que tu vas te taire ?

Il s'est levé d'un bond et la repousse d'un geste si brutal qu'elle tombe à la renverse sur le tapis.

– Va te laver, va t'habiller et fous-moi la paix une bonne fois pour toutes !

– Tu sais à qui tu parles, Alex Meyer ? hurle Sam, livrée à la fureur.

Alex n'a nulle envie de se mettre en colère, mais il sait que c'est une manière assez commode d'en finir.

– Oui, je le sais ! riposte-t-il d'un ton sans appel. A une petite morue qui fait chier tout le monde ! Capricieuse, égoïste ! Va t'amuser avec tes copains, va brûler tes nuits où bon te semble ! Bois, fume, délire, fais-toi mettre par qui tu veux, même par ce porc de Magot : je m'en fiche ! Continue tes conneries ! Mais, je t'en supplie, fous-moi la paix ! Je n'en peux plus, Samantha. Maintenant, en ce qui me concerne, il faut que ça s'arrête !

– Arrête de me bullshiter ! s'égosille la jeune fille. Si tu veux me bordurer, c'est pour avoir la conscience tranquille, oui ! C'est ça, n'est-ce pas ? Je te dérange. Tu préfères Catherine. Ça ne te dégoûte pas, de passer derrière le vioque ?

– Tu prends tes affaires, et tu fous le camp !

– Penses-y bien fort, quand tu t'approches et que tu la serres ! Elle vient de se faire griffer par le Viagra. Il lui a déjà mis dedans, et toi tu remets ça ! Pouah ! Ça me file la gerbouille !

– Sam, tu délires complètement ! fait Alex en haussant les épaules.

– Bien sûr ! Quand il a fini avec elle, c'est toi qui prends le témoin. Tout le monde est au courant. Pauvre carlasse !

Alex sait qu'elle attend d'être frappée, que ça lui donnerait un argument, mais, pour la frapper, encore faudrait-il qu'il éprouve quelque chose de violent.

– Dépêche-toi, Sam ! lâche-t-il froidement. Il

faut que tu t'en ailles maintenant. Je dois travailler !

Sam continue à vociférer, emballée comme une machine folle :

– Vous m'avez prise pour une vraie naze ! Non mais, tu crois que je ne t'ai pas vu, au petit matin, sortir de chez elle en moitant comme une limace collée aux murs ? Quand tu pars, moi je rentre. Nous n'avons en commun que ce moment-là. On ne fait que se croiser. Quel dommage ! Je voulais voir jusqu'où tu pourrais me barber. Belle mentalité de fumier, oui !

Alex ne lui connaissait pas ce rictus qui l'abîme.

– Je vous laisse à vos glauqueries ! conclut-elle en se mettant à pleurer.

Alex n'essaie même pas d'apaiser cette tempête. Cette fois, il n'a plus aucune envie de caresser son visage, de calmer ses sanglots, d'essuyer ses larmes. Elle n'a plus rien d'émouvant. Il ne ressent à son endroit qu'une vague lassitude.

Elle s'agite dans tous les sens et s'habille à l'envers. Elle marmonne. Elle pleurniche. Elle a troué ses collants. Elle s'étrangle en reniflant :

– Deux immondes nuisibles !

Alex reste silencieux, immobile. Il n'entend plus rien. Il ne voit plus rien. Le dégoût l'envahit. Il voudrait ne l'avoir jamais croisée.

Dans cette détresse, il ne doit voir qu'un caprice d'enfant gâtée, un désordre d'adolescente.

Il ne lèvera pas la tête quand elle passera la porte. Il ne l'entendra pas dévaler l'escalier en criant son chagrin.

Il s'approche du balcon. Le pigeonneau qu'il a vu éclore il y a quelques mois a disparu. Il ouvre enfin sa fenêtre, qui résiste. Il fait claquer les persiennes. Il gonfle ses poumons. Ferme les yeux. Pour qu'ils ne se mouillent pas. Pour ne pas l'apercevoir en bas, si petite, si frêle, quand elle traversera la rue en courant n'importe où, les mains collées au visage.

XV

A peine a-t-il ouvert la porte de son repaire que Catherine comprend à quel point le ministre est soucieux. Il a changé de parfum. Lui qui aimait tant ces petits flacons d'Or noir dont elle l'approvisionnait régulièrement, à ses retours de voyage.

Non, le déjeuner ne sera pas une récréation ! Cette fois, on ne parlera ni de Verdi, ni de la dernière pièce de Koltès, ni de la prochaine excursion galante. Plus de joutes amoureuses, plus de badinages, et même plus de querelles !

Avant de partir, la gouvernante a dressé une table frugale que les vins n'arrivent pas à égayer : saumon fumé, fromages, salade de fruits.

« Un repas aussi froid que notre relation, pense tristement Catherine. Cette porte s'est trop souvent ouverte, et nous avons vieilli. »

Elle se remémore cette journée grise et glacée. Elle lui avait préparé une petite surprise pour lui plaire. Après avoir garé sa vieille Aston dans la venelle déserte qui longe la garçonnière de Maréchal, elle avait ôté à la hâte tous ses effets. A même la peau, elle avait remis son manteau de cachemire avant d'aller sonner à sa porte, transie de froid, le cœur battant, les joues en feu. En l'embrassant, il avait découvert cette nudité intempestive et, du coup, il l'avait prise séance tenante, dans le hall. En se roulant sur elle, il susurrait :

– Tu me rends fou, complètement fou !

Aujourd'hui, il a perdu son sourire, son front se plisse, son enlacement est furtif. Juste une accolade quasi protocolaire. La cheminée est en deuil. La porte de la chambre, verrouillée.

Catherine s'est affalée dans un fauteuil.

Elle est désormais indifférente aux Mondrian et aux Staël qu'elle ne manquait jamais d'admirer. Car le ministre est évidemment collectionneur.

– Que se passe-t-il, Jacques ? Pas de mauvaises nouvelles, au moins ? Vous marquez si peu d'empressement à me recevoir ! Vous n'auriez pas dû vous forcer. Entre nous, pas de contraintes, pas d'obligations, vous le savez bien ! « Toujours pour le meilleur, nous deux ! », comme vous disiez autrefois.

– C'est vrai ! convient calmement Maréchal. Mais les temps changent. Nous avons vécu des moments très intenses. Le contexte, les événements, l'Histoire que nous avions le sentiment de côtoyer de si près : tout cela nous portait aussi à sublimer ce que nous vivions au quotidien. Je vous ai aimée, Catherine, comme jamais je n'avais aimé une femme. Tout ce que j'ai fait jusqu'ici, j'ai essayé de le faire bien, pour que vous soyez fière de moi. Mais tout se transforme, et c'est normal. Alors, abandonnez cette morosité qui messied à votre éclat ! Et puis, pour vous, c'est sûrement moins dur que pour moi.

– Expliquez-vous.

– Ma vie est derrière, ma belle ! Vous, vous avez encore une route à faire, et je vous envie. Vous pouvez caresser des projets.

– Allons bon ! Une petite déprime..., dit Catherine en allumant nerveusement une cigarette. Il faut vous ressaisir, Maréchal !

Le ministre s'est assis dans le fauteuil qui lui fait face. Précautionneusement, pour ne pas froisser son beau complet bleu pétrole.

Il toussote légèrement pour la préparer au pire. Mais elle est déjà prête.

– Avez-vous lu l'article dans *L'Indépendant* d'hier ? demande-t-il.

– Je ne vois pas à quoi vous faites allusion.

– Eh bien, c'est un papier assez bien documenté. Il est signé d'Hervé Antoine, un petit journaliste qui sévissait naguère dans je ne sais quelle gazette de province et qui semble avoir pris du galon. Il s'en prend à Arès Technologies. Je ne veux pas vous alarmer, mais, dans certains dîners, et jusque dans les couloirs du Palais, il y a des rumeurs.

– Des rumeurs ?

– Oui, des rumeurs à votre sujet.

– Voyons, c'est ridicule ! Que pourrait-on bien dire ?

– Bah, vous auriez reçu ce journaliste chez vous ! Un amant éconduit, sans doute. Il vous cherche noise. Voilà où ça mène, de frayer avec n'importe qui !

– Epargnez-moi vos scènes de jalousie, voulez-vous ! Je ne vous demande pas, moi, combien de fois vous avez assisté aux représentations de l'*Apollon de Bellac* rien que pour les beaux yeux d'une saltimbanque !

– Vous avez tort de critiquer Giraudoux ! C'est très instructif. On joue encore la pièce. Vous devriez y aller. Vous en tireriez quelque leçon.

– Quand on vous a un peu fréquenté, Monsieur le Ministre, on n'a plus grand-chose à apprendre. En quelques années, à votre contact, j'ai passé avec succès toutes les épreuves. Toutes les matières ont été abordées, étudiées, révisées. Je les connais par cœur : l'hypocrisie, le mensonge, la perversité, la duperie, l'art de l'esquive, l'égoïsme...

– Votre liste n'est pas tout à fait complète, ma chère ! C'est donc que vous n'avez pas encore assimilé tout le programme ! Mais, puisque vous êtes particulièrement studieuse et que vous avez l'air d'apprécier l'enseignement – sinon gratuit, du moins non obligatoire – que je vous ai dispensé, nous allons aborder la leçon finale.

– Je crois sincèrement, Maréchal, que vous êtes un beau salaud ! Voilà, je vous le dit tout net : un beau salaud !

Catherine se lève, exaspérée, et marche à grands pas dans le salon en tirant rageusement sur sa cigarette.

– Vous me flattez, Catherine, fait Maréchal en ricanant. Mais vous êtes en deçà de la vérité. C'est bien pire que ce que vous croyez. Oui, je suis un salaud, un infâme, une ordure, un excrément !

Il s'est levé pour se rapprocher d'elle.

– Dis-le-moi encore, mon trésor ! marmonne-t-il. Tu sais bien que ça m'excite !

Il l'attrape violemment par la main pour la tirer

vers lui. Elle trébuche. Ils tombent tous deux sur un canapé.

– Jamais personne ne s'est permis de m'insulter comme tu le fais ! murmure le ministre, tout émoustillé. Tu ne peux pas savoir les envies que ça me donne !

Catherine se débat, mais il resserre son étreinte et cherche nerveusement ses lèvres en relevant son pull et sa jupe.

– Est-ce pour déjeuner que vous m'avez invitée, ou pour me violer ? Il faudrait savoir ! riposte Catherine en se dégageant avec force.

– Bien ! fait calmement Maréchal en remettant sa mèche en place et en rajustant sa cravate. Très bien ! Alors, passons à table et bavardons un peu !

Après l'avoir fait poliment asseoir, il poursuit en lui versant un peu de Pouilly-Fumé :

– Effectivement, les nouvelles ne sont pas bonnes. Depuis quelque temps, je lis chaque semaine dans un quotidien que je ne citerai pas, sous la plume d'un journaliste que je ne citerai pas non plus, le compte rendu intégral de mes réunions de cabinet. J'ai demandé qu'on surveille et qu'on écoute un peu ce plumitif qui commence à s'épancher dangereusement dans Paris. Et voici que je découvre un cabinet d'investigation du nom de Patrol. Ça vous dit quelque chose ?

– Absolument rien ! répond Catherine.

– Eh bien, figurez-vous que cette officine servirait de couverture aux services de renseignement d'une puissance étrangère. Depuis plusieurs années déjà, je serais dans leur collimateur. Ils auraient monté un dossier contre moi. Evidemment, notre liaison n'a pas échappé à ces argus.

– Je ne vois pas où vous voulez en venir.

– Eh bien, notre talon d'Achille, ma chère, c'est votre activité chez Arès.

– Ma vie professionnelle est une chose, ma vie privée...

– Arrêtez de faire l'innocente ! lance le ministre, impatienté.

– Eh bien, il doit en avoir, du pain sur la planche, ce cabinet Patrol, s'il fouille dans votre vie, et dans celle de mon patron !

– Levert ?

– Mais non, pas Levert ! Lui est clair. Je parle de Carreras, le président du Directoire.

– Ah, Carreras ? Oui, évidemment !

– Vous ne savez peut-être pas la dernière ?

– Allez-y !

– Il vient de faire cadeau à sa petite maîtresse du moment – cette Thaïlandaise, vous savez... très jolie, d'ailleurs – d'une commission de dix millions de dollars sur le contrat de chars amphibies que j'ai négocié d'arrache-pied pendant près de six mois en Asie du Sud-Est. Le rôle de la fille a dû être déterminant si l'on en juge par son décolleté et sa chute de reins.

– Eh bien justement, vous allez être surprise : votre président Carreras semblerait avoir quelques accointances avec ce cabinet Patrol. C'est extrêmement préoccupant ! Et, en plus, Levert, puisque vous en parlez, est dans la ligne de mire du journaliste. Malheureusement, si Levert tombe, vous tombez aussi.

– Mais Levert n'a rien fait !

– Il porte des valises, tout de même. Des valises très lourdes !

– Et alors ? Ça s'est toujours pratiqué ! Carreras est bien placé pour le savoir.

– Oui, mais Carreras a pris la résolution de semer la zizanie. Il est en service commandé, vous comprenez ? Il y a des gens que ça arrangerait bien de récupérer le marché français de l'armement. D'abord parce que ça fait beaucoup d'argent, et aussi parce que c'est un sacré levier diplomatique. Imaginez-vous à quel point l'opinion serait émue si elle apprenait tout à coup de quel bois pourri se chauffe notre vieille République ! Et les pays acheteurs ? Ne deviendraient-ils pas frileux si tout ce méli-mélo venait à être exposé en pleine lumière ? Donc, Carreras aurait fait livrer quelques broutilles au journaliste pour l'appâter un peu, lui faire prendre le vent. Et l'appât, ma chère, c'est vous.

– Mais qu'est-ce que j'ai fait ? Ce n'est pas moi qui porte les valises !

– Non, mais vous touchez des commissions sur les contrats.

– Et alors ? Ce n'est pas une rémunération fictive.

– J'en conviens, mais étant donné que nous avons été... comment dire... assez liés ! et que je suis ministre de la Défense... on pourrait le soutenir...

– Ça ne tient pas la route !

– Vous ne savez pas ce que c'est que la presse ! Après, il suffirait d'un magistrat un peu culotté, et à partir de ce moment, je ne réponds plus de rien.

– Mais vous aussi, alors, vous risquez gros !

– Qu'est-ce que vous voulez qu'on dise ? Que j'ai couché avec vous ? Que je vous aide pour vos contrats ? Que vous me servez, si je puis dire, d'homme de paille, et que l'argent revient dans ma poche ? Là, il faudrait des preuves, et des preuves on n'en trouvera pas. J'ai un peu l'habitude de ces petites tempêtes. Non, c'est vous qui avez intérêt à vous méfier, maintenant.

– Mais que dois-je faire, Monsieur le Ministre ?

– Je vous conseille davantage de prudence dans vos fréquentations, vos déplacements, vos conversations.

– Et Levert ?

– Il s'en tirera ! Si la situation devait s'aggraver, il disparaîtrait quelque temps. Il a des économies, je crois.

– C'est tout ?

Maréchal lève la tête et la regarde avec insistance, droit dans les yeux.

– Je suis désolé, Catherine.

Elle a compris. Elle ravale ses larmes.

– C'est fini ? C'est ça, n'est-ce pas ?

– Oui, c'est fini ! Vous vous en doutiez, j'en suis sûr. C'est pour ça que j'avais pris soin, ces derniers mois, de m'afficher avec cette petite comédienne. Vous me le reprochiez, mais c'était une mesure de sauvegarde.

– Une mesure de sauvegarde pour vous, pas pour moi ! Bien sûr que j'avais compris, mais je ne voulais pas me rendre à l'évidence. Décidément, Maréchal, vous êtes encore plus monstrueux que je ne l'avais imaginé. J'avais gardé quelques illusions. Mais vous avez raison : j'avais encore des choses à apprendre, et vous venez de me les inculquer aujourd'hui.

– Ne vous méprenez pas, c'était ma dernière

leçon. Mais je vous aime toujours, mon ange, vous le savez. Je vous aime encore plus, maintenant que vous acceptez ce sacrifice avec toute la dignité que j'espérais.

– Comment osez-vous parler d'amour quand il n'y a que votre personne qui vous intéresse ? Vous n'avez jamais aimé que vous-même. Vous vous aimez en train d'aimer. C'est vous, toujours vous ! Les autres ne sont que des miroirs. Peu importe votre partenaire. Tenez, une chèvre en dentelles pourrait suffire !

– Je vous en prie, ma chère ! Le dépit vous égare. Sauvez au moins les apparences !

– Elles sont belles, les apparences ! Regardez-vous un peu ! Et notre histoire ? Et mes combats ? C'était pour vous ! Pour vous garder et pour vous plaire ! Un jour, tout au début de mes activités auprès de Levert, souvenez-vous, je suis venue au ministère vous faire part de mes inquiétudes. Vous étiez assis sur votre trône, retranché comme un calife derrière votre bureau monumental. Vous étiez froid et distant. Vous paraissiez las. Mes récriminations vous ennuyaient. Je cherchais simplement à vous faire comprendre que je voulais vivre avec vous, et que ces propositions de travail chez Arès ne m'enchantaient pas. Je n'étais pas prête à lutter à un tel niveau. J'aurais préféré une vie tranquille. J'aurais été plus heureuse à barbouiller des toiles dans mon atelier délabré de Montmartre. J'ai eu si peur, ce jour-là ! Je voulais que vous me protégiez. Mes plaintes, vous ne les avez écoutées qu'avec indifférence et mépris, puis vous vous êtes levé. Avec la morgue qui vous est coutumière, vous avez simplement dit : « J'ai bien entendu. Que voulez-vous que je fasse ? Vous faire obtenir un petit emploi d'attachée de presse ? Vous faire attribuer par la municipalité un petit deux-pièces où vous pourrez loger avec votre fille ? Vous voulez que je vous prête un peu d'argent ? Allons donc, Catherine ! C'est en battante que je vous aime ! Allez-y ! Gagnez, mon trésor ! Je suis là, je veille sur vous ! » Et puis, prétextant un rendez-vous, vous m'avez reconduite à la porte comme on congédie un créancier mal élevé.

– Oh ! s'exclame Maréchal d'un air faussement outré. Quelle horreur ! J'ai osé vous traiter de cette façon ? Comment ai-je pu être aussi dur avec vous ? Mais, ma parole, vous avez raison ! Je suis un vrai monstre, alors ! Ma pauvre chérie, comme vous avez dû souffrir !

Catherine se lève d'un bond en renversant sa chaise. Elle ramasse son sac et sa veste. En se dirigeant vers la porte, elle se retourne pour lancer :

– C'est vrai que les temps ont changé ! Alors, Catherine Kerville vous souhaite bon appétit, ô ministre intègre ! Mais prenez surtout bien garde qu'une femme n'en cache pas une autre !

En se retirant, elle ajoute plus doucement :

– Bonne chance ! Faites attention à vous !

Il est resté à table. Il s'est resservi une part de brie de Meaux. Quand la porte s'est refermée, il a simplement levé son verre de La Tour-Martillac avant de le porter tranquillement à ses lèvres.

XVI

Les talons des escarpins de Catherine martèlent les lames du parquet d'un claquement sec et agaçant. Cela fait une heure qu'elle marche de long en large dans son salon en fumant cigarette sur cigarette, la tête baissée. Elle a bien dû parcourir deux kilomètres. L'article d'Hervé Antoine, qu'elle vient de lire, lui est resté sur le cœur.

A plusieurs reprises, Alex a essayé de trouver des mots pour la calmer, mais, après de brefs moments de répit où elle semblait se ranger aux arguments rassurants qu'il échafaudait pour les lui servir avec méthode, l'angoisse a repris le dessus.

Du coup, à son tour, Alex a senti s'affaiblir toutes les bonnes raisons qu'il avait trouvées de garder un semblant de sang-froid.

Ce ne sont pas tant les risques encourus qui ébranlent Catherine, que l'idée d'avoir été trahie par un homme qu'elle avait accueilli sous son toit, et même dans son lit.

Bien que la question n'ait pas été ouvertement abordée, Alex se sent coupable d'avoir introduit Hervé dans cette maison.

De plus, en se défendant maladroitement de s'intéresser à Catherine, sans doute a-t-il attisé la colère et la rancœur du journaliste.

Mais il est resté malgré tout son ami, et il ne peut souscrire entièrement à la fureur de Catherine. Elle s'emporte avec autant de facilité qu'elle s'enflamme.

L'intérêt qu'elle avait témoigné à Hervé n'étant de surcroît qu'une manœuvre d'approche, Alex s'en veut de n'avoir pas répondu plus rapidement aux évidentes marques d'attention que Catherine lui témoignait.

Certes, il y avait Sam, et aussi Maréchal.

Aujourd'hui que ces obstacles sont levés et qu'il pourrait être enfin lui-même avec Catherine, les nuages se sont brusquement amoncelés.

– Je t'en prie, fait Alex. Arrête-toi, calme-toi ! Ça ne sert à rien de te mettre dans cet état.

Mais elle continue à tourner en rond.

– Quand je pense que ce petit salaud a été reçu ici ! Ah, bravo ! Ils sont vraiment parfaits, tes copains !

– Hervé est un type bien. Mais c'est un journaliste d'investigation. Il fait son travail.

Catherine se retourne, furieuse :

– Un sale petit revanchard, oui ! Et tu le sais très bien.

– Il avait des vues sur toi. On peut le comprendre. Ajoute-le à la liste, sûrement déjà longue, de tes soupirants éconduits !

Il s'est levé pour l'enlacer et reprend d'une voix douce :

– Allez, cesse de t'inquiéter ! D'après l'article,

c'est Levert qui est visé. D'ailleurs, je me suis renseigné, figure-toi !

– Parce que tu l'as revu, en plus, cette petite plume de corbeau merdeux ? s'étonne rageusement Catherine.

– Oui, je l'ai revu. Il se plaignait de ne pas pouvoir te joindre. Il m'a dit qu'il allait écrire un article au vitriol. Je n'ai pas voulu t'alarmer. Je le connais bien, je pensais qu'il y avait dans les intentions qu'il affichait une bonne part de bluff. S'il n'avait été motivé que par la rancœur, il n'aurait jamais publié ce papier. Mais, d'après ce qu'il m'a laissé entendre, il a obtenu des informations, et pas par hasard. S'il ne les avait pas sorties, c'est un autre qui l'aurait fait. Dans son papier, il n'est question que de Levert. Un autre aurait pu te mettre directement en cause. Hervé m'a dit que ton ami allait avoir de graves problèmes. Il serait dans le collimateur d'un juge d'instruction. A travers lui, ce serait des personnalités qu'on viserait. Au plus haut niveau. C'est là-dessus qu'Hervé travaille depuis plusieurs mois. Je ne connais pas ses sources, mais il a l'air vraiment bien renseigné. Il a été formel : le danger serait imminent.

– Je m'en doutais un peu ! L'attitude de Maréchal m'avait alertée. Il sait si bien prendre le large dès que quelque chose vient à clocher ! Il avait espacé ses petites visites intempestives avenue Georges-Mandel, depuis quelques semaines.

– Il ne venait plus que la nuit ? jette Alex avec dépit.

– Que veux-tu dire ?

– Je crois l'avoir croisé, un certain soir.

– Il doit y avoir au moins trois mois.

– Peu importe !

– Mais si, c'est important. Tu me prends pour une salope ?

– Je ne te pose pas de questions, mais toi, ne me prends pas pour un demeuré !

– Non mais, c'est vraiment la meilleure ! Tu vas me faire une scène de jalousie alors que je ne sais même pas quel genre de relation tu entretiens aujourd'hui avec Samantha ! D'ailleurs, si tu as croisé Maréchal, c'est sans doute que tu venais voir ma fille.

– A présent, les relations que j'ai avec elle sont d'ordre purement amical ! Si tant est que ce soit possible avec ta fille.

– Eh bien, moi, c'est la même chose avec Maréchal !

Catherine se souvient quand le ministre se présentait à bicyclette, après son petit tour au Bois. Il posait son engin devant l'immeuble et surgissait par l'escalier de service, dans son sempiternel survêtement violet parme avec ses pinces à vélo qu'il ne prenait pas la peine de retirer. Il lui réclamait toujours un petit café. Pendant ce temps, les voitures attendaient devant la porte cochère. Depuis qu'il s'était pris de passion pour la petite reine, les hommes chargés de sa sécurité étaient obligés de le suivre au milieu des embouteillages.

Mais on ne le voyait plus beaucoup dans le quartier depuis quelque temps. Au début, Catherine avait pensé à une soudaine amourette. Elle s'en était persuadée en apprenant que Maréchal se montrait souvent avec une jeune théâtreuse. Jusqu'à ce que certaines réflexions de Levert viennent éclairer les véritables raisons du comportement de Maréchal.

– Tu sais, Alex, cette fois je suis vraiment inquiète ! Je n'ose pas utiliser le téléphone. Maréchal est aux abonnés absents. Levert m'a souvent dit que si j'avais un jour des problèmes, le ministre ne lèverait pas le petit doigt. On se bagarrait fréquemment à ce sujet. Edgar concluait toujours en me traitant de midinette et de rêveuse. Tu vois, il ne se trompe pas sur les gens. Il connaît bien son monde !

Alex lui tend un whisky.

Elle secoue nerveusement son verre en faisant tourner les glaçons qui s'entrechoquent. Ses mains tremblent un peu.

Alex s'est approché pour chasser une mèche rebelle qui s'est rabattue sur le visage de son amie.

Quand elle relève la tête, ses yeux sont baignés de larmes. L'effroi et le désespoir ont envahi son regard.

– Qu'est-ce que je peux faire pour toi ? Demande-moi ce que tu veux, murmure le jeune homme en s'affolant. Je ne supporte pas de te voir comme ça !

Il lui câline le visage en essayant de plaisanter.

– Veux-tu que j'enfourche mon destrier ? fait-il en ferraillant d'une main avec une épée imaginaire contre d'invisibles ennemis.

Mais il ne parvient pas à accrocher un sourire sur ce visage blême. Il vient de découvrir une autre facette de Catherine : cette fragilité le touche, lui donne envie de lutter pour elle. C'est aussi une manière de se rendre un peu plus important à ses yeux. Car, au fond, Alex n'est pas fâché de la trahison de Maréchal.

Il s'écrie avec enthousiasme :

– Tu n'as pas idée de ce que peut faire un homme qui t'aime vraiment !

Il la serre contre lui et la caresse pour la rassurer, lui faire comprendre qu'elle n'est pas seule.

Elle reste un temps pensive, puis son regard s'éclaire :

– Alex, s'il te plaît, va prévenir Edgar ! Tu veux bien le faire pour moi ?

Le jeune homme éclate de rire.

– Tu aurais pu me demander quelque chose de plus difficile ! Je ne sais pas, moi : bâtir une cathédrale, escalader une montagne, chercher un trésor à l'autre bout du monde...

– Tu te contenteras d'aller boulevard de Courcelles. Mais sois extrêmement prudent ! On ne sait jamais. Assure-toi que personne ne te suit !

– Et si son immeuble est surveillé ? Tu crois qu'il ne serait pas préférable de se donner rendez-vous ailleurs ?

– Non, c'est le moyen le plus simple, vu l'urgence. Même si l'immeuble est surveillé, il n'y a pas de risque pour toi.

Sous l'épais rideau de pluie, les feux de la nuit se déforment. Les trottoirs sont déserts bien qu'il ne soit que neuf heures du soir. C'est presque l'hiver, maintenant. Une ambiance de couvre-feu.

Alex est descendu tranquillement dans l'avenue Georges-Mandel. Il s'est attardé au café du Trocadéro, puis s'est engouffré dans le métro.

Il est descendu au dernier moment, comme dans

les films, lorsque la sirène annonce que les portes vont se refermer. Apparemment, personne ne l'a suivi.

Ce parfum d'aventure n'est pas pour lui déplaire. Ce ne sera pas désagréable de revoir Levert, même s'il a un peu honte de ces enfantillages, de ces petits plaisirs que les ennuis de Catherine lui procurent.

Elle lui a dit que les initiales d'Egar étaient indiquées sur l'interphone.

Il attend un moment sous la pluie qui le fouaille, tout en jetant quelques regards aux alentours. Personne. Aucune voiture suspecte.

Il reconnaît enfin la voix rauque de Levert.

– Je suis Alex Meyer, un ami de Catherine. Nous nous sommes déjà rencontrés. Puis-je vous voir un instant ?

L'autre l'attend dans l'entrebâillement de la porte.

Des valises chics, à moitié défaites, encombrent le corridor. Le sol est jonché de dossiers empilés. Des papiers brûlent dans la cheminée du salon.

– Pardonnez ce désordre, s'excuse Levert. Je rentre de voyage, et je m'apprête à repartir.

Au premier coup d'œil, Alex a deviné qu'Edgar Levert vivait seul. Cet appartement vieillot lui rappelle un peu le sien, à une différence près : celui-ci est beaucoup plus vaste et la hauteur de plafonds lui confère davantage de majesté.

Un corridor interminable. Par les portes ouvertes apparaît un enchevêtrement de vieux meubles et d'objets exotiques entassés. Des toiles décrochées sont posées à même le sol ou appuyées contre le mur.

Pas la moindre trace d'une présence féminine qu'un je-ne-sais-quoi, un parfum, un soupçon d'organisation aurait pu trahir. Juste une odeur de vieux tabac mêlé à des effluves d'ambre ou de vétiver.

Le bureau est tapi au bout de ce long couloir.

– Asseyez-vous ! fait Levert. Je suis à vous dans deux minutes.

Deux téléphones sont décrochés. Edgar, en généralissime à la voix tranchante, s'énerve sur les deux lignes à la fois :

– Je le savais bien, Dominique ! Je vous l'avais dit, de vous méfier ! Depuis que le vieux crabe en pince pour cette gonzesse, il fait n'importe quoi !... Oui, nous devons prendre les devants. Simon n'est plus à son travail, c'est clair. Il va falloir aviser. Il s'habille en baba cool et fume du haschisch, maintenant. Il a pété les plombs. Oui, oui, mettez immédiatement un terme à ce bordel !

Le ton est sévère. Les ordres sont sans appel.

Alex se dit qu'il n'aimerait pas être à la place de ce malheureux Simon.

Levert a enfin raccroché. Il examine attentivement Alex tout en s'occupant à la préparation d'un nouveau cigare.

– Qu'est-ce qui me vaut l'honneur de votre visite, Monsieur Meyer ? Catherine va bien, n'est-ce pas ? demande-t-il avec une légère inquiétude.

– C'est elle qui m'a envoyé.

– Je vois. Elle est prudente ! Je sais déjà ce que vous allez me dire. On m'a prévenu. Il y a quelques petits juges qui voudraient faire parler d'eux et espèrent décrocher une promotion. Et puis, que voulez-vous, mon cher, les temps changent.

Aujourd'hui, on veut laver plus blanc que blanc. C'est comme ça ! Eh bien, il va leur en falloir, de la lessive, c'est moi qui vous le dis ! S'ils soulevaient vraiment le couvercle de la boîte, ça risquerait de faire boum ! C'est la République qui leur pètera à la gueule. Carrément : la République ! Mais ils n'auront ni les moyens, ni les couilles ! Alors, pour l'exemple, on va en serrer quelques-uns, au hasard ou selon les rancœurs du moment. On dira qu'on a nettoyé, que les méchants seront punis. Comme ça, tout le monde sera content : l'opinion, la presse, la Justice, et surtout les petits malins qui se seront faufilés à travers les mailles du filet. On refermera vite le dossier et on ne parlera plus de rien. Le voilà, le scénario, mon cher ami ! La raison d'État avant tout !

Tout en parlant, Levert, d'une écriture énergique, a rapidement griffonné un bristol. Il le tend à Alex.

– Gardez ça précieusement ! Je compte sur vous. En cas de nécessité, vous y trouverez les moyens de mc contacter.

Alex s'étonne que Levert n'ait pas glissé le bristol dans une enveloppe. L'autre a lu dans ses pensées.

– Eh oui, je vous fais confiance ! Je vous ai observé à ce dîner, et je vous ai trouvé sympathique. C'est assez binaire, chez moi : les gens me plaisent ou me déplaisent. Je ne suis jamais dans l'entre-deux. Je n'ai pas le temps. Si Catherine vous a choisi pour venir me voir, c'est qu'elle vous fait confiance, elle aussi. Peu m'importe de savoir pourquoi. Si vous êtes venu, indépendamment de l'estime que vous pouvez lui porter, c'est que vous ne manquez pas d'un certain cran. Et le courage se fait rare, par les temps qui courent. Vous êtes très proche de Catherine. On ne sait jamais ce qui peut arriver. Vous verrez, il y a là-dessus juste un prénom et un numéro de téléphone. Vous n'aurez qu'un nom de ville à prononcer : Alexandrie.

– C'est assez romanesque, fait Alex, amusé.

– Romanesque, oui ! J'ai l'impression que ça va le devenir de plus en plus. Alors, n'oubliez pas : Alexandrie !

– Je dois comprendre que vous partez ?

– Oui. Dans moins d'une heure. Je vais aller là où l'air est moins pollué. Sous des cieux plus cléments. Pour quelque temps. Ça tombe bien : j'ai justement diverses petites affaires à régler.

– C'est si grave que ça ? fait Alex en s'alarmant.

– C'est *très* grave ! Mais rassurez-vous : on en a vu d'autres. Ça se tassera.

– Et Catherine ?

– Quoi, Catherine ! Eh bien, qu'elle se mette sous la protection de son ministre ! Son ministre de la « défonce » nationale !

Il éclate d'un rire ironique.

– Ha-ha ! Elle sera entre de bonnes mains, vous ne trouvez pas ? Elle y croit dur comme fer ! Nous verrons bien qui avait raison. Ça va bientôt être l'heure de vérité.

– Ne soyez pas cynique, Monsieur ! s'indigne Alex. Pas vous ! Vous êtes le seul en qui elle ait confiance. C'est pour cela que je suis ici.

– Mais je plaisante ! fait Levert d'un grosse voix bourrue. Je l'aime bien, cette petite ! Seulement, la passion l'a aveuglée, vous comprenez ? Ça lui passera, mais, tant que ça la tient, je ne peux rien de plus pour elle. Elle fera des conneries. C'est dans l'ordre des choses. Alors, puisque vous l'aimez, protégez-la ! Vous le ferez mieux que moi. En cas de grabuge, vous savez où me joindre.

Le vieux rhinocéros s'est levé pour signifier que l'entretien venait de s'achever.

Avant de refermer la porte, Levert jette à Alex un regard où brille une petite lueur d'amitié et de tristesse.

Edgar a compris que le jeune homme l'aimait bien. Il le lui fait ressentir à la manière vigoureuse dont il lui serre la main.

– Dites à Catherine de ne pas trop s'en faire ! Nous nous reverrons. Rassurez-la et embrassez-la pour moi ! Et vous, n'oubliez pas d'être prudent. C'est peut-être romanesque, mais vous verrez que ce n'est pas du tout du roman. En attendant, je vais avoir le temps de lire Spinoza... Bonne chance !

XVII

– La musique fait tout oublier. Et *Carmen* mérite bien qu'on se déplace. Je passe te prendre à sept heures ! a dit Alex sur la messagerie du portable.

Catherine n'a pourtant pas le cœur à sortir.

Plantée devant la penderie ouverte, l'air absent, elle fait le tour de sa garde-robe. Elle se serait bien passée d'une première à Bastille ! Mais elle ne veut pas qu'Alex pense qu'elle refuse de l'accompagner par crainte d'y croiser Maréchal.

En temps normal, le ministre n'aurait pas manqué d'être là, et sûrement l'aurait-elle suivi. Mais c'est si loin, tout ça !

Catherine a décroché deux ou trois robes parmi les plus habillées. Mais chacune lui rappelle un moment passé avec Maréchal. Ça lui fait mal. Et elle a mal d'avoir mal.

Découragée, elle s'effondre sur le lit.

Appeler Alex ? Tout annuler ? Mais il doit être déjà en route. Il ne comprendrait pas. En plus, il a dû se démener comme un diable pour réussir à avoir des billets.

Elle se ravise, revient farfouiller dans la penderie et finit par décrocher au hasard une veste de smoking oubliée. Avec un pantalon noir et un tee-shirt blanc, ce sera bien suffisant ! Ce n'est pas le bon soir pour chercher à produire des effets vestimentaires.

– C'est vraiment pour te faire plaisir ! murmure Catherine en descendant l'allée étroite et encombrée qui mène aux places qu'Alex a réservées. C'était mieux à Garnier, la première fois qu'on s'est vus, tu ne trouves pas ?

– C'était plus compliqué, fait l'écrivain, gêné. Je n'ose pas dire moins intime. Parce que ce soir, à l'évidence, tout Paris s'est donné rendez-vous ici !

A quelques mètres devant eux, aux rangs d'honneur, elle reconnaît des nuques célèbres : celle de Précoce, le Premier ministre, qui paraît plus épanoui que jamais. Ça doit l'amuser qu'entre deux cures de sommeil on ait pu tirer son épouse de la maison de repos où elle dépérit depuis qu'il ne la touche plus, et qu'on l'ait chargée de tant de bijoux pour l'occasion. Précoce a peut-être poussé la perfidie jusqu'à faire inviter sa jeune maîtresse pour la savoir tout près ? Non, c'est un Maréchal qui aurait pu en être capable. Précoce n'a pas l'envergure !

Il y a d'autres membres du gouvernement parmi lesquels Alex retrouve certaines silhouettes entrevues lors de la surprise-partie organisée par Béatrice. Des grands patrons, des acteurs célèbres, des couturiers, des divas à la retraite. Tous sont venus se faire admirer. Personne ne se lève pour saluer Catherine. On doit déjà savoir qu'elle n'est plus avec son ministre. Elle n'aura plus droit aux rangées officielles, comme lorsque le grand homme la chaperonnait. Tant mieux ! Maintenant qu'elle est sur la touche, elle a tout loisir d'observer à son aise et de s'amuser un peu.

Bien involontairement, elle se prend quand même à chercher du regard Maréchal dans la foule. Mais elle ne le voit pas. Il ne doit pas être venu. Sa nuque argentée, ses larges épaules un peu voûtées ne lui auraient pas échappé.

A-t-il eu envie de fuir les mondanités en cette période troublée ? Sans l'insistance d'Alex, elle aurait sûrement fait de même.

A moins que Maréchal n'ait eu peur de la croiser ? S'il avait fait une apparition, ç'aurait été avec une autre, au moins pour donner le change et soutenir sa réputation. Il n'a sans doute pas pris le risque de lui infliger un pareil affront.

Les lumières ont faibli. Le rideau va se lever.

Quelques attardés se pressent. Parmi eux, elle reconnaît d'emblée la démarche nonchalante du ministre ! Son cœur se rétrécit.

Maréchal est escorté d'une brunette court vêtue. Elle n'a pas plus de vingt-cinq ans. Elle s'appuie sur son bras pour ne rater aucune marche. Ses talons aiguilles mettent si bien en valeur le galbe de ses longues jambes... Germaine Strauss se dandine à leurs basques. Elle a dû casser sa tirelire pour harnacher la jolie demoiselle.

– Regarde ! Maréchal, là, devant ! murmure Alex en poussant Catherine du coude.

L'arrivée du ministre et de sa jeune compagne est particulièrement remarquée. Il plastronne. Il est content. Il ne pense guère à la hargne des journalistes.

– Provoquer ! C'est sa devise ! fait Catherine avec une fausse indifférence.

Mais son cœur cogne si fort au fond de sa poitrine comprimée que l'écho lui en résonne jusque dans la tête.

Pour se défendre de cette réaction incontrôlable, elle s'est agrippée à la main d'Alex. Par ce geste, elle espère autant le rassurer que se rassurer elle-même.

Il a bien senti qu'elle le serrait trop fort, mais il n'ose rien dire.

Quand l'orchestre attaque l'ouverture, elle ne peut s'empêcher de profiter de la semi-obscurité pour épier le trio qui s'est installé devant elle, bien en évidence, comme pour la narguer, et surtout cette femme si jeune qui, ce soir, a pris sa place.

L'animation de la place de la Bastille contraste avec la froideur de l'avenue Georges-Mandel.

Les voitures officielles ont entamé un lent chassé-croisé pour récupérer leurs illustres occupants.

Après avoir traversé la place, Alex et Catherine se sont aventurés rue Saint-Antoine dans l'espoir de trouver un taxi. Les habitués ont pris d'assaut la station.

– Pardonne-moi ! fait Alex, tout penaud. Je n'ai pas eu une très bonne idée en t'emmenant ici ce soir. Je n'ai pas envie de rentrer comme ça. Je peux monter prendre un verre chez toi ? Remarque, je comprendrais fort bien que tu aies envie de rester seule !

– Non, je préfères que tu viennes ! Tu n'y es pour rien. C'est moi qui ne suis pas assez forte.

Je te remercie pour cette soirée, Alex ! C'était quand même très bien. Ça faisait longtemps qu'on n'avait pas entendu de la belle musique tous les deux.

Catherine n'avait pas dit un mot depuis la sortie du théâtre. Elle faisait plutôt grise mine. Son malaise était si évident qu'Alex, lui non plus, ne trouvait rien à dire. Il se sentait lourd. Les commentaires d'usage sur les voix, la mise en scène, les décors auraient sonné faux. Aucun sujet de conversation ne lui venait pour rompre le silence qui s'était installé entre eux deux. Pas même cet énorme taureau ensanglanté et grotesque qui avait envahi la scène à la mort de Carmen sous les huées de l'assistance.

Non, rien ne pouvait la faire rire.

Il ne s'est pas risqué non plus à émettre des commentaires sur la jalousie de Don José.

Alex s'approche timidement de la porte entrebâillée de la chambre, deux verres de gin-tonic à la main.

Selon son habitude, Catherine est assise en tailleur sur le lit.

– Puis-je entrer ?

– Tu peux ! répond-elle sèchement.

Elle renverse devant elle le contenu d'une mallette de cuir noir en éparpillant pêle-mêle des papiers, des lettres, des blocs-notes, une dizaine de cassettes, des photographies.

– Mais qu'est-ce que c'est, tout ce bazar ? demande l'écrivain en venant se serrer contre elle.

– Ce bazar, mon pauvre Alex, c'est aujourd'hui mon seul rempart, ma seule défense ! Je pressens trop ce qui va arriver. Quand le bateau coule, les rats quittent le navire. Je connais si bien la musique ! Et je n'ai pas envie d'être celle qu'on ligotera au mât.

– Mais pourquoi tu dis des choses pareilles ? Pour l'instant, tout va bien !

– Oui, c'est ce que répète le type qui tombe du vingtième étage tant qu'il n'a pas touché le sol !

– Tu es encore plus pessimiste que moi, maintenant ! fait Alex. En tout cas, Levert m'a bien dit que lui ne te lâcherait pas.

– Alex, il y a des moments où je te trouve un peu trop rêveur ! Est-ce que tu te rends vraiment compte de l'attitude de ces messieurs ? L'un qui fait ses valises, l'autre qui ne tardera pas à dire à ceux qui voudront bien l'entendre qu'il ne me connaît pas : « Madame Kerville ? Une maîtresse parmi tant d'autres ! Rien de plus. Si je l'ai aimée ? Non ! Bien sûr que non ! Rappelez-moi son prénom, d'ailleurs, il m'a échappé. Ah oui, je me souviens maintenant : Catherine ! Cette mythomane ? Cette folle qui s'accrochait à moi ? »

– Arrête ! Tu te fais du mal en repensant à Maréchal ! Oublie-le ! Je sais que c'est difficile, mais tu l'as vu ce soir ? Il ne mérite pas que tu te souviennes de lui.

– Oh, s'il n'y avait que Maréchal ! fait Catherine en remettant méthodiquement en place le contenu de sa mallette. S'il n'y avait que Levert ! Mais ils ne seront pas les seuls à me laisser tomber. Chez Arès aussi, ils ouvriront le parapluie. Je les entends déjà comme si j'y étais : « Non, elle n'a jamais travaillé pour nous ! Si tel avait été le cas, nous nous y serions formellement opposés ! Une aventurière, une courtisane ! Son travail ? Négocier des contrats ? Avec des commissions ? Mais ce n'est pas sérieux ! Ça n'a jamais existé chez nous, des choses pareilles ! Chez d'autres, peut-être, mais pas chez nous ! On ne mange pas de ce pain-là ! A un certain niveau, nos employés sont triés sur le volet ! Ils sont tous issus des grands corps de l'Etat. On a beau dire ce qu'on veut, la haute administration française est quand même la plus honnête du monde. Non, c'est un travail fictif ! » Ça se passera comme ça, Alex ! On fera la chasse aux lampistes, aux sans-grade, aux fusibles. Ils serviront le temps que les autres puissent s'abriter. Moi, je ne suis pas retranchée derrière les remparts d'une institution. Je serai la première sacrifiée. Et une femme, c'est tellement plus facile ! Avec une histoire de cul à la clé, ça devient tout de suite une salope. Maréchal restera un séducteur, et je deviendrai une putain !

– Là, tu y vas un peu fort ! Et puis, arrête avec ton Maréchal ! Ça commence à m'énerver !

– Tu verras ce que je te dis ! En tout cas, le contenu de cette mallette, que j'ai accumulé pendant des années, est tout ce qui me reste aujourd'hui pour me défendre. Au cas où il m'arriverait quelque chose, il ne faudrait pas que tu hésites à t'en servir si j'étais dans l'impossibilité de le faire. Je t'expliquerai où je la cache.

– Mais il y a quoi au juste, là-dedans ?

– Des noms, Alex ! Et pas n'importe lesquels ! Des voix, et pas n'importe quelles voix !

– Maréchal ?

– Evidemment, je te l'ai dit ! Mais il n'y a pas que le ministre de la Défense dans ma collection.

Il y en a d'autres. Et de beaucoup plus puissants, tu peux me croire !

– Tu veux dire...

– Je ne dis rien ! s'exclame-t-elle en posant l'index sur sa bouche. Ce serait trop dangereux pour toi de savoir. Tout est là-dedans. Tu as toutes les preuves de leur bassesse, de leur malhonnêteté, de leur lâcheté, de ce qui a toujours existé, de ce qu'on murmure, de ce qu'on devine, mais qu'on ne démontre jamais.

– Et Levert, tu crois que lui aussi détient ce genre de preuves ?

– Sûrement ! Mais tout le monde s'en doute. Tandis que ça, personne n'est au courant à part moi – et toi maintenant.

– Mais tu n'as rien fait de répréhensible ? s'inquiète Alex.

– Rien ! Sauf d'avoir gagné trop d'argent. Pour ça, outre-Atlantique, on te déroule un tapis rouge. Dans notre pays, c'est plus souvent la prison !

– Oh, et puis merde ! tranche Alex avec humeur. Tout ça n'est pas si grave ! Pourquoi t'inquiéter ?

– Parce qu'en plus je suis un témoin, Alex ! Un témoin gênant ! Tu ne comprends donc pas ? C'est une position dangereuse que d'avoir été là, d'avoir vu et entendu.

– Et qui donc chercherait à te nuire ? Levert a dit qu'il t'aiderait. Tu ne penses quand même pas que Maréchal...

– Au point où on en est, tout est possible, Alex !

– Il sait bien que tu ne diras rien. Evidemment, s'il était averti que tu as ça...

– Je ne te le fais pas dire !

– Mais il ne l'est pas, et il n'y a aucune raison

pour qu'il le soit jamais ! Arrête donc de divaguer. Tu ne te mêles pas de politique, tu n'es pas élue, tu n'as fait que ton travail, tu n'as rien volé ! On te foutra la paix !

– Oui, mais j'ai été liée à Maréchal, et, du coup, on fera l'amalgame ! A travers moi, on cherchera à atteindre les plus hauts personnages de l'Etat. Donc il faudra me salir, me noircir pour jeter la suspicion sur ceux qu'on veut abattre.

– Si la Justice souhaite vraiment faire le ménage, elle n'aura pas besoin de se servir de toi. D'ailleurs, c'est peut-être mieux de nettoyer de temps à autre, pour pouvoir repartir sur des bases plus saines...

– Il y a beau temps que la corruption existe, Alex ! Les habitudes sont bien ancrées. Je te l'ai déjà dit, c'est tout le système qui est malade. Si on voulait vraiment nettoyer, il y aurait du travail ! Il faudrait bien du courage. Je serais d'ailleurs tout à fait d'accord pour qu'on le fasse...

– Ce sera peut-être toi, le détonateur ?

– Peut-être ! dit-elle en verrouillant la mallette. A moins que le nettoyage en question ne se limite à Levert et à moi...

XVIII

Alex s'est réveillé en sursautant. Il est en nage. Sans doute à cause du chauffage qui lui dessèche la bouche. Catherine est si frileuse !

Il a soif. Il a dû rêver d'une bière bien fraîche.

Catherine dort profondément. Il se dégage lentement de son étreinte pour aller faire un tour à la cuisine.

En s'étirant dans le salon, Alex ressent l'envie d'écrire. Le moment où le jour va se lever est toujours propice. Un moment d'incertitude où tout bascule. C'est encore la nuit, et puis, sans qu'on puisse repérer l'instant du miracle, le jour est déjà là. Alex devrait se lever plus tôt pour étudier la question. Mais il faudrait être près de la mer pour scruter l'horizon. Avenue Georges-Mandel, on ne voit pas grand-chose. Au reste, l'immeuble est orienté plein nord. Le soleil doit donc se lever du côté cour.

En ouvrant la fenêtre de la cuisine, l'écrivain a remarqué un petit homme en blouson qui semble attendre quelque chose ou quelqu'un. A une heure aussi matinale, c'est un peu étonnant.

Il referme doucement la fenêtre et se cache derrière le store pour l'observer.

L'homme a levé machinalement la tête tout en collant l'oreille à l'appareil qu'il a tiré de son blouson. Un téléphone portable, peut-être un talkie-walkie. Difficile de voir, surtout sans lunettes.

Un autre vient le rejoindre, et consulte sa montre. Ils se mettent à discuter et désignent du doigt les fenêtres du troisième.

Alex retourne au salon. Ses mains tremblent.

A quatre pattes, il tire lentement le rideau et s'efforce d'ouvrir précautionneusement la fenêtre. Il avance en rampant, nu sur la pierre froide et moussue du balcon. Il ne sent pas l'air vif du matin.

D'autres hommes sont en bas. Il y a des voitures garées sur le trottoir.

Ce ne peut être que la police. Ils attendent l'heure légale. Une perquisition, sans doute. Peut-être pire.

En rampant à reculons pour regagner le salon, Alex s'étonne de pas s'affoler davantage. Pourtant, ses pensées commencent sérieusement à s'entrechoquer.

Il faut réveiller Catherine pour qu'elle s'échappe. L'immeuble est sûrement bouclé. Ils ont dû penser à l'appartement de Sam. Mais il y a sans doute une cave où Catherine pourrait se réfugier. On doit y accéder par l'escalier de service.

Il se précipite dans la chambre. Il a la nausée. Les battements de son sang lui martèlent les tempes.

Il secoue Catherine le moins nerveusement qu'il lui est possible.

– Mais tu n'es pas raisonnable, Alex, il est encore très tôt ! marmonne la jeune femme en se retournant avec un sourire, les yeux toujours fermés.

– Catherine, garde surtout ton calme ! Nous avons un petit problème. Il faut que tu te lèves et que tu t'habilles au plus vite.

– Qu'est-ce qui se passe ? fait-elle en se redressant brusquement, les yeux grands ouverts.

– Les flics, Catherine ! Les flics ! chuchote Alex d'une voix blanche.

– Comment as-tu été prévenu ? demande-t-elle avec une froide résignation.

– Personne ne m'a prévenu ! Ils ont cerné l'immeuble !

– Tu es sûr ?

– Je les ai vus par la fenêtre. Il y en a dans la cour, derrière, devant, dans l'avenue, partout !

– Montre-moi ! dit-elle en se levant.

– Non, non ! Ils risquent de te repérer. Je suis sûr qu'ils m'ont vu. Ce doit être une simple perquisition, mais il vaut mieux que tu ne sois pas là ! Normalement, ils n'ont pas le droit d'intervenir avant le lever du soleil. Il n'y a pas de temps à perdre. Il faut que tu foutes le camp ! Je me démerderai avec eux. Est-ce que tu as une cave ?

– Attends, Alex, tu délires ou quoi ? Je ne vais pas me sauver comme une voleuse. S'ils veulent venir, je les attends ! Ils ne me font pas peur. Je n'ai rien à me reprocher.

Elle se lève et va fouiller dans la penderie. Elle a récupéré la mallette qu'elle tend à Alex.

– Ça, en revanche, il ne faut surtout pas qu'ils le découvrent ! Pour le reste, je me débrouillerai, ne t'inquiète pas ! Tout est clair. Mais il faut absolument que tu trouves le moyen de sortir. Habille-toi vite !

– Je ne veux pas te laisser !

– Ecoute, Alex, je ne sais pas ce qu'ils veulent, mais s'ils tombent sur la mallette, là je suis foutue ! Alors, dépêche-toi !

Ils s'habillent tous deux à la hâte.

Alex veut l'enlacer. Elle le repousse.

– Dépêche-toi, je t'en supplie ! insiste-t-elle.

Il court à la cuisine.

Vérification faite par le judas, le palier de service est libre.

Il ouvre discrètement la porte et s'avance sur la pointe des pieds pour observer par-dessus la rampe.

L'homme au blouson attend tout en bas.

Une galopade dans l'escalier.

Alex tire discrètement la porte derrière lui et, à pas de loup, monte à l'étage supérieur.

Mais les hommes sont trop près maintenant. Samantha ne va sûrement pas répondre tout de suite, à supposer qu'elle soit là.

Il continue à grimper en haletant, à reculons.

Au sixième, des toilettes désaffectées. Un refuge idéal.

Il verrouille la porte.

Les policiers sont montés vérifier au dernier étage et tentent d'ouvrir.

– Laisse tomber ! fait l'un d'eux. Les gogues sont toujours condamnés, dans ce genre d'immeuble !

Ils redescendent bruyamment.

Le portable d'Alex clignote. Presque plus de batterie.

– Sam, c'est moi ! marmonne-t-il d'une voix de robot. J'ai besoin de te voir tout de suite ! Je passe par la porte de service, comme d'habitude.

– La porte de service ? Qu'est-ce que tu racontes ? T'es dof ou quoi ?

– Attends-moi derrière la porte de service ! C'est tout ce que je te demande.

– Je mords que dalle ! Arrête tes nestors !

– Il n'y a rien à comprendre, mais, Bon Dieu de merde, fais ce que je te dis !

– Tu me plombes, Alex ! Vraiment, tu chausses carrément du deux ! Je suis pas une tu-viens ! Tu peux toujours te branler ! dit-elle avant de raccrocher.

Il recompose le numéro. Le répondeur. Il laisse un message :

– Samantha, je sais que tu m'entends ! Colle-toi derrière la porte de service et ouvre-moi. C'est très important ! Si tu ne le fais pas, on ne se reverra jamais !

Alex redescend à pas feutrés en serrant contre lui la précieuse mallette.

Heureusement, la porte du quatrième est légèrement entrouverte.

Sam est maquillée à outrance. Elle fume un énorme joint, un zeppelin, comme elle dit. Sa tenue est sans équivoque : elle vient juste de rentrer.

Par-dessus sa petite robe de laine noire qui découvre haut ses collants mauves, elle a jeté un blouson de cuir. Elle est chaussée d'énormes godillots avec des lacets assortis aux collants.

Elle regarde Alex en écarquillant les yeux. Ses pupilles sont encore plus dilatées qu'à l'ordinaire.

Comme elle va parler, il lui fait comprendre d'une grimace qu'il faut baisser le ton.

– Mais qu'est-ce que tu vagues ? dit-elle. C'est tout ce que t'as trouvé pour raccrocher les wagons ? Tu crois que tu peux te pointer comme ça, n'importe quand, pour me mettre une paire ?

– Ta mère a des problèmes ! chuchote Alex. Il y a des flics partout !

– Tu délires ?

– Laisse-moi entrer, pour l'amour du Ciel !

Samantha s'efface en haussant les épaules.

– Ecoute ! fait Alex. Elle m'a remis une valise, il faut absolument la planquer !

– Chez moi ? Subtil, le stash ! Ici, ça craint autant qu'en bas !

– Alors, fous le camp, et emporte-la avec toi ! Mets-la à l'abri, tu dois bien avoir une idée.

– T'es drôle, toi ! Où ? Chez qui ?

Elle réfléchit un instant en aspirant calmement une bouffée.

Puis elle tend le zeppelin à Alex :

– Tu veux tirer une petite barre ?

Il lui prend les bras pour la secouer :

– Sam, ce n'est pas le moment ! On est dans une merde totale ! Réagis !

– Bon, alors j'ai un plan !

– Le problème, c'est de sortir. Ils vont sûrement venir fouiller chez toi. Il faut dégager avant. On va partir ensemble.

– Mais les keufs vont nous agrafer !

– Est-ce que tu as toujours tes rollers ?

– Je ne vois pas le rapport...

– Chausse tes rollers et trouve-moi un sac à dos assez grand. Un sac de randonnée, par exemple !

Sam s'exécute en maugréant :

– Putain, ce keum, il est prenant ! Vraiment la totale ! Un plan rolleuse, entamée comme je suis ! A tous les coups je me vautre ! Je sens qu'on va encore se prendre un gros délire !

A grand-peine, il enfonce la mallette dans le sac. Sam l'arrime sur son dos. Il a le plus grand mal à lui faire abandonner son zeppelin.

Ils descendent par l'ascenseur de l'entrée principale. Avec ses rollers aux pieds, comme le lui a prescrit Alex, elle touche presque le plafond de la cage.

Un type joufflu aux cheveux roux, avec un brassard de police, les interpelle au rez-de-chaussée, le revolver à la main.

– Vous habitez l'immeuble ?

– Oui, pourquoi ? fait Alex d'un air arrogant en prenant l'accent pointu du quartier.

– Police judiciaire ! Vous avez vos papiers ?

– A cette heure-là, vous plaisantez ou quoi ? répond le jeune homme.

– J'ai des ordres, Monsieur, je suis désolé !

– Vous êtes dans le hall d'un immeuble bourgeois. On n'est pas à Belleville, ici ! En plus, ce n'est pas un lieu public. Vous n'avez pas le droit de contrôler les gens comme ça. D'ailleurs, vous devriez être au moins deux. Ce n'est pas légal du tout !

– Ah, vous voulez faire le malin ?

– Moi, je peux sortir, Monsieur l'Inspecteur ? demande timidement Sam en battant des cils, avec son plus beau sourire, tout en commençant à virevolter en championne sur le marbre de l'entrée.

Le policier se gratte le menton, l'œil vissé sur les cuisses pervenche de cette patineuse matinale.

Elle continue à lui sourire.

– Oui, oui, allez-y !

Il s'est retourné vers Alex :

– Vous, vous restez là !

Sam ouvre prestement la porte du hall et disparaît en patinant à toutes jambes.

– Vous vous appelez ? demande le policier en dévisageant l'écrivain avec méfiance.

– Alex Meyer.

– Vous êtes locataire, propriétaire ?

– Ni l'un ni l'autre ! C'est ma petite amie qui m'héberge.

– Et elle est là, votre petite amie ?

– Mais non, elle vient de sortir !

– Ah, la fille était avec vous ? Alors, pourquoi elle est partie ?

– Allez lui demander ! fait Alex en levant les yeux au ciel.

– Elle s'appelle ?

– Sam !

– C'est un diminutif, ça !

– Oui : Samantha, si vous voulez. Moi, je préfère Sam. Vous ne trouvez pas que c'est joli, comme prénom ?

Le flic s'énerve.

Alex pense qu'elle a eu le temps d'atteindre la place du Trocadéro.

– Samantha comment ?

– Samantha Kerville.

– Kerville... attendez, vous avez dit Kerville ?

– Oui, Kerville ! Et alors ?

– Ah putain ! Merde !

Le policier s'est écarté en catastrophe pour appeler sur son talkie-walkie :

– Vous, vous restez là, hein ? fait-il en agitant son 357 magnum.

L'appareil étant réglé au maximum, les échos de la conversation résonnent bruyamment dans le hall :

– Scarabée rouge à Autorité !

– Je vous reçois, Scarabée rouge !

– Y'a un malaise, chef ! La fille vient de sortir !

– Et vous ne l'avez pas interceptée ?

– Ben, elle avait l'air claire, chef ! Elle est sortie pour faire du roller dans le quartier.

– Elle était seule ?

– Non, y'a son mec ! Y veut pas montrer ses papiers.

– Le suspect a dit son nom ?

– Oui ! Meyer ! Alex ! Mike, écho, yankee, écho, roméo !

– Bien reçu, Scarabée rouge ! Vous êtes vraiment un gland d'avoir laissé filer la gamine !

Scarabée rouge s'emporte :

– Mais je suis tout seul, chef ! Je vous avais dit qu'il fallait être au moins deux OPJ dans le hall ! C'est pas normal, ça, quand on est en opérations ! Ah non, c'est pas normal !

– Ah, c'est pas parce que vous êtes délégué syndical que vous allez nous faire chier tout le temps ! Bon, amenez-nous le gazier ! On va vérifier ! Pour la perquise au quatrième, si la fille revient pas, on s'emmerde pas : on nique la porte !

Au troisième, huit policiers fouillent l'appartement. Sept hommes et une grosse femme.

Catherine est assise derrière son bureau, la tête dans les mains.

Les autres s'affairent dans les tiroirs, les placards, les étagères. Rien n'est laissé au hasard. Tout est compulsé, palpé, étiqueté.

Deux hommes se sont attablés au salon. L'un d'eux a installé une machine à écrire désuète. Il tape avec deux doigts, en s'appliquant.

L'autre fait fondre de la cire avec son briquet pour mettre en place les scellés sur les cartons qui commencent à s'empiler.

Le téléphone sonne. Un des flics répond avec un accent méridional :

– Madame Kerville n'est pas là. C'est de la part de qui ?

Il griffonne le nom du correspondant sur un carnet.

– Non, je ne sais pas quand elle rentrera !

Un inspecteur maigrelet est penché sur un carton. Il épluche attentivement des photos. Les moments heureux glissent entre ses doigts velus : fêtes, baptêmes, mariages, vacances, soirées musicales. Il s'attarde sur un cliché où Sam n'est encore qu'un bébé rieur. Les soirées mondaines lui plaisent davantage. Son œil alors s'allume ; il cherche des visages connus.

Alex serre les poings. On le conduit au salon.

– Vos papiers, Monsieur ?

– Je ne les ai pas sur moi.

– Bon, alors vous vous asseyez et vous restez là ! ordonne un supérieur aux cheveux grisonnants.

Dans ce cauchemar, Alex se dit qu'il a de la chance d'être encore près de Catherine. Il essaie de la rassurer de loin par des petits regards appuyés auxquels elle répond par de pauvres sourires.

Elle a demandé à se lever pour aller dans la salle de bains. La grosse femme lui emboîte le pas.

La fouille aura duré près de trois heures. Des piles entières de paperasses de toute sorte : talons de chèques, courrier, dossiers sont méticuleusement emballés dans les cartons.

On amène Alex dans le bureau où se trouve Catherine.

– Vous connaissez ce monsieur ?

– Oui, c'est le fiancé de ma fille, fait-elle en baissant les yeux. C'est un écrivain, il n'a rien à voir avec tout cela.

Scarabée rouge fait irruption dans le bureau, tout essoufflé :

– On a fouillé au-dessus, chef ! On n'a rien trouvé ! Enfin...

– Enfin quoi ?

– Pas mal de shit, et des pastilles ! J'appelle les stups ?

– Mais non, on s'en fout ! fait le commissaire en sortant de la pièce. Allez, ça suffit, on embarque !

– Bon, levez-vous, Madame ! dit la grosse femme.

Quand Catherine se met debout, Alex se rend compte qu'on lui a passé les menottes.

Il ravale ses larmes, pour ne pas se trahir et ne pas affaiblir son amie qui, malgré son effrayante pâleur, est restée d'une parfaite dignité.

Il fixe cette arme obscène accrochée à portée de main dans le dos du policier maigrelet qui fait du zèle en cherchant encore un scoop dans le carton de photos qu'il a pourtant fouillé à dix reprises. Il suffirait de bondir adroitement, de prendre l'avorton en otage, au besoin de tirer dans le tas. C'est le moment ou jamais ! Mais ça servirait à quoi ? Il repense en serrant les dents à ce que Catherine lui a dit naguère à propos des intellectuels. Il est lâche, impuissant.

Maintenant, il est passé du côté de ceux qui ont baissé la tête au moins une fois. Il faudra vivre avec ce poids-là.

– Vous, Monsieur, vous venez avec nous pour vérification d'identité ! lui enjoint un inspecteur. Désolé, c'est la procédure habituelle !

Catherine monte à l'arrière de la première voiture. Alex la regarde s'éloigner. Elle ne s'est pas retournée. Quand la reverra-t-il ?

Il ne peut s'empêcher de lancer au flic blasé qui l'accompagne :

– Mais pourquoi vous la traitez comme ça ? Elle n'a rien fait ! C'est quelqu'un de très bien, vous savez ! Elle a même la Légion d'honneur. Ce doit être une erreur, vous devriez vérifier !

– On obéit aux ordres, Monsieur ! On ne fait qu'obéir ! C'est comme ça, notre métier. Si on avait des états d'âme, on se flinguerait tous les jours. D'ailleurs, il y en a souvent qui se flinguent ! Mais tout le monde s'en fout.

Dans le petit bureau gris de la Brigade financière, tristement éclairé par une lucarne, Alex attend encore.

Deux heures, peut-être davantage.

Une odeur de poussière et de papier jauni qui lui rappelle les dortoirs d'Henri-IV ou les couloirs du 20e chasseurs parachutistes. On l'avait mis là d'office à cause de sa taille athlétique et du mauvais dossier qu'il avait monté pour se faire réformer.

On le conduit dans un autre bureau où un petit brun décontracté en col roulé, le pistolet à la ceinture, l'interroge sommairement.

Passe une fille rougeaude chargée de bouteilles de bière et de sandwiches enveloppés de cellophane. Elle frappe à la porte de la pièce voisine. C'est là que doit être Catherine.

– Vous signez ici et vous pouvez partir ! fait le jeunot en tendant un papier à Alex.

– Et Madame Kerville ?

– On ne peut pas vous renseigner, Monsieur !

– Mais qu'est-ce que je dis à sa fille ?

– Dites-lui de prendre contact avec l'avocat de sa mère, ou bien de nous appeler !

Alex est dans la rue. Dans l'immeuble de la Brigade financière, les lumières des derniers étages resteront sans doute longtemps allumées.

Sans se soucier des passants, il se met à sangloter comme un enfant perdu la nuit dans une ville étrangère.

XIX

– Votre insistance me surprend, mon cher ! A une heure aussi tardive, il est bien rare que j'ouvre ma porte. Sauf aux belles dames, bien entendu !

Maréchal paraît très contrarié par l'intrusion d'Alex. Du coup, il n'a même pas pris la peine de se vêtir. Nonchalamment enveloppé d'une robe de chambre bleu nuit, beaucoup trop voyante, il conduit directement le jeune homme à son bureau.

Alex ne connaissait cet endroit que par les descriptions de Catherine. Un duplex dans un immeuble discret, rue de Verneuil, ce n'était pas si facile à trouver. Heureusement, la rue n'est pas très longue. Alex a eu vite fait de repérer la Safrane du ministre, avec Cheng, l'Eurasien, qui attendait à côté du chauffeur.

Par chance, un couple pénétrait dans l'immeuble. Il leur a emboîté le pas.

Les interphones étant anonymes, Alex a sonné au hasard jusqu'à ce qu'il reconnaisse la voix affectée de Maréchal.

Le raffinement de l'appartement se voudrait égal à celui de son propriétaire. Pourtant, l'accumulation d'objets précieux ne masque pas d'évidentes fautes de goût.

Alex pense que Maréchal a dû avoir une enfance miséreuse et que, fortune faite, il a amassé à la hâte tout ce qui lui paraissait correspondre au raffinement inaccessible dont il avait rêvé en passant devant les grilles du château de son village. Il avait très vite dû comprendre qu'elles ne s'ouvriraient jamais pour lui.

Depuis, il s'est évertué à prendre sa revanche. C'est l'explication de sa carrière sans faute.

Alex n'a pas le loisir de tout découvrir, car Maréchal a prestement refermé la porte de son bureau-bibliothèque.

Les murs sont tapissés des ouvrages les plus rares, un trésor à rendre fou de jalousie n'importe quel bibliophile.

Mais l'écrivain est loin d'être ébloui par ce clinquant. Il pense que, tous comptes faits, Maréchal n'est qu'un homme d'apparences, sans doute plus sensible à la reliure d'un livre et à son prix qu'à son contenu.

Lui-même est-il autre chose qu'un vieil in-quarto doré sur tranche, tendu de maroquin, pourtant si mal écrit quand on prend la peine de l'ouvrir ? Mais ce livre-là, Alex est bien décidé ce soir à le feuilleter, voire à en arracher quelques pages, si nécessaire.

Comment une femme comme Catherine a-t-elle pu se laisser prendre à ces pièges de pacotille ? Comment a-t-elle pu croire à l'élégance d'un homme qui l'a laissée se compromettre dans les affaires les plus ténébreuses et risquer sa vie aux quatre coins du monde, qui ne lui a jamais proposé les clés de chez lui et qui ne lui envoyait des fleurs que lorsqu'elles étaient payées par une vieille entremetteuse ?

Ce n'est pas le donjuanisme de Maréchal qu'Alex rejette en bloc, c'est la profonde vulgarité que dissimule tout ce vernis.

Serré dans sa robe de chambre dont la marque s'étale prétentieusement sur sa poitrine, le ministre, aux yeux du jeune homme en colère, n'est plus que lui-même : un vieux beau égoïste, avare et sans scrupule.

Il a dû l'interrompre au cours d'une séance de libertinage : un parfum féminin flotte dans l'appartement.

– J'imagine que vous avez de bonnes raisons, fait Maréchal en prenant place derrière son bureau.

L'accueil du ministre manque vraiment de chaleur, cette fois. Le ton dont il use a bien changé.

– Oui, j'ai au moins une excellente raison pour venir abuser de votre temps beaucoup plus précieux que le mien, et vous distraire de vos occupations que je suppose être de la plus haute importance. Cette excellente raison, c'est tout simplement Catherine.

– Catherine ? s'étonne Maréchal. A-t-elle besoin d'un émissaire ? Ne peut-elle plus faire passer les messages elle-même ?

– Là où elle est, je ne crois pas, Monsieur le Ministre ! Elle a été arrêtée ce matin.

– Et que voulez-vous que j'y fasse ? fait Maréchal avec dédain.

– Mais vous pouvez l'aider à sortir de là ! s'indigne Alex. Je ne sais pas, moi : intervenir ! vous servir de votre influence !

– Ecoutez-moi bien, mon petit ami...

Une porte a claqué. Maréchal se trouble. Alex ne s'était pas trompé : la belle doit s'impatienter.

– Pardonnez-moi ! lance Alex avec ironie. Sans doute aurais-je dû vous prévenir pour éviter les impairs, mais il y avait urgence, et je n'avais que votre numéro au ministère.

– Non, non ! fait Maréchal en essayant de masquer sa fureur. Je comprends parfaitement votre démarche, mais je crains bien qu'elle ne soit inutile. Tant de fois je l'avais mise en garde ! Elle manque de prudence, elle parle trop, et à n'importe qui !

Alex se raidit sur son siège. S'il n'était question de Catherine, il sortirait sur-le-champ.

Il ne peut s'empêcher de décocher :

– Rassurez-vous, Monsieur, sur vous elle m'a dit qu'elle ne savait rien ! Vous n'avez pas à redouter ses confidences, si c'est cela qui vous tracasse !

– Oh, vous savez, les ragots ont du mal à m'atteindre. Je suis intouchable, vous ne l'ignorez pas. Quant à ce qui arrive aujourd'hui à Catherine, je le regrette, mais c'était prévisible, et je ne peux rien pour elle.

– Si je vous suis bien, elle va vous servir de bouc émissaire ?

– Bouc émissaire, bouc émissaire... Catherine a probablement des choses à se reprocher. On n'arrête pas les gens pour rien, tout de même !

– C'est incroyable ! Si Catherine a des problèmes aujourd'hui, vous y êtes quand même pour beaucoup ! Votre liaison n'est pas passée inaperçue, pendant toutes ces années. C'était un secret de polichinelle !

– Je n'ai rien à voir dans tout cela ! Et, pour ce qui est de notre relation, sachez que Catherine n'a été pour moi qu'une maîtresse parmi d'autres. Rien de plus ! Sa vie est sa vie ! Ses affaires sont ses affaires ! Non, mais où irions-nous si nous devions régler les problèmes des femmes que nous avons eues ?

Alex crispe les doigts sur les accoudoirs de son fauteuil.

– Très bien ! J'ai compris ! Vous la sacrifiez ? Eh bien, Monsieur, je trouve votre attitude parfaitement méprisable !

– Modérez-vous un peu, mon cher ! Je suis agréablement surpris de constater avec quelle fougue vous défendez notre amie. Mais, malgré que vous en ayez, sa cause est perdue !

L'écrivain essaie de se contenir. Il plonge son regard au plus profond des yeux de Maréchal et lui lance avec aplomb :

– Vous aussi, vous devriez peut-être vous faire du souci, ne croyez-vous pas ?

– Moi, me faire du souci ? fait Maréchal en ricanant. Et pourquoi donc ? Que voulez-vous qu'il m'arrive ? Il y a des choses que vous ne pouvez savoir, et ce n'est ni le moment ni l'endroit pour vous les exposer. Soyez sûr que je dors tout à fait tranquille ! Intelligent comme vous l'êtes, vous devez quand même deviner pourquoi ! C'est que nous ne nous mangeons pas entre nous ! Imaginez un grand château de cartes. Si vous en ôtez une, c'est tout l'édifice que l'on jette à bas. Voilà tout le secret de notre cohabitation, mon cher, et même de la politique en général. Vous ne serez pas venu pour rien, puisque vous aurez au moins appris quelque chose, ce soir !

Maréchal s'est levé en se frottant les mains, mais Alex ne bouge pas. Il vient de se remémorer un souvenir oublié : la première altercation qu'il avait eue avec son père, quand il l'avait surpris en compagnie de cette femme si horrible.

Il hurle :

– Mais Catherine, Monsieur ! Comment osez-vous la laisser tomber ? Vous l'avez aimée, nom de Dieu ! Vous n'allez pas me dire que vous ne savez pas ce que ça signifie ? Que, sous votre carapace, il ne vous reste pas un petit quelque chose d'humain ?

Le jeune homme s'est levé, mais pour se mettre en travers de la porte, barrant ainsi le chemin à Maréchal.

– Oui, c'est vrai, je l'ai aimée, fait le ministre, imperturbable. Je vous l'avais d'ailleurs confessé en déjeunant avec vous. Mais aujourd'hui, mon cher, c'est vous qui semblez plutôt accroché. Je suis surpris qu'un homme aussi perspicace que vous ne se soit pas posé quelques questions. Vous ne vous êtes pas demandé si je ne vous en tenais pas rigueur, à tous deux ? Un vieil homme blessé peut devenir aussi redoutable qu'un jeune amant. Me prenez-vous pour un imbécile ? Pensez-vous que j'aie été dupe de votre petit jeu ?

– Ce petit jeu, comme vous dites, vous arrangeait bien. C'est parce que j'occupais votre terrain que vous avez été obligé de vous rapprocher de moi. C'était un moyen de rester informé, tout en essayant de récupérer une pièce égarée de votre collection. Non seulement vous l'avez perdue, mais il y a bien plus grave : vous ne l'avez jamais eue ! Vous le savez, et, au fond, vous en crevez de dépit ! Non, vous n'avez pas été capable de l'avoir, et vous ne l'aurez jamais ! Plutôt que de l'admettre, vous préférez la voir croupir au fond d'une geôle. Je ne suis qu'un modeste prosateur, Monsieur, et mes livres ne sont pas aussi joliment reliés que les vôtres, mais retenez bien ce que je vais vous dire : votre orgueil n'est que le pitoyable déguisement de votre faiblesse. Votre orgueil vous perdra, et ce jour-là, n'espérez pas la pitié que vous n'avez même pas daigné accorder à celle qui paie ce soir à votre place.

– Allez donc la rejoindre, si vous l'aimez tant ! Parce que vous commencez à m'ennuyer, blanc-bec !

A ces mots, sans réfléchir, Alex s'est jeté sur Maréchal en le saisissant par le col de sa robe de chambre.

Rouge de colère, le ministre le toise avec mépris :

– Eh bien ? Qu'allez-vous faire ? Ne vous gênez pas ! Ayez donc un peu d'audace, pour une fois !

Alex lâche prise et sort précipitamment du bureau.

– Vous avez de la chance que le temps des duels soit révolu ! lui crie Maréchal, hors de lui.

– Et vous, Monsieur, vous avez de la chance d'être né avant moi ! fait Alex avant de lui claquer la porte au nez.

En bas, dans le hall de l'immeuble, il se retrouve face à face avec Cheng, le garde du corps, qui semble particulièrement irrité.

Alex tente bien de le contourner, mais l'autre s'est planté devant lui en mâchant son chewing-gum d'un air menaçant.

En un éclair, de sa veste de cuir noir, il a même tiré un énorme pistolet automatique qu'il pose froidement contre le front de l'écrivain.

– Alors, pédé, y paraît que t'as plus le *feeling* avec le ministre ?

– Ecoutez, mon vieux, fait Alex avec sang-froid, si vous avez vraiment l'intention de vous servir de cet engin, dépêchez-vous, parce que je suis assez pressé !

Cheng crache son chewing-gum et roule des yeux d'épileptique au bord de la crise.

– Dans le cas contraire, s'enhardit Alex, si vous pensez qu'une bavure dans l'immeuble du ministre de la Défense vous attirerait des ennuis, vous seriez gentil de bouger, car depuis ce matin je ne supporte plus ce genre de familiarités !

Des gouttes de sueur coulent le long des tempes de Cheng. Il serre les mâchoires. Finalement, il remet son arme en place et s'écarte à regret.

En franchissant la porte, Alex se retourne en allumant posément une cigarette :

– Hé, la boîte à gifles ! La prochaine fois, pense à enlever la sécurité de ton soufflant, ça fera plus professionnel ! D'autre part, si j'étais pédé, avec ton profil de tanche, t'aurais vraiment rien à craindre pour ton foirpète ! Pour conclure, tu pourras dire à ton maître que je l'emmerde !

L'autre, impuissant, frappe le mur du poing en signe de colère et rugit :

– Si j'te revois dans les zones, j'te nique de la main que j'pisse, enculé !

En se retrouvant sain et sauf à déambuler sur le boulevard Saint-Germain, Alex n'est pas consolé, mais au moins soulagé d'avoir pu vider son sac et trouvé l'occasion de mettre enfin à profit le précieux enseignement lexical de Samantha.

XX

Me Adrien Dugival, avocat à la cour d'appel de Paris, est un petit homme chauve et grassouillet, engoncé dans un complet grisâtre et mal coupé. Avec son teint blafard et translucide d'asticot, son sourire jaune de rongeur, il n'a vraiment rien de ces ténors médiatiques – cheveux au vent, visage hâlé, dents carnassières – qu'on voit s'indigner à la télé dans les affaires à sensation. Il semble plutôt avoir longtemps balancé entre la toge et la soutane.

Pourtant, lui et son frère jumeau qui exerce dans le même cabinet, passent pour d'éminents pénalistes. Les jeunes loups de la Conférence s'entretueraient pour faire leurs armes chez eux.

La poignée de main de Dugival est aussi moite, aussi molle que son apparence peut le laisser présager.

Derrière ses verres ronds à double foyer, ses yeux globuleux se dérobent. Il esquisse un rictus prudent qui annonce un esprit besogneux et géométrique.

Dans la pièce spacieuse où la vieille fille au chignon compliqué vient d'introduire Alex, un grand bureau noir recouvert de dossiers épais et deux fauteuils usés de velours vert tiennent lieu de mobilier.

Qu'est-ce que la rigueur et la sobriété apparentes de ce confessionnal peuvent bien dissimuler ?

Voilà dix jours qu'il attend ce rendez-vous. C'est le seul moyen d'avoir des nouvelles de Catherine, car Dugival ne veut rien dire au téléphone.

– Le ministre m'a fait part de votre dévouement à la cause de Catherine Kerville, fait l'avocat en s'asseyant posément, les coudes appuyés sur son bureau, et en joignant les mains comme s'il allait réciter un Notre Père pour la libération de sa cliente.

Maréchal est déjà passé par là. Dugival est un de ses fidèles. Il s'est empressé de l'envoyer à Catherine.

Jusqu'au fond de sa cellule, il la tient donc encore. Ainsi peut-il rester informé au jour le jour de l'évolution du dossier, et prendre toutes dispositions pour préserver ses propres intérêts.

Dès sa première entrevue avec Catherine, à la prison, Dugival ne s'est d'ailleurs pas caché de la ligne qu'il comptait suivre :

– Je suis là pour assurer votre défense, naturellement, et, de ce fait, protéger notre ami commun. Car la meilleure tactique que vous puissiez adopter est de vous taire. Par votre silence, vous protégez le ministre et vous vous préservez vous-même.

Même s'il s'en doute, Alex ne sait encore pas que Dugival et Maréchal sont des complices de toujours. Ils ont fréquenté les mêmes écoles, les mêmes universités. Ils ont nourri les mêmes ambitions. Mais ils n'ont sûrement pas partagé les mêmes femmes.

– Je suis un ami de la famille, fait abruptement Alex. Comment va-t-elle ?

– Eh bien, dit l'avocat de son ton d'aumônier, elle va comme quelqu'un qui a vécu deux semaines d'incarcération. C'est très difficile pour elle. Et pour nous autres défenseurs, c'est également très éprouvant de voir nos clients derrière les barreaux. Malgré toutes ces années, je ne m'y résigne toujours pas. Elle est très fatiguée, mais elle tient bon. Je ne connaissais pas cette jeune femme, cependant elle m'étonne. Son endurance est surprenante. Beaucoup d'hommes, à sa place, auraient déjà craqué.

– Que voulez-vous dire ?

– Vous savez, la détention provisoire – enfin, l'incarcération sans jugement préalable, si vous préférez – est souvent utilisée par les magistrats comme instrument de pression psychologique. Pour les prévenus, c'est un véritable supplice, indigne d'un pays comme le nôtre qui se veut la patrie des Droits de l'homme.

– Oui, je sais, s'impatiente Alex.

– C'est le vieux système de la lettre de cachet, poursuit Dugival. On vous emprisonne d'abord, et on essaie ensuite de trouver une raison valable pour que vous ne sortiez pas. Avant les Droits de l'homme, il y a eu quelques siècles d'Ancien Régime. Les traditions ne se perdent pas. La torture morale a remplacé la question. C'est plus subtil.

– Jouit-elle au moins d'un régime particulier ?

– Non, Monsieur ! Dans les prisons françaises, c'est la promiscuité totale. Aucune différence entre ceux qui sont jugés coupables de toutes sortes de crimes ou délits et ceux qui sont présumés innocents ! Sauf pour quelques privilégiés, dont, apparemment, elle ne fait pas partie.

– Mais c'est horrible ! On ne peut donc rien faire ?

– Hélas, non ! fait Dugival en bourrant avec méthode, de ses doigts de taupe, une pipe sculptée.

– Mais comment les magistrats peuvent-ils justifier cet emprisonnement ? Son dossier est vide ! Ils ne peuvent rien trouver contre elle. Et même si c'était le cas, ils pourraient la laisser en liberté.

– Ce n'est pas le problème ! Un magistrat peut toujours trouver un chef d'inculpation pour ordonner ou prolonger l'incarcération de n'importe qui. Rien de plus facile ! Les juges d'instruction disposent d'un pouvoir exorbitant, pratiquement discrétionnaire. Certains en usent avec parcimonie. D'autres s'en servent pour extorquer des aveux : sous les verrous, on devient généralement plus bavard ! Il y a des juges redoutables, je peux vous le dire ! J'en ai même connu un qui, pour donner le ton, n'avait pas hésité à poser sur son bureau une guillotine miniature ! Dans le cas de Madame Kerville, le dossier n'intéresse la Justice que dans la mesure où les magistrats ont l'intime conviction qu'elle détient suffisamment d'éléments pour mettre en cause des hommes puissants et connus.

– Vous pensez que c'est le cas ?

– Dans l'exercice des fonctions qu'elle occupait, elle a dû apprendre pas mal de choses.

– Qu'est-ce qu'elle risque à les dire ?

– Ça n'arrangerait rien si elle mettait des tiers en cause. Ce pourrait même être dangereux pour elle. Vous me comprenez ?

– Dangereux physiquement ?

– On n'est jamais trop prudent quand il s'agit

d'affaires sensibles. Non, il faut qu'elle tienne bon, et elle s'en sortira !

– Mais, bon sang, qu'est-ce qu'on lui reproche au juste ?

– D'avoir touché d'énormes commissions sur des marchés d'armement.

– Mais c'était son métier !

– Ce n'est pas ce qu'on dit chez Arès ! Le travail de ma cliente était secret. Lorsque le secret est éventé, personne ne couvre plus personne.

– Et Levert ?

– On a lancé un mandat d'arrêt international contre lui. Mais il a disparu et on n'est sûrement pas près de tomber sur lui, sauf s'il a envie qu'on le trouve. Pourquoi, vous le connaissez ?

– Je l'ai vu une fois à un dîner, répond prudemment Alex.

– C'est un homme qui sait beaucoup de choses ; bien sûr, beaucoup de gens préféreraient qu'il disparaisse pour de bon.

– Mais les magistrats ont intérêt à le trouver ?

– Oui ! Mais ils nc peuvent non plus opérer sans un minimum de coordination avec l'appareil politique. Et l'appareil politique a tout intérêt à traîner les pieds. Entre le judiciaire et l'exécutif, ce n'est pas le grand amour. Montesquieu, qui d'ailleurs était lui-même magistrat, préconisait la séparation de ces deux pouvoirs. Trop longtemps les juges ont été tenus en laisse. On les a tellement muselés, sanctionnés, mutés, dessaisis, qu'ils se vengent maintenant. Ils sont en train de reconquérir le pouvoir qu'on leur avait confisqué. Le pouvoir, vous savez, est grisant. Et y a-t-il plus grand pouvoir que de faire trembler les puissants ?

– S'ils étaient irréprochables, ils ne trembleraient pas ! fait Alex.

– La politique suppose le compromis. Certains vont quelquefois jusqu'à se compromettre. La frontière est si ténue ! Si les juges veulent moraliser le système, ils ne sont pas au bout de leur peine ! Mais, sous prétexte de vouloir nettoyer, d'aucuns se comportent comme des chasseurs. C'est à qui aura la plus grosse pièce, le plus beau tableau. La presse se fait largement l'écho de ces pratiques. Le secret de l'instruction, comme vous le savez, restant lettre morte, les journalistes se régalent et certains juges se donnent en spectacle.

– D'accord. Mais, en clair, qu'est-ce qui va arriver à Catherine Kerville ?

– On va la laisser réfléchir dans sa cellule jusqu'à ce qu'elle recouvre la mémoire. Légalement, ça ne peut pas excéder six mois.

– Six mois ? Ce n'est pas possible !

– Rassurez-vous, c'est un maximum ! Mais il vaut mieux envisager le pire. Pendant ces six mois, on passera tout au crible : sa vie, ses relations professionnelles et privées, ses comptes bancaires. Recel d'abus de biens sociaux, escroquerie, corruption : la palette est variée. Il ne sera pas difficile de lui trouver un motif sur mesure.

– Vous ne pouvez rien faire pour qu'elle sorte avant ?

– J'utilise actuellement tous les moyens que me donne le Code de procédure pénale. Il y a toujours des failles. Mais les juges d'instruction ont en général le dernier mot. En tout cas, s'ils ont cru que ma cliente parlerait plus vite parce qu'elle est une femme, ils se sont lourdement trompés. Si elle a décidé de se taire, ce ne sont pas six mois de détention qui la feront changer d'avis. Je l'ai assistée lors de son dernier interrogatoire. Elle a dit qu'elle n'avait rien à dire. Elle a simplement demandé qu'on lui remette les menottes et qu'on la reconduise dans sa cellule.

– J'imagine que le ministre de la Défense ne manquera pas de lui faire porter une gerbe de roses, le jour de sa libération. Il lui devra bien ça, non ?

– Oui... bien sûr, bredouille l'avocat en se levant. Au fait, pourriez-vous rappeler à Samantha Kerville, qui est votre amie, je crois, de me faire parvenir la provision que j'ai réclamée pour mes honoraires ? Je vous en remercie d'avance.

En reprenant l'ascenseur, Alex se rend compte que son inutile démarche aura coûté à Catherine trois ou quatre mille francs de plus. Tel doit être le tarif de ce hamster pour une heure de banalités !

Dugival ne fait pas crédit, et, encore une fois, ce n'est pas Maréchal qui réglera l'addition.

Bien qu'il la désapprouve, Alex ne peut s'empêcher d'admirer l'attitude de Catherine. Malgré sa lucidité sur Maréchal, elle a eu le courage de choisir de se taire plutôt que de livrer les quelques informations qui lui ouvriraient aussitôt les portes de la maison d'arrêt.

Depuis deux semaines, Alex erre dans Paris sans pouvoir dormir.

Il est écœuré par l'attitude de Maréchal. Est-il bien utile de contacter Levert ? Que pourrait-il pour Catherine, du fond de sa cachette, à l'autre bout du monde ?

Alex revient souvent avenue Georges-Mandel.

Samantha s'est installée dans l'appartement de sa mère et tourne en rond en tirant sur ses zeppelins.

L'écrivain la soupçonne, dans son désarroi, d'avoir resserré ses liens avec Magot, trop heureux de profiter de la situation.

En attendant, il essaye de l'aider comme il peut dans les difficultés du quotidien.

Catherine a laissé assez d'argent à sa fille pour qu'elle puisse tenir quelques mois, mais Sam n'a pas un sens très aigu des réalités terrestres.

Parfois, à son insu, le jeune homme se faufile dans la chambre de Catherine. Rien n'a changé depuis le jour de son arrestation. La vue de ce grand lit, même s'il est vide à présent, le rassure un peu.

De temps en temps, afin de se sentir encore vivant, il fouille tristement dans la penderie pour surprendre une odeur sur une robe ou un sous-vêtement égaré.

– Qu'est-ce que tu as fait de la mallette ? demande Alex.

– Ne flippe pas pour ça ! répond Sam d'un air rusé. J'ai dégoté une planque mortelle !

Elle se laisse tomber dans un fauteuil, prise d'un soudain découragement.

– Dis, Alex, tu crois qu'ils vont bientôt la tirer du chtar, ma mère ? Ça fait quand même quinze jours que les coyotes lui ont passé les cannettes ! Quinze jours de congé maladie, ça commence à faire beaucoup, tu ne crois pas ? Elle n'a qu'à la balancer, cette vieille crevure, et ils lui ouvriront la cage !

– Ne t'inquiète pas ! fait Alex. On va bien arriver à la sortir de là.

– Qu'est-ce qu'il t'a dit, le baveux ? Il continue à brasser de l'air ?

– Il a dit qu'il fallait lui envoyer de l'argent.

Sam explose :

– Quoi ? Ah le double cul ! Je t'avais dit de ne pas y aller ! J'ai déjà été obligée d'éclairer cinq plaques, cash, il y a dix jours ! Si ça continue, tu vas voir, je vais aller lui péter le clavier, à ce bâtard ! Je suis sûre que c'est lui qui la colmate !

Elle éclate enfin en sanglots.

Alex l'a prise, une fois de plus, dans ses bras pour la consoler. Mais là, c'est différent.

– Je sais qu'elle te manque.

– J'ai l'air d'une petite fille, hein ? s'excuse-t-elle en reniflant. Mais c'est vrai que je suis perdue, sans Maman.

– Il aura fallu qu'elle soit en taule pour que tu t'aperçoives enfin de son importance ! fait Alex d'un ton de reproche. C'est plus efficace que toutes ces années d'analyse ! Avoue que tu n'as pas fait trop d'efforts, jusqu'ici, pour la comprendre ! J'espère au moins que tu as la conscience tranquille.

Samantha le regarde, affolée :

– Pourquoi tu me dis ça ?

– Pour rien, Sam, pour rien ! réplique Alex, songeur.

Demain, il demandera aux juges un permis de visite. Il cherchera un nouvel avocat. Et il trouvera sûrement un moyen de faire cesser ce cauchemar.

XXI

Depuis le lycée Henri-IV, Thibaut Savini a suivi le parcours sans faute de l'arriviste fin de siècle : Normale et l'agrégation de lettres pour faire chic, l'ENA dans la botte pour avoir le laissez-passer, la Cour des comptes pour compléter la carte de visite, un poste de conseiller technique pour apprendre le métier, puis la direction du cabinet pour accéder aux secrets d'un ministre. Entre-temps, un mariage bourgeois avec l'héritière d'une des deux cents familles, pour ne manquer de rien et rassurer les milieux financiers.

Aujourd'hui, il est dans le sas à partir duquel il se propulsera jusqu'aux sommets. La politique, peut-être : un parachutage dans une circonscription facile et un portefeuille important dans le prochain gouvernement ? La présidence d'une entreprise nationalisée ? Un fauteuil d'associé gérant dans une prestigieuse banque d'affaires ? Il verra bien. Tout est possible, sauf de redescendre.

Mais son rêve secret est tout près. Savini occupe au palais de l'Elysée un des bureaux privilégiés du premier étage proches de celui du Président.

Il veille toute la journée, et quelquefois la nuit, comme un cerbère, derrière cette petite porte si discrète qu'elle a été habillée de moulures rococo pour la confondre avec la cloison. Il n'y a qu'à la pousser pour accéder au Saint des saints.

Un jour, c'est lui, Savini, qui sera enfin là, derrière.

Quelquefois, quand le Président est en voyage, il entre discrètement dans son bureau et s'assied à sa place pour voir quel effet ça fait. Puis il regagne sa niche, tout exalté.

Dans la cour, Alex est accueilli par un détachement à pied de la musique de la Garde qui répète en grande tenue – culottes et gants blancs, bottes noires luisantes, casques d'argent au cimier à queue de cheval – pour la cérémonie réservée à un chef d'Etat de passage.

L'écho des cuivres retentit devant la prestigieuse façade. Alex n'a pas un goût immodéré pour la musique militaire. Mais ces cavaliers surgis d'un autre âge viennent, sans le savoir, de lui rendre les honneurs. Une émotion soudaine l'envahit. Il la refoule avec honte. Pendant un court instant, il a compris l'ivresse que pouvait ressentir Maréchal quand il traverse la même cour.

En haut de l'escalier d'honneur, le jeune homme, précédé d'un garde en uniforme noir chamarré d'or, passe la double porte du cabinet présidentiel.

Emu, Savini vient au-devant de lui, les deux mains tendues.

Alex réprime un mouvement de recul en constatant que son ancien condisciple n'a presque plus de cheveux et que ceux qui lui restent sont aussi gris que le costume trois pièces que sa fonction lui impose. A l'Elysée comme dans les ministères, le bleu sombre et les rayures sont réservés au patron.

L'écrivain n'a pas jugé nécessaire, cette fois, de porter la cravate. Il a gardé sa veste de tweed et son jean. Il ne s'est même pas rasé. Son seul effort a consisté à cirer ses vieux mocassins acajou comme il fait toujours pour ses rendez-vous importants.

– Alex, Alex ! Je suis tellement content, tu ne peux pas savoir !

– Tu y es arrivé, hein, salopard ! fait l'écrivain en prenant Savini dans ses bras. Tu y es arrivé ! Les tracts qu'on distribuait dans le métro ! Les situationnistes que tu m'avais fait lire ! Le complet que je t'avais prêté pour passer l'oral du Concours ! Ce monde qu'on a refait tant de fois en potassant du petit latin devant les saucisses-frites du Malebranche. C'est loin tout ça, hein ?

– Je n'ai rien oublié ! Tous ces livres que je voulais écrire ! Toi, tu l'as fait ! Je suis fier de toi ! J'ai tout lu. Souvent, je me suis reconnu. Ça fait drôle de se reconnaître dans un roman. Pourquoi tu ne m'as pas téléphoné plus tôt ? On se serait vus souvent. Ça me manque tellement ! A part tes bouquins, je ne lis plus grand-chose. Je n'ai plus le temps. J'ai l'impression d'avoir foutu ma vie en l'air.

– Ça vaut quand même le coup, non ? dit Alex en admirant les tapisseries et les toiles dix-septième, les lustres de cristal, les meubles de Boulle qui décorent le bureau plus vaste que son appartement.

– Ça se paie cher, Alex ! Tout le monde m'envie,

et il n'y a que toi qui puisses comprendre à quoi j'ai renoncé. Je ne vois que des cons toute la journée. A commencer par...

Il fait un geste avec le pouce pour désigner le bureau du chef de l'Etat.

– Ah bon, même lui ?

– Tu ne peux pas savoir ! Je corrige les fautes d'orthographe de ses discours, quand je ne les écris pas carrément. J'ai l'impression que plus on monte, plus ils sont cons. C'est comme si les imbéciles s'étaient donné rendez-vous au sommet.

– Eh bien, moi, j'en ai rencontré un, dans un dîner, qui n'est pas con du tout. Mais aussi vicieux que malin. Un ministre ! Pendant un temps, on a sympathisé. Il m'a un peu expliqué sa vie bizarre. Tu dois bien le connaître, d'ailleurs, parce qu'il m'a parlé de toi.

– Maréchal, je parie !

– On voit que tu es un habitué du sérail !

– Et toi, tu es devenu très mondain, dis donc, pour croiser des ministres dans les dîners !

– Une histoire de femme ! Un vrai roman !

– Raconte-moi ça ! Cet après-midi, j'ai le temps. Mon voisin est en province. Tu es marié ?

– Non, répond Alex. Je n'ai pas trouvé la bonne pointure.

– Moi, je me suis marié deux fois et j'ai eu trois gosses. L'aîné a huit ans.

– Ah oui, je me souviens, fait Alex en souriant, cette blonde de la Sorbonne. Après, on ne t'a plus revu.

– Ma première femme ! D'avec celle-là j'ai divorcé. Une brave fille, mais ses discours intellos ont fini par m'ennuyer un peu.

– Et la nouvelle ?

– Un autre genre. Rive droite. Beaucoup d'argent. Très jolie.

Ils se sont assis face à face dans deux fauteuils Régence en bois doré tendus de soie bleue.

– Et tu l'aimes ? s'enquiert Alex en se demandant comment Savini peu arriver à faire si bien reluire ses richelieu.

– Qui ça ?

– Ta femme !

– Je n'ai pas de maîtresse, en tout cas, dit Savini en baissant la tête. Je n'ai pas le loisir d'y penser.

Alex rougit à l'idée d'avoir peut-être encore des taches de cirage sur les doigts. La prochaine fois, il mettra des baskets.

– Pourtant, j'ai l'impression que vous ne vous emmerdez pas, dans les hautes sphères !

– Tu dis ça parce que tu as rencontré Maréchal, explique Savini, débonnaire. Ah, lui, c'est un spécial ! Je n'arrête pas de recevoir des notes confidentielles sur ses excentricités. Le ministère de l'Intérieur s'affole tous les jours. Tiens, hier encore, on m'a transmis un rapport incroyable des R.G. Il a fait arrêter son cortège rue Saint-Denis devant un sex-shop. Il voulait offrir un gode monstrueux à Laetitia Tarkus, la messaline de Matignon. A la caisse, le patron l'a reconnu. Il s'en fout ! Ça le fait rire ! Il a demandé qu'on emballe l'engin dans du papier cadeau et l'a fait porter séance tenante rue de Varenne par un cycliste. Remarque, il a le sens du canular ! Dehors, les types de la Sécurité devenaient fous. Au fait, si tu le connais, tu dois avoir rencontré sa copine, tu sais, celle qui a des ennuis en ce moment.

– Justement, dit Alex d'un air grave. Je suis assez lié avec elle.

– Tu veux dire que tu l'as piquée à Maréchal ?

– C'est plus compliqué que ça. Mais ce n'est pas le problème ! Thibaut, je vais être franc : est-ce que tu peux faire quelque chose pour elle ? C'est un peu pour ça que je suis venu.

– Ah, je vois ! Ecoute, Alex, la Justice est saisie du dossier. Moi, je ne peux absolument rien faire.

– Je la connais bien, Thibaut ! C'est une fille géniale ! Je ne sais pas ce qu'on lui reproche, mais on pourrait au moins la remettre en liberté !

Savini réfléchit un moment comme s'il allait prendre une décision.

– Même si j'appelais le garde des Sceaux, ça ne servirait à rien. Ils n'aime pas trop intervenir auprès du Parquet. Et puis, l'histoire est assez chaude. On dit qu'elle aurait touché pas mal d'argent...

Le conseiller se lève et pose amicalement la main sur l'épaule d'Alex, puis reprend :

– Tu sais, tu devrais être très prudent ! Je comprends que tu aies craqué pour cette femme. Elle est très belle. Je l'ai souvent croisée dans des réceptions officielles. Mais là, avec les casseroles qu'elle traîne, elle est complètement foutue ! Tu ferais mieux de l'oublier, si tu tiens à éviter les ennuis, et de ne plus t'occuper que de tes bouquins. D'ailleurs, si tu as connu Maréchal et la Kerville, ça te fait une sacrée matière !

Alex se lève à son tour.

– Thibaut, arrête de jouer ! lance-t-il d'un ton sec. J'ai rencontré Maréchal, j'ai rencontré Catherine Kerville, mais j'ai aussi rencontré Levert.

Maintenant, je sais comment ça fonctionne. D'une certaine manière, je m'en fous que toi aussi, tu magouilles !

– Attends, Alex, tu t'égares ! fait Savini avec un rire nerveux. Moi, je n'ai rien à voir avec tout ça !

Alex le regarde droit dans les yeux.

– J'ai surpris une conversation entre Levert et Maréchal, un soir. Ils parlaient de toi, et là, ça m'a un peu étonné !

Le visage de Savini s'est rembruni. Il a levé les sourcils et son front s'est plissé.

– Levert est un peu mytho ! dit-il en blêmissant tout en haussant les épaules pour feindre l'indifférence.

Alex change de ton :

– Et la dissolution ? Le Bozanga ? Ta pension alimentaire, ton manoir en Normandie, les voiles de ton bateau ? C'est mytho ?

– Tais-toi, Alex, ne parle pas de ça ! dit Savini d'une voix blanche. Tu es fou ?

– Ah, tu vois ? constate Alex avec une ironie amère.

Savini regarde un moment ses chaussures, puis relève la tête :

– Bon, qu'est-ce que tu veux ?

– Que tu te démerdes pour faire sortir Catherine Kerville de prison, et vite !

– Et si je n'y arrive pas ?

– Ça va chier, Thibaut ! Catherine a fait des enregistrements de tout ce beau monde. Tu y as peut-être eu droit, toi aussi, on ne sait jamais !

– Ces bandes, tu les as écoutées ?

– Non, mais elle m'en a parlé ! Elles sont dans une mallette.

Une lueur d'espoir s'allume dans les yeux du conseiller.

– Et tu sais où elle est, cette mallette ?

– Oui ! Si tu te débrouilles pour faire libérer Catherine Kerville, je te la remettrai et tu en feras ce que tu voudras.

– D'accord ! Mais il faut que je sois sûr ! Apporte-la-moi demain et j'appellerai le garde des Sceaux devant toi.

– Pourquoi tu ne l'appellerais pas maintenant ? demande Alex, incrédule.

– Je prends beaucoup de risques en passant ce coup de fil ! Si j'ai la mallette, ça change tout. J'aurai des arguments. Mets-toi un peu à ma place.

– C'est difficile, Thibaut. Très difficile de se mettre à ta place.

– Elle est chez toi, la mallette ?

– Non. Je l'ai remise à quelqu'un.

Alex sent qu'il a été imprudent. Sam doit être préservée. Il va lui falloir mentir.

– Qui donc ? demande Savini.

– Levert !

– Tu aurais pu le dire tout de suite. Si c'est Levert qui a la mallette, on ne la reverra pas. D'ailleurs, personne ne sait où il est.

– Moi, je peux le savoir et il me rendra ce que je lui ai confié.

– Tu as l'air bien sûr de toi !

– Tu ne me fais plus confiance ?

– Ecoute, tout ça est un peu énorme. Qu'est-ce qui me prouve que cette mallette existe vraiment ? Tu pourrais bluffer.

– Tu veux courir le risque ?

Savini hésite un moment, prend un air calculateur.

– Bon, débrouille-toi pour récupérer cette mallette ! Une fois que tu l'as, tu me rappelles ! Je vais tout de suite tâter le terrain chez le garde des Sceaux et essayer d'arranger ça. Mais il me faut absolument ces enregistrements !

– Tu les auras.

– Tu n'en as parlé à personne ?

– A personne !

– Tu es sûr que tu pourras retrouver Levert, même s'il est au bout du monde ?

– Absolument sûr !

– Tu veux que je mette des moyens à ta disposition ?

– Qu'est-ce que tu veux dire ?

– Je ne sais pas, moi : un avion, avec une petite équipe pour te protéger, par exemple ?

– Je te remercie, Thibaut, mais je n'ai pas besoin de protection, et les lignes régulières me suffisent. Je me débrouillerai. Au pire, tu me rembourseras mes frais.

– Pas de problème ! Surtout, tiens-moi au courant !

Après avoir refermé la porte, Savini court pour décrocher un des combinés téléphoniques. Son visage est maintenant bien différent. Une expression tendue, grave. Il parle d'un ton cassant :

– Un homme vient de sortir de mon bureau, précise-t-il en s'épongeant le front. Il s'appelle Alex Meyer. Dans une minute, il va passer devant le poste de sécurité. Je veux des renseignements sur lui… Oui, la totale ! Il risque de partir en voyage… Evidemment, qu'il faut le prendre en chasse ! Vous le suivez jour et nuit, où qu'il aille… Bien sûr, même s'il sort du territoire ! Vous aurez tous les moyens nécessaires… J'alerte les Services… Je vous recontacterai pour les instructions… N'hésitez pas à m'appeler sur la ligne protégée s'il y a le moindre problème ! Et tâchez d'être discrets, compris ?

XXII

Alex n'a eu aucun mal à s'apercevoir qu'on le suivait. Des policiers, sûrement. Il n'en est qu'à demi étonné.

C'est peut-être à cause de cette mallette ? Il n'aurait jamais dû en parler. Maintenant, on n'est pas près de le lâcher, et même s'il la remet à Savini, qu'est-ce que ça changera ? Comment faire confiance à quelqu'un qu'on n'a pas revu depuis près de vingt ans ? Plus question pour l'instant d'avoir le moindre contact avec Sam, en tout cas !

Il lui faut retrouver Levert. Il aurait mieux fait de l'appeler au lieu d'aller voir Savini. Mais il n'est jamais trop tard. Il pourra lui demander conseil. Finalement, son aide sera sûrement la plus précieuse. Ce vieux roué doit avoir quelques atouts en main, et l'habitude des négociations. Et puis, il connaît mieux que personne le dessous des cartes de ce jeu embrouillé.

Alex se souvient du bristol que Levert lui a remis avant son départ, sur lequel il a noté un numéro de téléphone à composer en cas d'urgence. Il n'a pas oublié le mot de passe, mais le bristol, lui, s'est égaré.

Il cherche parmi les papiers éparpillés sur sa table de travail, retourne les poches de ses vestes, de ses manteaux, de ses pantalons.

Heureusement, le bristol se trouve pris entre les pages du troisième chapitre de son roman.

Alex court jusqu'à une cabine publique. Des hommes se tiennent en faction au bas de son immeuble. On le prend en filature.

– Alexandrie ! risque timidement l'écrivain, hors d'haleine.

Une voix masculine lui répond d'un ton neutre :

– Qui êtes vous ?

– Alex Meyer.

– Nous allons vous rappeler, Monsieur Meyer. Dans deux heures exactement, vous vous trouverez à la station de métro Strasbourg-Saint-Denis, sur le quai, direction porte de Clignancourt. Au bout de ce quai, il y a une cabine téléphonique. Tenez-vous tout près ! C'est là que nous vous recontacterons. Et tâchez de n'être pas suivi !

Pendant deux heures, Alex fait le tour de Paris, de taxi en métro, de métro en bus, usant de ruses de Sioux pour échapper à ses éventuels poursuivants. Il passe même par le bar de l'hôtel Lutétia, boulevard Raspail, pour ressortir par la brasserie, rue de Sèvres.

Impossible de ne pas les avoir semés.

Sur le quai du métro, la fille occupée à raconter sa vie a enfin libéré le téléphone dont la sonnerie retentit aussitôt.

Le cœur d'Alex s'emballe. L'espoir ?

– Ce soir, nous passerons à votre domicile. Vous nous présenterez votre passeport, fait la même voix avant de raccrocher.

Alex est déçu. Il s'étonne. L'homme ne lui a même pas demandé son adresse. Apparemment, on le connaît bien. Alors, pourquoi cette vérification d'identité ? A quoi bon cette mise en scène ?

L'écrivain rentre chez lui, découragé et sceptique. La voiture suspecte n'a pas bougé. Ça n'a servi à rien de faire tous ces détours.

Une heure plus tard, quelqu'un sonne à l'interphone. Une autre voix, plus jeune. Un garcon insignifiant, avec un casque à la main : on dirait un coursier. Il prend le passeport d'Alex.

– Cabine téléphonique du métro Gambetta, direction Gallieni, dans deux heures ! fait tranquillement le coursier dans l'entrebaîllement de la porte.

– Ecoutez, s'énerve Alex, je commence à en avoir marre, de votre cinéma ! Essayez de simplifier un peu les choses, quand même !

Le garçon fixe Alex. Un regard bleu métallique, sans expression.

– C'est vous qui les avez compliquées, Monsieur Meyer. Il y a des gens, en bas de chez vous. Tâchez de les semer ! Cabine téléphonique du métro Gambetta, direction Gallieni, dans deux heures !

Alex ressort derrière le coursier. Résigné, il fait une nouvelle dérive pour brouiller les pistes. La nuit est tombée.

Au bout du quai désert, une voix de femme, une voix cassée se fait entendre dans le combiné du téléphone :

– Vous vous présenterez demain matin, à neuf heures précises, au comptoir Air France, aéroport de Roissy 2. Il y aura une hôtesse rousse aux cheveux courts. Elle vous remettra une enveloppe à votre nom. Vous suivrez les instructions. Une fois encore, tâchez de n'être pas suivi !

Alex rentre chez lui. L'immeuble est toujours surveillé. Une camionnette, cette fois.

Il n'a pas dormi. Les cigarettes mi-consumées se sont accumulées dans les cendriers.

Impossible d'écrire une ligne. Il s'est occupé à apporter quelques corrections aux six premiers chapitres que Varlot lui réclame avec insistance.

Son esprit a vagabondé entre Levert, Savini et Catherine, qu'il imagine, attendant le jour, au fond de sa cellule.

Le matin, à Roissy, en ouvrant le pli que lui a gracieusement tendu l'hôtesse, Alex découvre son passeport accroché par un trombone à un billet d'avion. Destination : Tamango. Décollage dans deux heures.

Incrédule, Alex feuillette son passeport. Un tampon de la République populaire du Bozanga y a été apposé. Un feuillet est plié entre deux pages, à l'en-tête de l'Institut Pasteur. C'est un certificat de vaccinations au nom de Monsieur Meyer : choléra, fièvre jaune. Tout est en règle. Alex frémit.

Hébété, il retourne au guichet. L'hôtesse rousse a disparu. Les voyageurs qui attendent le houspillent quand il les bouscule pour interroger une autre hôtesse.

– Est-il possible de différer mon départ ? demande-t-il, paniqué, en lui tendant son billet.

– Non, Monsieur ! Désolée ! L'embarquement est prévu à dix heures quinze, porte 33. Vous avez intérêt à enregistrer vos bagages dès maintenant.

– Mais je n'ai pas de bagages ! vocifère Alex.

– Tant mieux ! fait l'hôtesse, imperturbable. Ça

ira encore plus vite ! En plus, je vois que vous avez un billet de première classe. De ce fait, vous bénéficiez d'un guichet spécial, et, après les formalités d'embarquement, vous pourrez attendre dans nos salons. Ça vous détendra ! Bon voyage, Monsieur !

Il déambule sans comprendre parmi les touristes en mal d'exotisme qui poussent nonchalamment leurs chariots.

Il est partagé entre l'effroi et l'excitation du départ. La fièvre jaune ! Le choléra ! Pas de vêtements ! Le Bozanga ! Il n'en reviendra pas, c'est écrit !

Lui qui croyait que Roissy allait être le lieu du rendez-vous. Il aurait parlé à Levert et tout se serait arrangé...

Il fouine dans sa poche, en tire un pauvre billet de deux cents francs chiffonné.

Son carnet de chèques et sa carte de crédit sont restés dans son autre veste.

Non, maintenant ça suffit ! Il va rentrer chez lui. Appeler Varlot et lui remettre gentiment sa copie. Ne plus penser à rien ! Oublier tous ces fous ! Oublier ces femmes ! Reprendre une vie normale !

Il tripote nerveusement le billet d'avion entre ses doigts tremblants.

Tous ces policiers qui le suivent...

Au bout du voyage, il y a sûrement Levert. Alex énumère les bonnes raisons qu'il aurait de ne pas partir. Ses idées s'emmêlent tandis qu'il se dirige sans même s'en rendre compte vers le guichet d'enregistrement.

En sirotant son whisky dans le fauteuil du 747

où il s'est allongé, il ne peut s'empêcher de repenser à ce que Catherine lui avait dit de la munificence de Levert. Au fond, c'est un joli cadeau, car aujourd'hui on est le 10 décembre. Et le 10 décembre, c'est l'anniversaire d'Alex. Il l'avait oublié !

Malgré ses appréhensions, bercé par le sifflement imperceptible des réacteurs, il finit par s'endormir en imaginant l'Afrique.

Rien ne réussit à le réveiller : ni les turbulences d'un vol mouvementé, ni les attentions des hôtesses, ni les réflexions salaces de ses deux voisins de cabine, deux hommes d'affaires bruyants et passablement éméchés.

La voix rassurante du commandant de bord grésille dans un haut-parleur :

– Mesdames, Messieurs, nous allons atterrir dans quelques instants à Tamango. La température au sol est de trente-trois degrés. Nous espérons que vous avez fait un agréable voyage.

Tout semble normal. Après tout, il a bien droit à des vacances.

Il écarquille les yeux comme un enfant. Le 747 a pris son dernier virage au-dessus de la mer qu'on soupçonne aux reflets de la houle sous la lune.

En bas, tout près maintenant, surgissent de l'obscurité les flammes des plates-formes pétrolières, des feux rouges qui clignotent, puis un chapelet de lumières qui annonce une ville.

Sur la passerelle d'arrivée, il a tout de suite compris qu'il n'avait plus besoin de manteau de laine, ni de veste, ni de pull-over, ni même de chaussettes. En un instant, la chaleur humide colle sa chemise à sa peau.

Ses vêtements inutiles lui tiennent lieu de bagages.

Il suit le petit cortège des passagers. Les yeux gonflés, il avance lourdement sur la piste illuminée par les projecteurs.

L'endroit n'est pas très touristique. Non sans inquiétude, il essaie de s'orienter. Le 747 qui vient de se poser est le seul avion civil sur les pistes de l'aéroport.

Le coassement ininterrompu des grenouilles le rassure un instant. Il est peut-être vraiment en vacances.

Mais quelques indices viennent le détromper. D'abord, les énormes excavations qui, çà et là, ont éventré le bitume du tarmac. Et aussi, près de la tour, la carcasse carbonisée d'un long courrier coupé en deux. Et puis les Jeep hérissées de mitrailleuses qui parcourent les pistes. Les soldats qui courent en tout sens, grenades à la ceinture, le doigt crispé sur la détente de leur fusil d'assaut.

Des Blancs et des Noirs, comme aux échecs.

Les Blancs sont en short. Derrière les fils barbelés, ils patrouillent devant cinq avions de chasse revêtus d'une peinture de camouflage.

Alex ressent une absurde fierté à l'idée que c'est peut-être Catherine qui les a négociés, ces gros échassiers assoupis qui semblent bien inoffensifs sous leurs filets de protection.

Alex sent les relents de l'océan. Les lumières de Tamango sont toutes proches. Elles s'impriment sur les nuages bas. Parfois un éclair. Puis un grondement sourd qui roule dans le lointain. Un gros orage doit se préparer.

– Monsieur Meyer ?

Un Noir affable, vêtu de kaki, s'est présenté à Alex, tandis qu'il faisait la queue devant le guichet où deux officiers bozangais vérifient les passeports des passagers, pour la plupart des journalistes chargés de caisses métalliques et de caméras.

Son nouveau guide fait un petit signe de tête familier pour amadouer les militaires du contrôle.

Dans l'aérogare ultramoderne, des familles d'autochtones dépenaillés attendent avec résignation, assises sur de misérables paquets, le signal d'un hypothétique départ.

La voie triomphale qui relie l'aéroport à la ville a été rendue impraticable par les tirs de mortier. Le tout-terrain où Alex a pris place s'engage sur des chemins de traverse.

A la lueur des phares du Land Rover qui rebondit sur les nids-de-poule, Alex, cramponné à la poignée suspendue au plafond, devine une large piste dont la suffocante poussière rouge s'engouffre par la baie ouverte.

En face, une file ininterrompue de camions militaires, de Jeep, de blindés légers.

– Où allons-nous ? demande l'écrivain avec appréhension.

Le chauffeur évite de justesse un groupe d'hommes en treillis, pistolet mitrailleur au poing.

Le coup de freins est brutal. Le passager manque d'aller s'écraser contre le pare-brise.

L'Africain vocifère dans un dialecte incompréhensible.

– Mais qu'est-ce que je fous ici ? s'égosille Alex. Où allons-nous ? Vous allez me répondre ?

– Ne t'énerve pas ! C'est Papa Edgar qui m'a envoyé. Il t'attend !

Passé les postes de contrôle, ils rejoignent une artère bitumée. Les faubourgs déserts de Tamango s'illuminent, par endroits, de quelques réverbères trop rares. Des masures de tôle peinte apparaissent.

Dans la pénombre, des femmes drapées dans leurs boubous chamarrés courent devant elles au hasard, en criant.

Des rafales d'armes automatiques. Des gerbes de feu.

– Mais, putain, on nous tire dessus ! Ne t'arrête pas, fonce ! Fonce ! hurle Alex.

Le chauffeur écrase l'accélérateur.

– Mais on tire sur les civils !

– Surtout sur les Blancs, patron !

Alex frissonne. L'autre continue :

– Les rebelles vont prendre le pouvoir. L'armée va présentement les rejoindre. C'est la guerre, ici ! C'est pas le Club Méditerranée !

Un homme est couché au milieu de la rue.

– Attention ! crie Alex en agrippant le tableau de bord.

– Il n'aura plus mal aux dents, celui-là ! fait froidement le chauffeur en le contournant d'un brusque coup de volant.

Sur le bas-côté, le corps sans vie d'un jeune garçon en short est appuyé contre un poteau télégraphique, les jambes écartées, un bras déchiqueté.

Etendue devant une maison de tôles rafistolées,

une femme inerte, le corps gonflé, le crâne aplati, les cheveux collés par le sang coagulé, serre encore son enfant contre elle.

Alex est pris de nausées tant à cause du macabre spectacle que des acrobaties du véhicule.

Il se soulage par la fenêtre ouverte.

– Mais vas-tu me répondre, à la fin ? braille-t-il en s'essuyant avec sa manche. Où est-ce que tu me conduis ?

– Hors de la ville ! Là-bas, tu ne risques rien !

– Ah, tu crois ça, toi ? murmure le jeune homme en s'épongeant le front où la poussière s'est amalgamée à la sueur.

Des chevaux de frise et des barbelés obstruent soudain la rue.

Méfiants et excités, des soldats arrêtent la voiture.

Ils arment leurs pistolets mitrailleurs, mettent Alex et le chauffeur en joue.

L'écrivain se recroqueville au fond de son siège et ferme un instant les yeux en serrant les dents, paralysé par la panique.

Le chauffeur extirpe calmement de sa poche de poitrine une feuille de papier que le chef examine d'un air suspicieux à la lueur d'une lampe électrique.

Après quelques vérifications, les soldats écartent enfin les barbelés.

Quand la voiture repart, Alex essaie de rassembler ses idées. Entre deux hoquets, il ne lui vient finalement qu'une pensée saugrenue : en partant, il a oublié de faire sa provision de cigarettes au bar-tabac de la rue de Maubeuge.

XXIII

Il passera la nuit à cinq kilomètres de Tamango, dans la villa confortable et désaffectée où le chauffeur l'a déposé, à l'écart de la zone des combats.

Deux jeunes Zoulous conversent à voix basse devant le portail.

Désabusés, ils montent la garde accroupis, pieds nus dans leurs sandales.

Leurs uniformes : juste des pantalons de treillis et des tee-shirts verts. Mais ils sont bardés de rubans de cartouches pour approvisionner leurs mitrailleuses lourdes.

Alex est seul. Il peut enfin prendre une douche.

Le bruit des tirs et des explosions le maintient en alerte.

La villa devait appartenir à des Français qui ont fui précipitamment en laissant tout derrière eux.

Le salon ? Décoré de masques blancs m'pongwé et bapunu, de statuettes bakota.

Alex sourit en retrouvant quelques vieux numéros de *L'Indépendant.*

Le chauffeur lui a préparé un souper dans la cuisine : homard froid, oignons frits, tarte aux fruits secs et une bouteille de vin rouge local. Il a même laissé deux paquets de cigarettes blondes.

Avec délectation, dans la chambre du premier étage, Alex inhale de grandes bouffées tout en examinant avec perplexité le billet d'avion qu'il a gardé dans sa poche. Malheureusement, ce n'est qu'un aller simple.

La climatisation arrêtée, il se love sous la moustiquaire pour trouver quelque repos.

Au réveil, le soleil est déjà haut.

L'écrivain s'attarde un moment à la fenêtre pour découvrir le magnifique paysage de savane qui l'entoure au-delà des murs de la villa : une vaste prairie parsemée de baobabs et d'acacias s'étend jusqu'aux montagnes aux flancs recouverts d'une épaisse forêt et dont les sommets, inaccessibles et crayeux, se perdent dans les nuages.

Des antilopes bondissent dans les herbes. Les lions ou les léopards doivent les guetter.

Du côté de Tamango, les tirs ont cessé. Les colonnes de fumée des incendies montent dans le ciel dégagé.

Le chauffeur est en bas.

Le Land s'engage en direction des montagnes.

Des nuages sombres ont subitement terni les couleurs vives de la savane.

Par un sentier ombreux, ils pénètrent dans la forêt en longeant une rivière étroite et paresseuse. Au bord des eaux saumâtres traînent quelques pirogues abandonnées sous les palétuviers.

Alex est plus détendu.

– Tu t'appelles comment ?

– Samuel !

– Eh bien, dis donc, Samuel, c'est le bordel dans ton pays ! Qu'est-ce qui se passe ?

– Ça devait arriver depuis longtemps. Officiellement, c'est classique : les forces de l'opposition démocratique essaient de renverser le régime. Ils disent que le président M'Bala a monopolisé le pouvoir, qu'il s'est enrichi, lui et toute sa famille, en puisant dans les caisses de l'Etat, pendant que tout le monde crève de faim.

– Et c'est vrai ?

– Mais c'est presque partout comme ça en Afrique !

– Il n'y a pas qu'en Afrique ! s'exclame Alex.

– Oui, mais ici, ce n'est pas un système en faillite, comme chez vous. C'est le système lui-même. Un système que les Blancs ont inventé pour remplacer la colonisation. Ils ne nous parlent de démocratie que lorsque ça va dans leur sens. D'ailleurs, « démocratie », c'est un mot de Blanc ! Ils veulent juste des régimes stables pour pouvoir passer des contrats. Quand ils ont fait arrangement avec quelqu'un, ils aiment bien qu'il reste longtemps en place. Quand les Blancs ont une guerre sur les bras, ils en font toute une histoire. Mais quand ce sont des Noirs qui s'entre-tuent, ça ne les empêche de dormir que si leurs intérêts sont menacés.

– Comment est-ce que la guerre a commencé ?

– Les rebelles ont envoyé des agents à eux pour tuer le Premier ministre dans un hôtel de Tamango sous les yeux de sa maîtresse. Pour ne pas affoler la population, le gouvernement a fait dire qu'il avait eu un malaise. On a nommé un nouveau Premier ministre, mais ça n'a rien changé.

– C'est une affaire interne au Bozanga, ou bien d'autres pays s'en mêlent ?

– Ecoute, hier, je t'ai dit qu'ils tuaient les Blancs. Tu comprends bien qu'il y a une raison : ça fait cinq cents ans que les Blancs viennent ici pour faire des histoires, parce qu'ils se croient plus malins. Maintenant, ils continuent. D'un côté, il y a les Français qui soutiennent le président M'Bala et font arrangement avec lui. Il donne le pétrole et on lui envoie des armes en échange. Avec lui, les Français ont gagné beaucoup d'argent, et ils voudraient bien que ça continue. D'un autre côté, il y a les Américains, qui ne sont pas d'accord...

– Oui, j'ai un peu suivi ça dans la presse, dit Alex.

– Alors, dans le pays voisin, ils ont armé des rebelles qui travaillent pour eux, et ils ont fait voter par l'ONU un embargo sur les livraisons d'armes au Président pour qu'il ne puisse plus se défendre. Mais les Français ne sont pas contents : ils ne peuvent plus écouler leurs stocks d'armes, et ils ont des problèmes pour payer le pétrole. Alors, en douce, ils envoient des armes quand même, par d'autres pays. Les Américains l'ont su et ils ont décidé de renverser le président M'Bala. Ils ont donné de nouvelles armes aux opposants et de l'argent pour soudoyer l'armée régulière. C'est comme ça que les rebelles ont pris Tamango. Maintenant, tout le monde se bat.

– Depuis combien de temps ?

– Ça fait cinq mois que ça dure, mais depuis une semaine c'est beaucoup plus violent. Les rebelles terrorisent les civils et s'en prennent à tous les Blancs qui travaillent ici, surtout aux Français, pour les obliger à partir. Quand ils auront pris le pouvoir, les Américains viendront s'installer. Et, un jour, ça recommencera dans l'autre sens.

Le Land continue d'avancer en se balançant sous les avocatiers. Des singes s'interpellent d'arbre en arbre, dans le lointain.

– Et toi, dans tout ça, tu fais quoi ? demande Alex en allumant une cigarette.

– Moi, je travaille pour le président M'Bala. J'ai fait mes études en France, comme lui.

– Ah, je ne savais pas !

– Il a vécu longtemps là-bas. Il était même commandant dans votre armée.

– J'ai remarqué que c'est assez fréquent, chez les chefs d'Etat africains, ironise Alex. Ils aiment bien faire leurs classes dans l'armée française. Ça doit sûrement créer des liens.

– Tu connais Aix-en-Provence ? fait le Zoulou avec un large sourire. J'ai vécu là-bas à cause de mes études. C'est très beau. Il y a de jolies filles !

– Et tu travailles aussi pour Edgar Levert ?

– Papa Edgar vient souvent ici. Le président M'Bala l'aime bien. Alors, quand il a eu des ennuis à Paris parce qu'il paraît que là-bas aussi, les Américains ont foutu le bordel, on a décidé de l'aider. Il est revenu chez nous. Il a apporté des armes pour qu'on continue à se défendre. Tu sais, il aurait pu travailler pour les Américains : ils lui ont proposé beaucoup d'argent pour qu'il passe de leur côté. Mais il a préféré rester français, même s'il ne peut plus rentrer chez lui, maintenant.

Samuel a ralenti l'allure.

Au sommet de la colline apparaît derrière un

bouquet de châtaigniers une baraque au toit plat, faite de briques badigeonnées à la chaux.

Dans la clairière attenante, un hélicoptère militaire est posé à côté de deux Dodge.

Des soldats discutent devant la maison.

Ils font un signe d'amitié à Samuel.

Edgar Levert est installé dans la pièce unique. Son ventre déborde sous une chemise blanche à manches courtes. Devant lui s'étalent des cartes crayonnées de traits rouges, et plusieurs gros téléphones portables.

– Avez-vous fait bon voyage ? demande-t-il en tirant sur son cigare. Il paraît que c'était un peu animé, hier, à l'aéroport. Je n'ai pas pu venir tout de suite, parce que j'étais dans le Sud, où nous avons encore quelques amis. Au fait, joyeux anniversaire !

– C'est très délicat de votre part, mais comment savez-vous ?

– Oh, ne vous en faites pas ! Je suis bien renseigné. Sagittaire ascendant Sagittaire, deuxième décan : ça donne des idéalistes qui aiment les voyages et l'aventure. Voilà qui tombe bien ! Alors je me suis arrangé pour que vous ne soyez pas trop mal traité dans l'avion et à l'arrivée, mais je ne pouvais pas prévoir que ces connards allaient prendre la ville hier soir...

Levert est interrompu par des cris et un crépitement ininterrompu d'armes automatiques.

Deux Zoulous surgissent, le pistolet à la main.

– Il faut se replier, patron ! On est encerclés !

Un sifflement bref, une forte détonation. Une fumée noirâtre emplit brusquement la pièce. Un tir de mortier vient de toucher le toit de la maison.

Une poutre se détache et rebondit aux pieds d'Alex.

La fumée se dissipe. Levert n'est plus là.

Dehors, la fusillade continue, mais l'accrochage semble s'être déplacé.

Les gardes de Levert sont descendus dans la forêt pour repousser les assaillants.

L'hélicoptère a été endommagé par une roquette.

Les Dodge ont disparu.

Samuel est assis contre le mur de briques, près du Land. Il se tient le ventre. Sa chemise est rougie au niveau de la ceinture.

En s'agenouillant, Alex essaie de le déplacer.

Samuel pousse un cri aigu.

– Arrête, ça fait trop mal si tu me bouges !

Il soulève difficilement la poitrine en grimaçant comme pour se débarrasser d'un poids.

– Prend le Land... le chemin derrière... en direction de Tamango... Ne t'arrête pas ! T'en fais pas pour moi ! Papa Edgar a réussi à passer. Je m'en sortirai mieux en restant ici... Un autre hélico va venir... Il y a sûrement des blessés en bas ! Sauve-toi !

Alex se lève.

Samuel lui fait un petit signe, accompagné d'un large sourire :

– Si tu repasses par Aix, il y a un petit restaurant, avenue Violette. Si tu y vas, regarde bien la patronne ! Tu penseras à ton copain du Bozanga !

Samuel est tombé à la renverse, évanoui.

Alex bondit dans le Land et dévale la colline, le pied au plancher.

Il reprend la piste rouge sans plus se préoccuper du paysage ni de la poussière.

A un kilomètre de la ville, il retrouve la route.

Un peloton de rebelles est en train d'installer un barrage. Continuer tout droit, fermer les yeux : la barrière claque sur le capot. Le pare-brise se fendille.

Des rafales derrière lui, des claquements dans la carrosserie.

Il baisse la tête. La sueur lui pique les yeux.

Une Jeep l'a pris en chasse. Ils continuent à tirer.

Mais il a de l'avance.

Cramponné au volant, il zigzague autant qu'il peut pour se protéger.

Il se perd dans la ville.

Les autres se sont rapprochés.

Des soldats, là-bas, près d'un camion. Des Blancs. Des parachutistes français.

Il freine brusquement et saute à bas de la voiture.

En voyant de loin les brassards tricolores, les rebelles s'arrêtent.

Un gros para au visage imberbe et poupin s'est agenouillé. Il épaule en direction de la Jeep. Son arme commence à craqueter.

– Halte au feu, Duvernet ! Merde ! Halte au feu ! crie un petit lieutenant en lui donnant un violent coup de pied dans le bas du dos. Vous êtes malade ? Je vous ai dit de ne pas chercher le contact ! On a des ordres précis ! On fait de l'évacuation, point final. Cinq hommes en position avec le chef pour nous couvrir ! Les autres avec moi dans la Jeep. On va escorter le camion jusqu'au zinc ! S'ils approchent, arrosez-les un peu au FM et prévenez-moi ! Mais seulement s'ils approchent. Pas de bavure !

Au bout de la rue, les rebelles hésitent un moment, mais n'osent avancer.

Finalement, la Jeep rebrousse chemin.

– Je suis ingénieur. Je viens du Sud, dit Alex.

Le petit lieutenant l'aide à monter dans un camion bâché où d'autres civils résignés et silencieux sont déjà installés sur des bancs de bois.

Le camion roule longtemps.

Alex pose sa tête ruisselante entre ses mains poisseuses.

Les réfugiés débarquent devant un énorme Hercules frappé d'une cocarde tricolore et dont les hélices tournent déjà en émettant un sifflement perçant.

Il a intérêt à grimper rapidement dans le ventre de ce gros pigeon s'il veut revoir la rue de Maubeuge.

– Votre passeport ? demande un vieux sous-officier rougeaud.

L'écrivain juge plus prudent de rester anonyme.

– Je l'ai laissé à l'usine. On a été attaqués ce matin.

– Je suis désolé ! fait l'adjudant-chef avec indifférence. Vous ne pouvez pas partir sans votre passeport. Ce sont les ordres ! Mettez-vous sur le côté, vous gênez l'embarquement !

– Mais je suis français ! Je vais me faire flinguer si je reste là !

– Je ne peux rien faire ! Il y a encore du monde au consulat ! Vous voyez avec eux.

Alex s'époumone :

– Appelez le lieutenant ! Je veux voir le lieutenant !

– Si vous voulez, mais ça ne sert à rien. C'est lui qui donne les ordres.

– Eh bien, justement. Je vais voir avec lui !

– Qu'est-ce que c'est que ce bordel ? fait le petit lieutenant en se rapprochant à grandes enjambées.

– Mon lieutenant...

L'adjudant-chef n'a pas le temps de finir sa phrase.

A vive allure, une Mercedes se rapproche de l'avion.

Tout le monde se couche, mains sur la tête.

Les militaires ouvrent le feu.

Criblée de balles, les pneus déchiquetés, la voiture continue sa course folle sur les jantes.

Elle s'arrête à vingt mètres.

A l'intérieur, un homme noir bouge encore.

Un des civils se relève et s'agenouille. C'est un photographe.

– Putain, le scoop ! Putain, le scoop ! bafouille-t-il, surexcité, en armant son appareil.

– Couche-toi, pauvre con ! Mais couche-toi donc ! hurle le sous-off.

A l'intérieur de la voiture, l'homme brandit une grenade. Il entreprend d'ouvrir la vitre. Mais, dans une explosion assourdissante, la vieille Mercedes se disloque. Un souffle de sang, de métal et de feu.

Sans demander leur reste, les civils se ruent vers l'avion, sauf le photographe qui est resté étalé sur le bitume, l'appareil à la main.

Le gros pigeon s'arrache lourdement de la piste. Il s'élève, en fumant, vers le soleil, emportant dans sa bedaine Alex Meyer et les rescapés de Tamango.

XXIV

Quand Alex, épuisé, transi, barbu et hirsute, est entré au café du Trocadéro, avec sa chemise tachée et son pantalon graisseux, on a bien failli le reconduire à la porte, tant il ressemblait à un vagabond.

Le retour d'Afrique n'a rien eu à voir avec l'aller !

Il a voyagé couché à même le plancher, coincé entre une femme volumineuse et malodorante, et un voisin d'infortune en mal de confidences sur sa vie désastreuse.

Impossible de fermer l'œil à cause du ronflement des moteurs et de ceux des passagers, des pleurs des enfants, et de l'inconfort des sièges de toile. Puis l'Hercules surchargé s'est posé de justesse dans la zone militaire du Bourget après une tentative d'atterrissage à Evreux, infructueuse en raison du brouillard.

Alex a profité des circonstances pour se soustraire aux formalités de police et de douane. En catimini, il s'est échappé de l'antenne médicale improvisée pour prodiguer les premiers soins aux rapatriés.

Impossible de trouver un taxi : il a marché

jusqu'à épuisement pour prendre un train de banlieue.

Il s'est réveillé gare du Nord.

Et le voici assis dans ce café, hébété, à contempler les passants place du Trocadéro.

Les Parisiens, en décembre, sont en tenue de deuil. Ils marchent en baissant la tête. Ils attendent le Père Noël.

En temps normal, il aurait été heureux d'être là, devant cet express et ce croissant, à fumer sa première cigarette de la journée, à découvrir les nouvelles en feuilletant distraitement *L'Indépendant*.

Ce matin, la fatigue et l'angoisse ont pris le dessus.

Il voulait aller se changer. La gare du Nord était à deux pas de chez lui. Mais il s'est souvenu qu'on le surveillait. Alors il s'est effondré dans un taxi.

En arrivant devant son immeuble, il a dû demander au chauffeur de repartir.

Deux voitures de police qui se voulaient banalisées attendaient à l'angle de la rue Condorcet.

Il a alors tenté l'avenue Georges-Mandel, mais, là-bas, c'était la même chose : trois hommes en imperméable conversaient placidement, cigarette aux lèvres, tout en s'abritant de la pluie sous la verrière.

L'unique billet de banque qu'Alex serrait précieusement dans sa poche a fondu tout au long de la course : à chaque fois, en maugréant, le chauffeur a remis son compteur à zéro. Finalement, Alex a dû demander à descendre au premier feu rouge.

Il n'a plus de point de chute, à présent, et son vieil ami Hervé est devenu son seul espoir.

Une grande claque familière dans le dos a tiré l'écrivain de la somnolence où il s'était abîmé. C'est Hervé, alerté par le message désespéré qu'Alex, en sacrifiant ses dernières pièces de monnaie, lui a laissé sur son répondeur.

– Tu es bien matinal, mon pote ! s'écrie le journaliste en s'asseyant à son côté.

Sans dissimuler son inquiétude, il examine l'état lamentable de l'écrivain : celui-ci a bien changé, depuis deux mois qu'ils ne se sont pas vus.

– Drôle de tenue ! Dis donc, tu te négliges, Alex ! Un peu limite, le bénard ! Moi qui croyais que j'étais le seul à me foutre des apparences ! T'as vraiment une sale tronche ! Tu pars sous les tropiques, ou quoi ?

– Non, j'en reviens !

– Où étais-tu ?

– Je t'expliquerai plus tard ! Est-ce que tu peux m'héberger quelque temps ?

– Ah, c'est ça ! T'es raidard ? T'as pas payé ton loyer ? T'as déjà claqué l'avance de Varlot ?

– Je n'ai pas le cœur à rire.

– D'accord ! Une histoire de femme. Maintenant, tu vas peut-être arrêter de me bluffer : Catherine Kerville ? C'est ça, hein ?

– En un certain sens, oui.

– Je m'en doutais ! Si tu crois que j'ai avalé tes salades, l'autre fois !

Jusqu'au Quartier latin, où il habite, Hervé conduit nerveusement sa vieille Austin cabossée, en injuriant de temps à autre les automobilistes qui le gênent.

– Tu es seul chez toi ? s'inquiète Alex.

– No problemo ! Ce n'est pas moi qui me laisserai baguer par une greluche. Le canapé du salon est libre aussi longtemps que tu voudras. Je peux même te trouver quelques sapes et te prêter un rasoir.

En sortant de la salle de bains, Alex a repris une apparence plus urbaine.

Bruno l'attend impatiemment, installé dans son fauteuil.

– Maintenant, tu vas quand même me raconter ce qui se passe !

– Tu as des nouvelles de Catherine ?

– Rien de bien palpitant ! L'instruction suit son cours. Elle ne fait guère d'efforts pour coopérer. C'est une têtue ! Elle n'a pas l'air de vouloir s'affaler. Les juges commencent à saturer.

– Et Sam, tu ne l'aurais pas revue, par hasard ?

– Non, pas depuis la Toussaint. J'ai tenté récemment de lui passer un coup de bigo. Je ne suis pas le seul à la harceler. Tous les confrères tentent leur chance pour une éventuelle interview. Mais la demoiselle, aussi polie que d'habitude, a raccroché en me traitant de mange-couilles.

Alex a repiqué du nez à force de lutter contre le sommeil.

– Bon ! fait Hervé. Je crois que ce n'est pas l'heure des confidences. Moi, je vais filer à *L'Indé*, et tu vas te faire dormir un peu les yeux. Tu te sens comme chez toi ! Il y a deux ou trois trucs dans le frigo. Je t'ai laissé des talbins sur le bureau avec un double des clés, pour le cas où.

– Non, Hervé ! fait Alex en sursautant. Je n'ai pas le temps de dormir et il faut absolument que tu m'aides !

– Alors, c'est quoi, le menu ?

– Retrouver Samantha Kerville, vite !

– Y a-t-il vraiment urgence à recroiser cette pisseuse ?

– Il n'y a qu'elle qui puisse me sortir de ce merdier ! Hervé, je suis très mal ! Les rambos se sont tous donné rendez-vous chez moi : les RG, la DGSE, la PJ, la DST, la DRM, la CIA, le Mossad, et d'autres, je suis sûr, qui n'ont même pas de nom. Je ne sais même pas comment j'ai fait pour revenir, et vivant, en plus !

– Bon, je vais me débrouiller pour le journal. Toi, tu vas prendre le temps de me briefer !

D'une voix lasse, Alex lui raconte dans le détail son histoire : Catherine, la mallette, Levert, Maréchal, Savini, le voyage au Bozanga.

Plusieurs fois, le journaliste manque d'avaler son cigare.

– Non, mais c'est complètement sauvage, ton film ! Tu es sûr que tu n'as pas bouffé un bonbon que Sam aurait laissé traîner ?

– Je t'assure que je préférerais !

– Tu n'as aucune idée de l'endroit où elle aurait pu planquer cette saloperie de mallette ?

– Elle n'a rien voulu me dire, mais elle avait l'air sûre de son coup. Tout seul, je ne peux rien faire, Hervé ! Savini a dû donner l'alerte. Ils me cherchent tous depuis que j'ai parlé de ces foutus enregistrements. Et, à mon avis, ils n'ont pas que des bonnes intentions. J'aurais mieux fait de fermer ma gueule !

– Non, non, au contraire, tu as très bien fait de balancer un coup de pied dans la fourmilière ! J'aime bien quand ils s'agitent. De toute façon, au point où tu en es, il n'y a pas cinquante solutions : il faut récupérer à tout prix ces enregistrements, et s'en servir. Sinon, t'as intérêt à tracer.

– Tu veux dire que tu as l'intention de les publier ?

– Exact !

– Mais si tu publies tout, comment veux-tu que je deale avec Savini ?

– Il n'y a pas de deal possible avec cette tavelure. Il est sûrement mouillé jusqu'au cou ! Tout ce qui l'intéresse, c'est de récupérer la mallette, et par n'importe quel moyen. Une fois qu'il l'aura, il ne pourra jamais être sûr que tu n'en as pas fait de doubles. Tu saisis ?

– Oui, je le crains. Ton analyse se tient.

– Tant qu'ils n'ont pas la mallette, tu restes en vie, mais tu les as tous scotchés au joufflu. Si tu la leur donnes, tu es mort, et mort pour rien, parce que Catherine ne sera pas libérée pour autant. Non, y'a vraiment pas à bitouiller ! La seule solution, c'est de copier les enregistrements, de gagner du temps avec Savini, de feinter pour essayer de faire libérer Catherine. Dès que c'est fait, moi, je casse la une et j'envoie la sauce.

– Tu crois qu'ils ne se doutent pas que je vais la jouer comme ça ?

– Ils ne s'en doutent pas, ils le redoutent ! Mais nous avons de l'avance sur eux. Ils ne savent pas exactement où tu es, et ils ignorent que je suis au courant de tout. Le seul problème, c'est que tu aies confié la mallette à ta gaulure. Ça, c'est vraiment un trip kamikaze ! J'espère qu'elle acceptera de te la redonner ; sinon, tu vas te prendre un sacré pet dans les scailles, c'est moi qui te le dis ! Et j'ai des raisons de penser qu'avec Sam on va en chier.

– Pourquoi donc ?

– Il y a plus d'un mois, reprend Hervé sur le ton de la confidence, je l'ai rencontrée, comme je t'ai dit. C'était donc la Toussaint, juste après notre dernière conversation. Je commençais à travailler sur le dossier Arès. Elle m'avait appelé au journal. Elle m'a parlé de vos galipettes. Elle flippait : tu lui as sacrément tapé dans l'œil, tu sais ! Elle m'a expliqué que tu venais de la lourder. Je me suis bien évidemment gardé de lui raconter notre petite randonnée dans le pucier de Maman. Elle avait assez la haine comme ça !

– Elle t'a parlé du week-end ?

– Evidemment ! Comme tu ne m'avais pas prévenu du bateau lourdingue que tu lui avais monté, je suis tombé direct dans le piège.

– Merde !

– Voilà ce que c'est de ne pas faire confiance à ses amis ! Du coup, de rage, elle a tout déballé. Enfin, presque tout, car elle ne m'a pas parlé de la valise.

– C'était avant l'arrestation de Catherine, Sam n'était pas au courant.

– En tout cas, elle m'a sorti tout ce qu'elle savait sur sa mère. Je n'avais pas de magnétophone, ni rien pour écrire. Je peux te dire que je l'ai regretté. Deux heures de confidences plutôt copieuses ! Maintenant, tu as une partie de mes sources concernant Levert et Arès.

– Ah, la salope ! Et toi, tu ne vaux pas mieux ! Tu aurais pu me prévenir !

– Et toi, quand on s'est vus, tu m'as dit la vérité peut-être ? Je t'ai pourtant tendu la perche ! Dès ce jour-là, j'ai pensé qu'il y avait quelque chose. Si tu m'avais parlé cash pour Catherine, je t'aurais appelé pour te dire que j'avais rencontré Sam.

– Je suis désolé, Hervé !

– C'est vraiment pas grave ! J'ai bien compris. Après toutes ces années, on va pas faire un sac pour une histoire de femme ! Pour l'article, tu sais, Alex, je n'ai fait que mon boulot. Et puis, il me semble que tu as été un peu nullos avec Sam. Tu sais qu'elle ne s'en remet pas ? Si tu ne l'avais pas jetée comme ça après avoir niqué sa mère, elle ne m'aurait jamais parlé !

– Tu dis que Sam n'a été qu'une partie de tes sources ?

– Oui, parce que après, avec les pistes que Sam m'avait données, j'ai pu approfondir mon enquête et j'en ai appris davantage en allant voir direct Carreras, le boss d'Arès. Je ne comprenais d'ailleurs pas pourquoi il me disait tout ça. Il a carrément donné Levert en prétendant qu'il venait de découvrir une vaste magouille, alors que, jusqu'ici, c'est lui qui supervisait le système de l'arrosage tous azimuts.

– Tu crois que c'est Carreras qui a alerté le magistrat ?

– Il y a tout lieu de le penser ! Après ce qu'il m'avait dit, il lui était difficile de ne pas aller déposer une plainte séance tenante, si ce n'était déjà fait. La gamine ne se serait pas allongée, de toute façon Carreras aurait balancé l'affaire et d'autres journalistes auraient été informés.

– Mais pourquoi Carreras a-t-il fait ça ?

– D'après mes renseignements, il serait ficelé par sa sœur. Il paraît qu'elle organise souvent des parties assez marrantes, du genre de celle où Maréchal t'a emmené, d'après ce que tu viens de me dire...

– Ne me reparle pas de ça ! se défend Alex avec gêne.

– Au cours de ces récréations, il lui arrive de tirer quelques portraits. Avec sa collection de photos et de films, elle tient tout le monde par les balloches. Tu piges ?

– Même son frère ?

– Exactement ! Parce que le Carreras aurait un penchant pour les petits garçons ! Pas très classieux, pour un honorable inspecteur des Finances ! Quant à la frangine, elle travaillerait pour l'étranger.

– Mais pour qui, putain ?

– Tu veux vraiment que je te le dise ?

– Au point où j'en suis...

– Les Etats-Unis d'Amérique, mon pote ! Oncle Sam himself !

– Mais on est au mieux avec eux !

– Et alors ? On n'est plus en 39 ! On ne se zigouille plus pour des rivalités de territoire ou pour des problèmes idéologiques. Maintenant, ce qui compte, c'est le grisbi. Tu sais le nombre de milliards de dollars que ça représente, le marché français de l'armement ? En plus, vendre des armes à un pays, non seulement c'est pomper ses dollars et son pétrole, mais c'est aussi le rendre dépendant ! Parce que, après, il y a tout le service après-vente ! Si tu n'as plus de pièces de rechange, tu n'as pas l'air d'un con, avec tes coucous qui battent de l'aile ! De plus, autant de pays équipés, autant de mecs qui ne nous chercheront pas de crasses. Parce que les ingénieurs de l'armement ne sont pas si nazes. Si un pays à qui la France a vendu un missile s'avisait de le retourner contre nous, tu imagines bien qu'il y a des moyens de planter la bête, voire de la réexpédier fissa à l'envoyeur ! Donc, Carreras fait partie du même club que sa sœur, maintenant. En plus, il a dû obtenir de sacrés dédommagements. Il n'en a rien à masser que les autres récupèrent les marchés ! C'est peut-être pour ça qu'il n'a pas hésité à balancer Levert.

– Et Catherine aussi ?

– Probablement ! Parce que, en la faisant sauter, on fait plonger le ministre de la Défense, qui est un anti-Américain notoire.

– Explique-toi !

– Catherine touchait des commissions sur les marchés d'armement. Elle était arrimée à Maréchal, qui donnait par ailleurs les feux verts pour la plupart des marchés. De là à dire qu'à travers elle il a touché des pourliches, il n'y a qu'un pas. Tu saisis ?

– Et tu crois qu'il a touché ?

– A mon avis, oui ! Mais pas par elle. Si elle lui a filé quelques broquilles à ronger, c'est que dalle par rapport à ce qu'il a palpé dans son dos. Il encaissait direct au cul du camion ! Il s'est servi d'elle, oui !

– Comment ça ?

– Très simple : il savait qu'elle en pinçait pour sa vieille gueule. Il se disait qu'en travaillant chez Arès, elle était la couverture idéale. S'il y avait un problème, on dirait que c'était elle qui lui avait donné du gras. Elle nierait tout en bloc. Et elle plongerait à sa place. On n'irait pas chercher plus loin.

– Mais c'est exactement le scénario qui est en train de se dérouler !

– Eh oui ! Dans le pire des cas, si elle craquait, il démentirait avec mépris. De toute façon, ça ne concernerait que les broquilles. Le temps que les curieux s'amusent, il serait tranquille pour un moment. Et il pourrait négocier, avec tous les dossiers qu'il a sur ses copains. Mais il y a eu un os : Catherine avait enregistré ces bandes. Reste à savoir ce qu'il y a dessus.

– Eh bien, tout ça, c'est du propre, mon pauvre Hervé ! Moi, j'y perds mon latin.

– C'est pourtant élémentaire ! Tout le monde veut le pouvoir et la thune : les Etats, les grosses sociétés et les mecs un peu influents. Tout le monde se sucre ! Tant qu'ils arrivent à s'entendre, ça va. Mais quand il y a un lézard, c'est la baston, la guerre civile, voire la guerre tout court. Cette merde-là, Alex, c'est la fosse à purin où je traîne mes pompes toute la journée !

– Et tu en penses quoi ?

– Personnellement, ou en tant que journaliste ?

– Les deux, mon colonel !

– En tant que journaliste, j'en pense que les gens ont le droit de savoir. C'est le plus important. Sans ça, il n'y a pas de démocratie possible. Le reste, c'est du carton ! Qu'ils se débrouillent après, une fois qu'ils sont au parfum ! Et mon taf, c'est de tout faire pour que ce qui doit se savoir se sache. Point barre. Après, je m'en bats les claouagas. Moi aussi, je ne suis qu'un petit intermédiaire ! Je ne ramasse pas un max de braise, mais je me fais plaisir en semant la merde. Je n'ai aucun mérite à refuser ce qu'on pourrait me donner si je la bouclais. Le carbure, pour moi, c'est infiniment moins important que ce petit frisson que j'éprouve quand je leur mets la honte et qu'ils se pissent dessus. En tant que citoyen, j'en ai assez de voir des bouffons à la télé, la main sur le cœur et les poches pleines ! Tant que ça continuera, je ne me déplacerai même plus pour voter ! Je ne dois pas être le seul à penser ça, et tant qu'on n'aura pas nettoyé tout ce vomi, Dieu sait ce qui peut arriver : le premier parano venu peut s'installer aux commandes pendant que les ripoux seront en train de s'étriper pour leur gamelle. Ils ne le remarqueront même pas. Ça s'est déjà vu. Vous comprenez ce que je veux dire, Monsieur Meyer ?

– Oh, très bien, Monsieur Antoine !

– Bon, en attendant, je vais aller m'occuper de cette gamine. Toi, surtout, tu ne bouges pas !

Hervé a repris son Austin pour aller faire un tour du côté de l'avenue Georges-Mandel.

Il a une carte de presse. Les policiers ne peuvent rien lui dire. D'ailleurs, avec les journalistes la police ne fait pas si mauvais ménage. On échange souvent des confidences ; au fond, on fait presque le même métier.

– Vous devriez aller voir du côté de Vitagym, le

club de la porte Maillot, fait un inspecteur des RG. Mais je ne vous ai rien dit ! Ah, au fait, j'ai un petit truc à vous demander, pour l'affaire Guillaumin ! Ça tombe bien qu'on se soit vus, Monsieur Antoine...

– Comme vous dites, ça tombe bien ! Alors appelez-moi et on cassera une petite graine dans notre cantine, comme d'hab' !

– Comme d'hab', Monsieur Antoine ! fait le flic avec un sourire entendu.

Samantha est enfin sortie de son club. Hervé ne l'a pas reconnue tout de suite.

On dirait une enfant, à la voir enveloppée dans cette parka trop grande avec ses socquettes blanches et ses tennis.

– Tiens, le casse-couilles ! Tu planquais pour me rapter, ou quoi ? Allez, bouge !

– Mais pas du tout ! Je passais dans le coin !

– Sans déc' ? fait-elle d'un air méfiant.

– On peut quand même boire un verre, non ?

Elle tient à deux mains sa tasse de chocolat en soufflant dessus pour la refroidir.

Un petit chat apeuré. Son visage est caché sous ses cheveux en désordre.

Avec précaution, Hervé essaie de l'apprivoiser, de la mettre progressivement en confiance.

Elle l'écoute d'un air narquois en gardant sa tasse à hauteur de son visage.

– C'est ton pote Meyer qui t'a dépêché, hein ?

Hervé baisse la tête en signe d'acquiescement :

– Il n'a pas intérêt à trop s'afficher en ce moment ! Il a trop d'ennuis à force de ramer pour toi et pour ta mère !

Le visage de Sam s'est brusquement refermé.

Hervé comprend qu'il n'a pas été très diplomate.

– Surtout pour ma mère ! fait-elle avec dépit.

– Alors ?

– Alors, *fuck !* s'écrie-t-elle avant de sortir en courant, le médium dressé, pour illustrer sa réponse.

XXV

Hervé s'est acharné pendant plusieurs jours. Pas question de prendre le risque de relancer Samantha au téléphone. Alors, sans s'émouvoir des rebuffades de la jeune fille, il a fait le siège de l'avenue Georges-Mandel, il a couru les boîtes de nuit, il est même retourné au club de gym.

Samantha a fini par céder. Il a réussi à lui arracher un rendez-vous avec Alex.

Tout fier de cette victoire, Hervé a appelé du journal :

– C'est gagné ! Elle t'attend à quinze heures devant le Palace, un vieux cinoche en haut de la rue Blanche. Je peux te dire que j'ai mitré dur ! Ça n'a pas été du gâteau !

Alex n'a jamais entendu parler de ce cinéma. Pourquoi cet endroit-là ? Probablement une nouvelle fantaisie ! Elle est tellement imprévisible !

Par prudence, l'écrivain continue à camper chez son ami, rue des Ecoles.

Hervé est néanmoins passé rue de Maubeuge pour rapporter quelques vêtements, le chéquier, la carte de crédit et le téléphone portable d'Alex.

Apparemment, l'immeuble n'est plus surveillé. Mais sait-on jamais ?

Pour se rendre au rendez-vous, le jeune homme décide de marcher. Le vent glacé lui cingle le visage. Mais la promenade n'est pas désagréable. Un timide soleil d'hiver illumine la ville.

Il longe les quais jusqu'au pont du Carrousel. Puis traverse la Seine pour rejoindre l'Opéra.

L'Opéra ! Il aurait peut-être mieux fait de ne pas y aller, ce soir de juin où tout a commencé.

Il s'arrête devant l'église de la Trinité. Il suffirait de tourner à droite. La rue de Châteaudun le conduirait directement chez lui. Il retournerait à son travail comme si rien ne s'était jamais passé.

Mais il se ravise et prend la rue Blanche à grandes enjambées.

Sam est arrivée la première et bat impatiemment de la semelle sur le trottoir. Ce n'est pas bon signe !

Sous sa veste, une jupe noire trop courte, fendue sur le côté, ct des souliers à échasses.

– C'est quoi, cette panoplie de travelo ? bougonne Alex en l'abordant.

– Ça fait une demi-plombe que je plante ! rétorque Sam vivement. Alors, crame un peu le bitume, maintenant ! La séance va commencer. J'ai déjà les ticsons. Si ça te décoiffe que j'aie mis la marque, tu attendras la fin du film pour baver sur mes sapes !

– Je n'ai pas envie d'aller au cinéma ! Je suis venu pour te parler ! Et c'est important, crois-moi !

– Tu te magnes un peu le trombone ?

Elle lui prend la main pour dévaler en catastrophe les escaliers recouverts d'un tapis crasseux.

– C'est le dernier endroit à la mode ? ironise Alex.

– Chut !

La salle, qui sent le remugle, est déjà plongée dans l'obscurité. Elle ne semble qu'à moitié remplie.

– J'espère que le film vaut la peine, fait Alex, agacé, en se laissant tomber sur son fauteuil.

– Tu ne seras pas déçu ! lui glisse-t-elle à voix basse.

Elle mâche un chewing-gum.

Les premières images d'un policier américain de série B n'ont rien de bien palpitant.

Peu à peu, la salle frémit de mouvements imperceptibles. Certains spectateurs changent furtivement de place.

Sam a mis ses lunettes, elle qui ne les porte jamais. Elle paraît entièrement absorbée par le film.

Alex se résigne. Après tout, la laisser faire reste la meilleure manière d'obtenir qu'elle se calme. Ensuite, il aura tout le temps de lui parler.

Un homme s'est glissé près de la jeune fille.

Sa main lui frôle le genou.

Alex sent sa gorge se nouer. Impossible qu'elle ne se soit pas aperçue du manège.

La main du type redescend le long de son mollet, remonte sa cuisse, tâche de se frayer un chemin sous le tissu de la jupe serrée.

Sam continue à regarder le film tout en mâchonnant son chewing-gum, sans manifester le moindre étonnement.

Au contraire, elle se lève, retrousse franchement sa jupe pour découvrir la peau laiteuse qui apparaît dans la pénombre en haut de ses bas, et son brésilien de dentelle rouge. Puis elle se rassoit.

Alex est pétrifié.

Le parfum vulgaire d'une femme qui est venue s'installer à sa gauche lui soulève le cœur.

Une main s'égare sur la fermeture éclair de son jean.

Il repousse violemment sa voisine et se lève d'un coup en arrachant Sam aux palpations auxquelles elle s'est abandonnée.

Fou de colère, il l'entraîne dans l'allée.

– Tu l'as fait exprès, n'est-ce pas, de m'emmener dans ce boxon ? Cette fois, t'es complètement malade, ma pauvre fille !

Elle trébuche en essayant de tirer sur sa jupe pour la rallonger.

– Tu fais dans l'échangisme, maintenant ? C'est tout ce que tu as trouvé d'original pour me faire saliver ? Dans le genre, tu devrais demander à Maréchal ! Lui pourrait t'initier !

Assourdi par sa fureur et sa hâte à fuir, il n'entend pas les sanglots étouffés de la jeune fille.

Dehors, la lumière les éblouit.

Il s'arrête pour inhaler une bouffée d'air frais.

Elle est pitoyable. Des larmes roulent sur ses joues fardées. Elle baisse la tête.

– Tu peux m'expliquer ce que tu fais dans des endroits pareils ?

Devant son silence, il l'empoigne par les épaules et la secoue sans ménagements.

Elle vacille.

Lui se met à crier, insensible aux badauds indignés :

– Tu vas me répondre, nom de Dieu ? Est-ce

que tu sais dans quelle merde je suis ? J'ai des tueurs au cul, j'ai fait des milliers de kilomètres, j'ai vu des hommes, des femmes et des enfants mourir, j'ai même failli me faire trouer la peau, et toi, tu t'amuses à essayer de m'impressionner avec tes plans minables ? Tu crois que j'en ai quelque chose à foutre ? Est-ce que tu vas arrêter tes conneries une bonne fois pour toutes ? Oui ou merde ?

– C'est Magot ! bredouille-t-elle, honteuse.

– Quoi, Magot ?

– C'est lui qui m'a tuyautée sur ce spot. Il y vient de temps en temps. Il m'a dit que ça me ferait du bien !

– Mais c'est un cauchemar ! Il est à tuer, ce con ! Tu ne comprends pas qu'il joue avec toi pour te rendre dingue, et qu'il est complètement malade ?

Elle éclate en sanglots.

Alex hésite entre une gifle et un baiser.

– Bon ! On se calme, tranche-t-il enfin. Trouve un mouchoir pour t'essuyer !

Ce n'est qu'une enfant désarmée qui fait n'importe quoi pour attirer l'attention.

– Si on allait boire un chocolat chaud ? Il paraît que tu aimes ça, maintenant ?

Sam approuve d'un hochement de tête et souffle docilement dans son Kleenex.

En redescendant la rue Blanche à toute vitesse, il ne lui lâche pas la main.

Elle s'entrave en marchant trop vite, perchée sur ses talons hauts.

Ses yeux sont gonflés, son nez retroussé rougi par le froid vif.

Gauchement, elle se précipite sur sa tasse de chocolat brûlant.

Ses ongles sont peinturlurés de rouge pompier.

– Dis, je la reverrai quand, ma mère ?

– On va se battre pour la sortir de là ! Mais Sam, je t'en prie, dis-moi enfin où est cette foutue mallette ! C'est le seul moyen !

Alex se fige avec inquiétude dans l'espoir d'une réponse.

Elle se réchauffe le nez au-dessus de sa tasse. L'ange va-t-il redevenir démon ? Il s'attend au pire, trop habitué à ses volte-face.

Elle relève doucement ses yeux noirs et pose son regard sur Alex en passant voluptueusement sa langue sur ses lèvres ourlées de chocolat.

Il se raidit. Pas question de se laisser prendre à ce numéro de charme qu'il connaît trop bien.

– Magot ! laisse-t-elle tomber sèchement.

Alex ne peut s'empêcher d'élever la voix :

– Quoi ? Encore lui ?

– Arrête de criser, ou je me gratte ! fait-elle en sautant sur son sac et ses gants. Si tu as des blèmes, moi aussi, j'ai les miens ! Tu veux me faire un plan hectic ? OK ! Tu finiras tout seul !

– Pardonne-moi ! dit-il d'une voix radoucie. Raconte-moi tout !

– Très bien ! On allume les bougies ! Le jour où les colombos ont débarqué et où j'ai ripé avec la valoche, il y avait alerte. Je n'ai rien trouvé de mieux que Magot. C'était quand même une épée ! Enfin, je le croyais ! Côté confiance et discrétion, je n'avais que lui. Voilà, c'est tout !

– Et alors ? demande Alex en allumant une cigarette.

– Alors, il m'a taxé la valoche, cette crevure !
– Comment ça ?
– J'ai tenté de la récupérer après avoir vu ton pote, le menteur, il y a quelques jours. J'ai bien compris que ça pouvait aider ma mère à se tirer de Rifle.
– Et ensuite ? s'impatiente Alex.
– J'ai lancé Magot pour qu'il me cale un rencard de toute urgence et je me suis pointée à son palais des allumés. Là, je me suis pris un de ces râteaux ! Ah le falsch, comme il m'a gazée ! Jekyll et Hyde ! Il m'a dit qu'à travers moi il cernait mieux ma mère. Qu'il allait nous faire exploser !
– Exploser ?
– Oui, c'est ce qu'il a dit ! Avec ses yeux de fausse route derrière ses carreaux pouffeux, il m'a expliqué, très cool, qu'il m'avait monté un turbin, qu'il était assis sur la joncaille, maintenant, et qu'on l'avait dans le bout !
– Et la mallette ?
– Alex, tu n'as rien mordu ou quoi ? Il n'y a plus qu'à faire tomber les mapes, oui !
– Combien ?
– Vingt millions ! Comment tu veux que je raque ? Il n'y a que ma mère, mais, pour ça, il faudrait qu'elle soit libérée ! On n'en sort pas ! Je ne sais pas comment il a pu me faire marron à ce point, ce gaspard ! Moi qui le prenais pour mon gourou !
Elle réfléchit, tire de son sac un stick de marijuana qu'elle allume au briquet d'une main maladroite.
– Si j'allais voir le Viagra ? Pour une fois, il fera peut-être quelque chose pour ma mère ?
– Ce n'est pas une bonne idée !
– Mais si ! Il y a sûrement un moyen de lui

mettre la pression, à ce pète-dans-le-sable, vu qu'ils sont assez potes !

– Quoi ?

– Tu ne savais pas ?

– Explique-toi ! Je n'en peux plus !

– C'est Maréchal qui a présenté le rase-moquette à ma mère il y a quatre ans. Elle cherchait un encadreur de tableaux.

– Un encadreur ?

– Ben oui, au début, c'était ça son taf ! Mais en plus, il se disait astrologue. Pour moi, à l'époque, c'était plutôt la louze ! Catherine cherchait un truc pour me remonter. Ça tombait bien ! Lui, il roulait tellement sa caisse qu'elle lui a fait confiance, et puis, après, elle a commencé à dire que j'étais de plus en plus à l'ouest, qu'il me stressait la vie.

– Tu ne pouvais pas me le dire plus tôt, que ces deux enfoirés se connaissaient ?

– Je croyais que tu étais au parfum ! Pendant un temps, tu étais collé au Viagra à lui lécher les couilles comme une tarlouze ! Je croyais même que tu avais changé de chaîne ! Oh, et puis merde ! Qu'est-ce que ça fait ?

Alex repense au déjeuner au ministère, à l'indignation de Maréchal au sujet de Magot, qu'il prétendait ne connaître qu'au travers d'un livre prêté par Catherine.

– Maréchal est encore pire que je croyais ! dit-il entre ses dents. Quelle ordure ! Mais quelle ordure !

– Et Magot, c'est pas une ordure, peut-être, de m'avoir plantée comme ça ?

– Et suppose que Magot ait parlé de la mallette à Maréchal ? Suppose qu'ils soient d'accord depuis le début ?

– Ça m'étonnerait ! Puisque Magot veut de l'oseille, c'est qu'il la joue solo !

– De l'argent, Maréchal peut lui aussi en donner ! Dorénavant, Magot va se vendre au plus offrant. A moins que Maréchal ne se débrouille pour ne pas payer ? Dans tous les cas, aujourd'hui, le vieux est au courant, et pour récupérer la mallette, on est très mal !

– Et puis, il y a encore autre chose..., ajoute Sam, déconfite.

– Quoi donc ? Tu ne penses pas que je suis assez dosé ?

– Dis, tu ne vas pas me lyncher ? fait-elle en rentrant piteusement la tête dans les épaules.

– Vas-y toujours ! Au point où j'en suis...

– Je préfères que tu saches !

– Quoi ?

– Pour ma mère... C'est moi qui l'ai chargée !

– Oui, je sais ! fait Alex d'un ton désabusé. Hervé m'a raconté. Tu es allée le voir, tu lui as dit des choses !

– Mais il n'y a pas que ça ! J'ai aussi adressé une lettre anonyme à la fouine qui a envoyé ma mère au placard.

– Qu'est-ce que tu dis ?

Elle baisse les yeux une fois de plus. Une grosse larme tombe dans la tasse de chocolat.

– Je m'étais aperçue que Catherine et toi, vous étiez ensemble. Je ne pouvais pas le supporter. Je ne pensais pas qu'elle se ferait poisser comme ça. Je croyais juste qu'elle réglerait Maréchal une bonne fois. Maintenant, tu ne peux pas savoir comme je me sens carpette !

Alex est resté un long moment indécis.

Il lui prend délicatement la main.

– Ecoute, Sam, ce n'est pas bien malin, ce que tu as fait ! Mais moi aussi, j'ai des torts. Je n'ai pas été correct avec toi. Je n'aurais pas dû te mentir. Rien de tout cela ne serait arrivé. Et puis, de toute façon, même si tu n'avais pas vu Hervé, même si tu n'avais pas envoyé cette lettre, ta mère aurait eu les mêmes problèmes, si ça peut te tranquilliser. C'est beaucoup plus compliqué. C'est seulement maintenant que je commence à y voir un peu clair.

– Alex, qu'est-ce qu'on va faire ? Je suis complètement panique !

– Fais-moi juste un peu confiance : j'ai ma petite idée.

XXVI

Alex est absolument sûr de son intuition : Magot a prévenu Maréchal de l'existence des enregistrements.

Le ministre pourrait appeler Savini et, dans cette hypothèse, le marché prévu serait impossible à conclure.

Mais rien ne donne à penser que Maréchal soit intime avec Savini au point de le tenir au courant de tout.

De son côté, le conseiller, s'il a quelque espoir de se servir des enregistrements, n'a aucun intérêt à en parler trop tôt à des tiers.

Savini a peut-être eu vent du voyage d'Alex au Bozanga, et, dès lors, pourquoi ne pas lui laisser croire que la mallette est revenue ?

Alex ne risque rien à téléphoner. Par prudence, il préfère toutefois utiliser une cabine publique du boulevard Saint-Michel.

– Ah, c'est toi ! dit Savini avec un soupçon d'ironie. Alors, as-tu réussi à avoir le contact avec notre ami ?

– Comment ! se récrie Alex. Ne joue pas trop le

tartufe ! Tu sais très bien d'où je reviens. On n'arrête pas de me filer depuis que je suis allé te voir ! La discrétion n'est vraiment pas votre fort !

– Alex, je t'assure que je n'y suis pour rien, rétorque mielleusement le conseiller. Si tu es suivi, c'est peut-être les types de la Brigade financière ou des R.G, à cause de tes relations avec ton amie. De toute façon, tu n'as rien à te reprocher. Viens donc me voir, nous discuterons tranquillement.

– Sûrement pas ! s'énerve Alex. J'ai d'autres urgences. Alors je vais être clair. Ecoute-moi bien...

Savini l'interrompt :

– Non, pas au téléphone ! Un peu de prudence, s'il te plaît !

– Prudence ? fait Alex. Mais c'est sans risque ! Comme tu le dis si bien, moi je n'ai rien à me reprocher, rien à cacher. Tu as peur ?

Savini s'éclaircit la gorge en guise de réponse. Il raccrocherait bien sur-le-champ, mais il tient à en savoir un peu plus.

Les craintes d'Alex sont fondées. Magot a récemment prévenu Maréchal. Il n'a pas dit qu'il détenait la mallette. Il a laissé croire que c'était Samantha, qu'elle ne s'en séparerait qu'au prix de vingt millions en espèces.

Pour Maréchal, il n'est pas question de payer. Il a vu Savini pour lui expliquer la situation. C'était au lendemain de la visite d'Alex à l'Elysée.

Savini et Maréchal sont persuadés que Sam est toujours en possession de la mallette. Ils l'ont fait suivre. Ses contacts récents avec Hervé Antoine et son entrevue avec Alex ne leur ont pas échappé. Il y avait des gens à eux dans le cinéma.

Depuis quelques jours, Savini, bien qu'il ait

doublé sa dose habituelle de tranquillisants, a perdu le sommeil.

Levert a sûrement fait des confidences à la Kerville. Peut-être sous forme d'anecdotes ?

Et si elle les avait vraiment enregistrées ? Il imagine les bandes : « Savini ? Il en veut plus, toujours plus ! Des valises énormes ! »

Le conseiller en a des sueurs froides. Cette mallette le hante. Les scénarios les plus noirs se nouent et se dénouent dans sa pauvre tête fatiguée. Encore un peu, et il deviendra fou pour de bon.

– As-tu mis la main sur ce qui nous intéresse ? fait-il d'une voix hésitante et doucereuse.

– Tu veux dire les enregistrements ? répond Alex en articulant délibérément chaque syllabe.

– Alex, un peu de discrétion ! chuchote Savini dont la respiration et le rythme cardiaque s'accélèrent dangereusement. Pas au téléphone !

– Bien sûr que je les ai !

L'écrivain pense qu'il n'a d'autre choix que de donner le change. D'abord stresser le Château, puis s'occuper du gourou.

– Ah ! fait l'autre, un peu apaisé. Alors, voyons-nous ce soir ! Tiens, je t'invite à dîner, si tu veux. Les meilleures saint-jacques de Paris, avec un petit Montrachet. A tomber !

Alex se retient d'exploser à l'idée que son ancien condisciple le prenne à ce point pour un âne.

– Tu m'excuses, Thibaut, la gastronomie n'est pas mon trip, en ce moment ! Je vais te proposer mieux : si tu as envie de coquilles Saint-Jacques, moi aussi, j'ai une adresse. Nous y déjeunerons. Mais à trois ! J'amènerai Catherine Kerville. Je suis sûr que tu seras heureux de la revoir !

Savini marque un silence.

Alex a fait mouche. Il reprend avec entrain :

– Au cours de ce banquet de retrouvailles, au moment où je te remettrai ce que tu sais, nous lèverons nos verres à nos succès et à notre vieille amitié. Qu'en dis-tu ?

Le conseiller bafouille. La perspective de ces agapes en trio ne semble pas l'enchanter : Maréchal ne lui a-t-il pas interdit d'intercéder pour faire libérer Catherine ?

– Mais dépêche-toi ! poursuit Alex avant de raccrocher. Car la saison des coquilles Saint-Jacques est éphémère. A trop attendre, on risque de s'empoisonner ! Et les fruits de mer, ça ne pardonne pas !

L'aube commence à poindre quand la porte du night-club se referme après avoir laissé partir les noctambules les plus acharnés. Leurs éclats de rire forcés retentissent dans la ruelle déserte dont le macadam nickelé par une récente averse luit comme une piste de danse.

Les tympans toujours vibrants du martèlement de la musique qui les a mis en transe, le palais anesthésié par l'alcool, ils repoussent le moment de se séparer pour de bon. Deux filles esquissent quelques ultimes entrechats en se déhanchant.

Un couple s'enlace. Le garçon se fait pressant. Elle se dégage. Il est tard. Il faut rentrer.

– Sam, on te dépose ?

– *No, thanks !* Je vais bien alpaguer un tire-cons ! A plus !

La jeune fille s'est détachée du groupe et s'éloigne, désinvolte, en remontant le col de son manteau. Elle marche au milieu de la rue Jacob en chantonnant et en évitant les flaques d'eau. Ses pas résonnent le long des immeubles éteints.

Elle ne remarque pas tout de suite la voiture sombre aux vitres noires qui la suit lentement. En se réfugiant sur le trottoir, elle continue à avancer à la même allure, pour ne trahir aucune inquiétude.

Elle saura bien se débarrasser de ces emmerdeurs. Question d'habitude. Elle a les mots qu'il faut pour décourager les plus tenaces.

Mais ce sont peut-être des policiers en civil ? Elle a ses papiers sur elle, et, pour une fois, aucune substance illicite.

Le véhicule accélère un peu, la dépasse et s'arrête, tous feux éteints, à l'angle de la rue des Saints-Pères.

Elle pourrait changer de trottoir, mais elle préfère continuer. Montrer son affolement est toujours dangereux.

Une portière s'ouvre.

Un homme de grande taille, en imperméable, le cheveu gris, descend et, sans ambages, l'aborde d'un ton incisif :

– Samantha Kerville ?

– Et vous ?

– Un ami de votre mère !

– Un ami de ma mère ?

– Montez gentiment et nous en parlerons !

Sam se campe devant lui, poings sur les hanches, pour le dévisager avec audace.

– Ma mère m'a interdit de monter dans les caisses pourries avec des mickeys dans ton genre ! Tu vois, elle m'a quand même bien élevée !

– Ne faites pas d'histoires, s'il vous plaît !

– Tu m'as rêvée, ou quoi ? fait la jeune fille en haussant la voix. C'est pas une heure convenable pour tchatcher. Si tu as la triquette, tu t'es franchement trompé de quartier. Les toxiputes, c'est plus loin à droite ! Mais, à mon avis, c'est un mauvais plan ! Même les lucioles ne voudront pas de toi ! Ta bite a un goût ! Alors, retourne dans ta province et va te pignoler devant un hard-crad à la téloche ! Un bon cinq contre un, ça te calmera !

Sans mot dire, l'homme se jette sur elle et l'agrippe fermement par la manche.

Elle se débat avec une énergie qui le surprend.

– Tu vas virer tes battoirs crainteux et me lâcher, pauvre chlapate ! En plus, tu schnickes du clapoir ! Non, mais ça me troue, des nazes pareils ! Tu te crois dans un film ?

Elle lui allonge un violent coup de pied dans les tibias, puis se dégage en lui laissant son manteau entre les mains.

– Salope ! fait-il en remontant en hâte dans la voiture.

Elle ôte ses escarpins et détale dans la rue de l'Université.

La voiture la suit aussitôt.

Sam prend à gauche dans la rue du Pré-aux-Clercs.

Sans se soucier du panneau de sens interdit, la voiture continue derrière elle en accélérant jusqu'à la toucher, puis s'arrête brusquement.

Deux jeunes hommes à l'allure sportive en surgissent et n'ont aucun mal à rattraper Sam, à l'immobiliser rudement, mais sans agressivité inutile, contre une porte cochère.

Elle se démène comme elle peut, et les frappe à la volée. L'un prend une gifle, l'autre un coup de genou entre les jambes qui lui arrache un rictus de douleur.

Elle profite de leur surprise pour fuir à nouveau en courant droit devant elle, à perdre haleine.

Les poursuivants se remettent à ses trousses en sprintant de leur mieux, coudes au corps.

Elle disparaît au coin de la rue Perronet.

Quand ils s'engagent derrière elle, la talonnant presque, ils sont subitement arrêtés par deux gardiens de la paix, qui les tiennent en joue, en position de tir, jambes fléchies.

– On ne bouge plus ! Police !

– Pas de problème ! Pas de problème, on va vous expliquer ! fait l'un des deux hommes.

Il a réagi avec flegme, en professionnel, évitant tout geste superflu. Avec ses longs cheveux noirs, on pourrait le prendre pour un joueur de polo égaré.

Son équipier a le crâne rasé et le nez cassé.

Surexcitée, pieds nus, sautillant comme un poids plume, Sam tourne nerveusement autour des flics qui tiennent toujours ses deux agresseurs en respect.

– Ils ont essayé de me catcher, oui, ces deux ténias de mon cul, ils m'ont égorgé la main, regardez !

– Calmez-vous, Mademoiselle ! fait le plus jeune policier avec un accent traînant.

– J'espère que vous allez les tordre, ces deux vomis !

– Laissez-nous faire notre travail ! fait le flic en crispant les doigts sur son revolver.

– C'est affiché, qu'ils voulaient me rapter ! Tiens, ils ont même pris une rue en levrette ! Faites gaffe, il y en a d'autres dans la tire !

Le joueur de polo fait mine de fouiller dans la poche de sa veste.

– Toi, bouge pas ou on te fume ! menace l'autre policier à bout de nerfs. Les mains contre le mur, jambes écartées !

Les barbouzes s'exécutent placidement.

– Pas de lézard ! répond froidement le skinhead. Fouille-moi tranquillement ! Tu vas voir, je suis enfouraillé, mais en règle !

Livide, le jeune gardien de la paix s'approche en avalant sa salive, palpe d'une main les flancs du suspect jusqu'à trouver, sous le blouson de daim, un pistolet automatique de gros calibre qu'il tend précautionneusement à son coéquipier, et un portefeuille de cuir qu'il examine d'un œil soupçonneux.

Soudain, le visage du policier s'éclaire.

– Ah bon ! On pouvait pas savoir ! fait-il avec un soupir de soulagement en rengainant son arme et en remettant en place sa casquette qui lui était tombée sur l'oreille. Excusez-nous ! Mais il faut quand même qu'on emmène la fille au commissariat, pour une vérif.

En se décollant du mur où ils étaient appuyés, les hommes de l'ombre échangent un regard inquiet.

La voiture s'est lentement rapprochée.

L'homme en imperméable est à l'arrière.

La vitre se baisse. Les deux policiers s'avancent et saluent respectueusement.

Ils sont brusquement repoussés par deux

impacts silencieux. Après un léger soubresaut, ils s'écroulent ensemble sur le trottoir.

Les deux barbouzes se ruent sans ménagements sur Sam qui se défend encore.

Le skinhead la gifle si fort qu'elle perd connaissance. Admiratif, il se retourne vers son comparse qui s'occupe à chercher les douilles dans le caniveau.

– Putain, elle est burnée, cette bandeuse !

Pour la charger dans la voiture, ils sont obligés de la tirer sur le trottoir en contournant les policiers qui baignent dans leur sang.

XXVII

Depuis deux jours, Sam est introuvable. Alex a fait en vain le tour des endroits où elle traîne d'habitude. De son côté, Hervé est allé interroger les R.G. toujours en faction avenue Georges-Mandel. Ceux-ci sont formels : Sam n'est pas rentrée chez elle.

– Elle a dû rencontrer l'âme sœur ! conclut un flic goguenard. On ne va pas tarder à la revoir !

Alex tourne en rond dans cet appartement où il ne dispose d'aucun repère. Il ne peut plus écrire. Il aurait dû demander à Hervé de lui rapporter aussi son ordinateur. Mais ça n'aurait rien changé. Il n'a plus goût à rien.

Maintenant, la disparition de Samantha le tourmente presque autant que les déboires de Catherine.

Voilà plus d'un mois que la jeune femme est incarcérée. Ils vont sûrement la laisser passer Noël en prison.

Elle a refusé toutes les visites d'Alex au parloir.

Sam ne l'a pas revue non plus. Catherine ne tenait pas à rencontrer sa fille dans des circonstances aussi sordides.

Me Dugival a fait savoir qu'elle refusait qu'on lui écrive. Elle a préféré se couper de l'extérieur, ne plus recevoir aucun signe de ce monde dont on l'a séparée. Le courrier étant épluché par le personnel pénitentiaire, elle a jugé plus opportun de se passer de cette humiliation supplémentaire.

Inquiet de ne voir aucune lettre circuler, le juge d'instruction a demandé au bout d'une semaine que Catherine soit placée sous haute surveillance. Serait-elle assez habile pour avoir trouvé une faille dans le système et passer des messages clandestins ? D'où les fouilles quotidiennes, au début, dans sa cellule.

Pour mettre un terme à ces tracasseries, Catherine a vite été obligée de rédiger quelques mots insignifiants à ses intimes.

Le 3 décembre, alors qu'il était encore rue de Maubeuge, Alex a découvert au fond de sa boîte une lettre au dos de laquelle figurait la mention :

« Catherine Kerville. Ecrou n° 42612. »

Il a déchiré l'enveloppe, le cœur aussi serré que la première fois où il lui a ôté ses vêtements.

La lettre était en russe. Incapable de rien déchiffrer sur le moment, il s'est précipité le soir même chez un vieil ami qui lui a traduit les phrases banales qu'elle avait écrites.

Alex a souri, ce jour-là. Il a compris qu'elle tenait bon.

Le juge a dû avoir la même surprise. C'est sans doute pour cela que la lettre, datée en fait du 24 novembre, avait mis près d'une semaine à parvenir à Alex : le temps nécessaire à la traduction.

Samantha a peut-être reçu le même mot, en chinois ou en farsi ?

Alex compte les jours qui s'allongent et s'additionnent, comme s'il était lui aussi détenu au fond d'un invisible cachot.

Catherine a refusé de changer d'avocat, et donc de système de défense. Le surlendemain de son entrevue avec Dugival, Alex, en feuilletant son carnet d'adresses, avait pourtant réussi, après quelques coups de téléphone, à se faire recommander un jeune secrétaire de la Conférence, prêt à en découdre pour presque rien.

La disparition de Sam est une épreuve supplémentaire. Même si elle a une bonne raison de s'être absentée, peut-être sur un coup de tête, comment peut-elle le laisser sans nouvelles depuis ce moment où, au café, ils se sont de nouveau rapprochés ?

Assis dans le bureau d'Hervé, Alex se sent inutile. S'il le pouvait, il repartirait au Bozanga. D'ailleurs, pourquoi ne pas recontacter Levert ? Le bristol doit encore traîner rue de Maubeuge.

La tête entre les mains, il accroche son regard à une pendule électronique. Les chiffres s'affichent en rouge, inexorables.

Son corps est engourdi, ses idées se troublent. Les deux femmes qui ont donné un peu plus de sens à sa vie, depuis six mois, ont disparu l'une après l'autre. Dans l'immédiat, il n'a aucun moyen de les retouver.

Depuis combien de temps est-il là, prostré, dans l'attente que quelque chose se passe enfin ? Une heure ou deux, sans doute.

On a sonné à la porte. Ce n'est pas Hervé. Lui a ses clés.

Il se lève comme un somnambule.

Encore un inconnu. Peut-être un policier ? Alex ne relève même pas la tête. Maintenant, il a l'habitude.

– Alex Meyer ?

L'écrivain, lassé, fait oui de la tête.

– Si vous voulez bien me suivre. On vous demande en bas, dans la rue.

Il ne pose pas de question. Si c'était Sam ?

Il emboîte le pas à l'inconnu qui dévale prestement les trois étages.

Alex est presque soulagé. Quelque chose va enfin se produire. Peu importe quoi. Tout, plutôt que ce néant !

Une Mercedes de grosse cylindrée est garée près du square, devant la statue de Montaigne.

A travers la vitre fumée qui n'est pas complètement refermée, difficile de discerner le mystérieux occupant qui l'attend à l'arrière. Mais, par l'interstice, s'échappe une odeur rassurante et familière. Une odeur de havane.

La portière s'entrouvre.

– Edgar ! Edgar ! Mon Dieu, vous êtes donc revenu ! s'exclame Alex avec enthousiasme en prenant les deux mains de Levert.

– Ecoutez, Alex, je suis ici incognito ! D'accord ? Alors, essayez d'être un peu moins démonstratif, et, pour l'amour du Ciel, montez dans cette voiture au lieu de rester là planté comme la statue de votre collègue ! On va rouler un peu, je vous garantis que ce sera plus sûr !

Alex a pris place à côté du vieil homme qui s'est

métamorphosé en homme d'affaires sicilien, avec costume rayé et lunettes noires.

– Comment m'avez-vous trouvé ?

Levert sourit.

– Vous, vous ne changerez jamais ! constate-t-il de sa grosse voix rude à l'accent chantant. Toujours des questions invraisemblables ! Mais qu'est-ce que vous croyez ? J'ai toujours mes hommes, mes réseaux, mes informateurs ! Je vous suis à la trace !

– Et Samuel ?

– Tranquillisez-vous ! Je l'ai fait évacuer dans un pays neutre où on soigne très bien les gens. Il va prendre du repos. Il a de la chance. Vous aussi, vous en avez eu ! Vous m'avez étonné !

Pilotée par un chauffeur noir impassible, la Mercedes longe rapidement les quais en direction de Bercy.

Alex n'ose plus rien dire.

– Ce n'est pas trop dangereux pour vous, d'être ici ? risque-t-il enfin.

– La meilleure cachette, c'est d'être sous le nez de ceux qui vous cherchent. Souvent, comme les canassons, ils ont un angle mort. J'avais quelques bricoles à régler d'urgence.

– J'étais comme un fou de ne pas avoir pu vous parler ! Ce voyage pour rien ! Ah, je m'en souviendrai !

– Au moins, vous avez vu du pays ! Ça vous change un peu de vos bouquins. Et puis, ça vous fera de la matière ! Comme vous avez pu le constater, c'est le foutoir là-bas. Ils s'entre-tuent avec les joujoux que leur a apportés Tonton Edgar. Ils auraient dû attendre Noël pour ouvrir leurs cadeaux ! Ah, je ne suis pas fâché de revoir Paris ! Même si on se les gèle un peu, ici, on a beau dire, la capitale, ça manque !

A travers la vitre, il regarde rêveusement la Seine et poursuit :

– Bon ! Revenons à nos problèmes. Comment va Catherine ? Elle n'est pas à la fête, elle non plus !

– C'est le moins qu'on puisse dire ! Et puis, voilà deux jours que sa fille s'est évaporée. Il ne manquait plus que ça !

– Je le sais bien qu'elle est évaporée ! s'exclame gravement Edgar.

Puis il a un petit sourire et poursuit :

– Evaporée, le fait n'est pas nouveau ! Mais, cette fois, c'est plus sérieux ! Et je sais même où elle est ! Mais je vous déconseille vivement d'aller la chercher.

– Où ? Dites-moi vite !

– Savini !

– Quoi, Savini ?

– C'est lui qui a fait le coup !

Alex est soudain pris de panique :

– Le coup ? Qu'est-ce qui lui est arrivé ?

– Rien de bien grave pour l'instant. Mais ça pourrait se gâter. Il l'a fait enlever par ses cow-boys, voilà !

– Quels cow-boys ? fait le jeune homme avec angoisse.

– Vous êtes naïf, ou quoi ? Là où il est, vous devez bien vous douter qu'il a ses tontons flingueurs. Des gars qui ont tous les droits, sans scrupules ni comptes à rendre, sauf au Savini, bien sûr !

Levert se concentre un instant, puis ôte ses lunettes pour mieux froncer le sourcil.

– Dites-moi, Alex. Pour le mettre dans cet état, vous n'auriez pas fait une connerie, par hasard ?

Le jeune homme est obligé de raconter dans le détail son entrevue à l'Elysée, et de parler de la mallette.

– Mais, putain, qu'est-ce que c'est que ce bordel ? fulmine Levert. De quoi tu te mêles ?

– J'ai fait ce que j'ai pu pour aider Catherine ! Savini était un vieux copain ! Nous avons fait nos études ensemble. Ce n'est pas Maréchal qui aurait bougé.

– Ça, c'est sûr ! Mais tu l'as rendu fou, l'autre imbécile ! Maintenant, il va négocier la fille contre les documents ! Quel foutoir ! Ah, si les écrivains se mêlent des affaires, on est bien partis ! A chacun son boulot : Spinoza n'a pas écrit de traité sur les merdiers de ce genre, que je sache ! Dommage ! Ça t'aurait épargné une belle connerie !

Levert reste un peu silencieux, histoire de se calmer. Puis il sourit :

– Au fait, le Spinoza, tu sais que je l'ai lu ? Le *Traité de la réforme de l'entendement*, chez les Zoulous, à la lampe tempête, tu te rends compte ? Bon ! Le début n'est pas mal ; après, ça se complique un peu. Quand on aura le temps, il faudra que tu m'expliques, parce que ça m'a l'air aussi embrouillé que dans ta tête !

– Edgar, ce n'est pas le moment de parler de Spinoza, je vous en prie ! Qu'est-ce qu'on peut faire ?

– Attends que je cogite ! fait Levert en tirant sur

son Cohiba. Je crois que je m'en vais prendre un peu les choses en main, à présent ! Je vois qu'il était vraiment temps que je revienne, car depuis mon départ, le moins qu'on puisse dire, c'est que ça ne s'est pas arrangé ! Seulement toi, l'intellectuel, il va falloir que tu te calmes ! Compris ?

Alex baisse penaudement la tête.

– Bon, alors, elle est où, cette mallette ?

– Sam l'a confiée à son astrologue, vous savez, ce Magot. Il ne veut plus la rendre ; en échange, il exige beaucoup d'argent !

– Quoi ? souffle Edgar, hors de lui, en manquant de s'étrangler. Qu'est-ce que c'est encore que cette histoire ? Tu es sûr que tu ne confonds pas avec un de tes romans ?

Alex secoue la tête en baissant à nouveau les yeux.

– Et il crèche où, cet empaffé ?

– Mais l'argent ? Comment allez-vous faire ? Il demande vingt millions !

– Ne t'inquiète pas ! Le compte sera bon ! Avec Tonton Edgar, il n'y a jamais de problème d'argent ! Pour le voyant, c'est moi qui vais lui écrire son avenir à ma façon ! Ensuite, je m'occuperai du Savini. Mais là, ce n'est pas si simple. Je le connais, le bougre ! C'est un méchant vicieux, et, qui plus est, un méchant vicieux fragilisé, donc encore plus méchant ! Et puis, le problème, c'est que nous avons deux femmes, mais une seule valise. Moi, je vais te dire : dès qu'il y a des gonzesses, c'est toujours le bordel ! Mais qu'est-ce qu'elles peuvent nous emmerder !

– Indépendamment de la valise, susurre timidement Alex, vous avez peut-être de quoi convaincre Savini ?

– Ah, bravo ! Bravo ! Tu m'as l'air bien renseigné ! fait Levert, de nouveau hors de ses gonds.

– J'imaginais que...

– Ton imagination, tu la gardes pour tes livres et tu ne fous pas le nez dans mes affaires ! C'est un peu dangereux, crois-moi, quand on ne sait se servir que d'un stylo !

Confronté à la rusticité de Levert, Alex préfère ne pas répondre. Mieux vaut se reposer sur lui.

L'espoir est revenu. S'il osait, il l'embrasserait.

XXVIII

N'arrivant pas à joindre Samantha, Me Dugival s'est empressé de prévenir Alex.

Après un huitième interrogatoire infructueux, le juge d'instruction, écœuré par l'opiniâtreté de Catherine, a finalement déposé les armes. Il vient d'ordonner la levée d'écrou.

Savini est-il intervenu ? Est-ce une marque de bonne volonté de sa part, laissant augurer que Sam sera bien relâchée si la mallette lui est remise ?

Dans son excitation, Alex ne prend même pas la peine d'essayer de résoudre ces énigmes.

– Mais bien sûr que vous pouvez aller la chercher ! l'a encouragé l'avocat. Il vaudrait d'ailleurs mieux qu'elle ne se retrouve pas toute seule devant la prison. Sa sortie est prévue pour ce soir aux environs de vingt-trois heures. Dépêchez-vous !

Beau joueur, Hervé ne s'est pas trop fait tirer l'oreille pour prêter sa vieille Austin.

La prison est à une demi-heure de Paris.

– Je suppose que tu auras besoin de ma tire au moins jusqu'à demain soir ! a fait le journaliste avec un clin d'œil égrillard et complice.

Alex a roulé si vite que la guimbarde poussive a donné sur l'autoroute quelques signes d'essoufflement. Les voyants rouges du tableau de bord se sont plus d'une fois allumés et une odeur de caoutchouc brûlé a commencé à se dégager. Mais il en aurait fallu davantage pour qu'Alex ralentisse !

Il est arrivé plus d'une heure à l'avance. Il est d'abord allé faire un tour de reconnaissance devant la prison isolée en rase campagne. Là, il s'est énervé à l'idée de devoir attendre. Aussi anxieux qu'assoiffé, il a cherché le village le plus proche, en espérant trouver un café encore ouvert pour y prendre un remontant. Mais tout était fermé, sauf le buffet de la gare.

Accoudé au zinc, il a déjà vidé plusieurs verres de whisky d'affilée.

Un autre homme est au bar. L'air désabusé, dans les quarante ans, la mise élégante, aussi chauve et sec qu'un arbre mort, lui non plus n'en est pas à son premier scotch. Visiblement, il a envie de lier conversation.

– Vous l'attendez, hein ?

Alex reste sourd, perdu dans ses pensées.

L'autre insiste :

– Je sais bien que vous l'attendez ! Oh, il n'y a pas à avoir honte ! A cette heure-ci, dans cette gare déserte, qu'est-ce que vous voulez qu'on fasse si ce n'est attendre un train ou quelqu'un. Moi aussi, j'attends ! Ça fait des années que j'attends !

Alex détourne enfin la tête pour interroger l'inconnu du regard.

– En fait, poursuit l'inconnu, je n'attends personne en particulier. Peut-être qu'une femme viendra tout à l'heure, qu'elle déposera son balluchon sur le quai ? Une estafette de la prison l'aura abandonnée à son destin devant la gare. Ça voudra dire que personne n'est venu la chercher. Moi, je serai là pour elle. Elle sera sans doute jolie. Souvent, ici, elles sont d'une beauté que vous ne pouvez pas soupçonner !

– Vous venez régulièrement ?

– De temps en temps ! La première fois, c'était vraiment par hasard. A peu près à la même heure. Elle a débarqué dans ce hall de gare désert. Je rentrais de week-end. Ma voiture était tombée en panne et mes amis m'avaient amené jusqu'ici. Je ne savais pas que la prison était toute proche. Son regard était perdu. Je me suis approché. Elle m'a souri. Jamais je n'avais vu une femme pareille. Elle rayonnait. Et puis, en même temps, elle avait l'air si triste ! Elle m'a demandé sans façons de la prendre dans ses bras. Au début, je n'osais pas. Alors elle m'a dit que cela faisait deux ans que personne ne l'avait enlacée. Elle avait appris à le faire toute seule. Elle m'a montré, sur le quai, en croisant ses deux bras, les mains posées sur ses propres épaules. Elle fermait les yeux. C'était une Américaine. Une de ces filles, vous savez, comme on n'en voit normalement qu'en photo. On l'avait incarcérée à cause d'une histoire de passeports trafiqués pour des réfugiés. En vérité, elle avait plutôt rendu service ! Elle n'a jamais voulu me dire son nom. On est allés dans le petit hôtel minable à côté de la prison. De la chambre, on voyait le mur d'enceinte. Quand on a fait l'amour, elle tournait toujours la tête pour regarder cette muraille aveugle. Vous ne pouvez pas savoir ce que c'est qu'une femme qui, pendant deux ans, n'a pas eu d'homme et que personne n'a serrée dans ses bras.

– Et après ? demande Alex, la gorge serrée.

– Après ? Eh bien, nous sommes retournés à la gare, au petit jour. Nous avons pris le premier train pour Paris, sans rien nous dire. Je l'ai laissée à la gare de Lyon, avec son balluchon et mon numéro de téléphone. Elle m'a dit qu'elle m'appellerait. J'y ai cru. D'ailleurs, voyez, j'attends encore. C'était il y a cinq ans. Elle appellera peut-être un jour. Les femmes sont si incompréhensibles, quelquefois ! Quand c'est trop dur, je prends le train et je viens ici. Parfois, je rencontre une inconnue qui lui ressemble vaguement. Au reste, toutes les inconnues se ressemblent. Je retourne dans le même hôtel. Sinon, je vide des verres, comme ce soir.

Alex sort sans mot dire.

Il s'est garé sur le grand parking désolé, face au portail de fer gris, mais un peu à l'écart. Comme ça, elle aura le temps de se retrouver seule quelques secondes pour prendre conscience de sa liberté, comme un animal fougueux qu'on relâche après l'avoir tenu trop longtemps enfermé.

Ça ressemble à un parking de supermarché. Quelques hauts réverbères diffusent en grésillant une lumière rosâtre qui laisse à peine deviner les hauts murs aveugles dont l'inconnu vient de lui parler et qu'Alex ne veut surtout pas voir.

Il préfère fixer la porte, jusqu'à ce que l'image vacille et lui brûle les yeux.

Les cigarettes qu'il allume sans plaisir les unes après les autres enflamment sa gorge serrée.

Plusieurs fois, il a bien cru qu'on déverrouillait la porte pour de bon. Elle ne s'ouvrira peut-être jamais. Et si elle s'ouvrait quand même ? Faudrat-il courir vers elle ou attendre qu'elle vienne ? Esquissera-t-elle quelques pas de danse, comme dans le chemin d'automne, après la pluie ? Quand il l'étreindra jusqu'à lui faire mal, elle s'excusera peut-être de sentir encore l'odeur de la prison.

Il lui dira qu'il a deviné ce dont elle rêve : une immense baignoire emplie de mousse parfumée.

A présent, la voiture glisse docilement dans la nuit profonde.

Catherine ne s'émeut pas quand il prend la direction de Fontainebleau au lieu de celle de Paris.

Finalement, il est embarrassé d'avoir réservé cette chambre dans un hôtel perdu en lisière de la forêt. Elle va croire qu'il veut profiter de sa frustration de détenue.

Incapable de résister à l'émotion, quand il la voit là, vivante, près de lui, il pleure sans mot dire.

Elle s'est allongée sur ses genoux pour contempler la lune qui les suit à travers les arbres décharnés. Elle essuie ses larmes en posant sa tête sur sa poitrine.

Bien que la voiture roule toujours, elle s'est redressée en se glissant tant bien que mal à califourchon sur lui, le dos calé au volant, pour le couvrir de baisers. Peu importe si c'est acrobatique et dangereux

– Comme ça, je peux voir si on nous suit ! lance-t-elle avec espièglerie en tentant d'appuyer son bassin contre le sien.

Alex éclate de rire en poussant de plus belle sur

l'accélérateur et en penchant la tête de côté pour pouvoir encore conduire.

Dans la salle de bains, en lui apportant sa coupe de champagne, il a vu son sourire impatient.

Elle a juste murmuré, comme ils en étaient convenus naguère dans l'hôtel de Normandie :

– Mystère !

Il a eu le vertige en regardant ses seins nus qui flottaient dans des cumulus de mousse, et ses jambes par transparence, comme on aperçoit le sol par le hublot d'un avion quand on vole au-dessus des nuages. Soudain, il s'est jeté tout habillé dans la baignoire qui a débordé autant que son désir. Il a sacrifié ses mocassins acajou. Il n'aura plus jamais à les cirer.

Il a plongé la tête sous l'eau, les yeux clos, pour glisser sa langue entre ses jambes. C'est là, sa vraie maison. Il n'a jamais retenu aussi longtemps sa respiration.

Après avoir refait surface pour se défaire de ses vêtements alourdis de noyé, il court vite se réfugier dans cet abri auquel il essayait de ne plus penser.

Puis les draps frais épongent l'écume de leurs corps.

Accroché à la bouée de ses hanches amaigries, les doigts plantés dans sa chair tiède et souple, Alex, sans craindre de la blesser, rebondissant entre les jambes tétanisées de Catherine, longtemps lui cogne à coups redoublés le fond du ventre, jusqu'à ce qu'elle rugisse enfin de douleur et de joie.

Elle dit que, par pudeur, elle ne lui parlera pas de la prison. Elle ne répondra pas aux questions qu'il n'ose même pas lui poser.

Ses longs silences, ses yeux rivés sur le plafond sont assez éloquents.

Il l'apaise en caressant sa nuque, en plongeant les mains dans son épaisse crinière. Elle finit par dire :

– Alex, je veux rentrer à Paris, maintenant ! J'ai besoin de retrouver ma fille !

Il avait longtemps redouté cet instant.

Pour lui parler, il préfère se rhabiller.

– Catherine, il faut que je te dise certaines choses qui se sont passées depuis cinq semaines.

Pour l'épargner, il évite de s'appesantir sur l'attitude de Maréchal. Mais il en glisse assez pour qu'elle se rende compte de la lâcheté du personnage.

Elle assume avec fierté la trahison du ministre, sans laisser voir sa déception.

Puis il explique son voyage, son retour, le chantage de Magot à propos de la mallette, celui de Savini avec Sam.

Catherine l'écoute, tête baissée, en s'occupant à casser avec une hargne contenue des allumettes dont elle éparpille les bouts sur la table de nuit.

Elle finit par exploser :

– Et tu ne disais rien ! Tu es devenu fou ? Tu crois que, le sachant, je serais venue ici ?

En un éclair, elle a remis sa chemise et son jean, et lacé nerveusement ses bottines.

– Et moi qui te faisais confiance ! Tu ne penses qu'à me baiser, alors que ma fille est en danger. Tu n'es vraiment qu'un pauvre mec ! Tu ne vaux pas mieux que les autres !

Alex réprime un sourire intempestif en pensant aux emportements de Sam.

– Catherine, tu es injuste ! Je ne pouvais pas dire ça froidement devant la porte de la prison. Réfléchis-un peu, et, pour une fois, mets-toi à ma place !

– J'en ai assez de vous tous ! Toujours des mensonges ! Toujours des trahisons ! Et ce salaud de Maréchal, bien planqué sous ses lambris !

Alex a compris que la colère de Catherine n'est pas dirigée contre lui.

– Est-ce qu'Edgar a récupéré la mallette chez Magot ? demande-t-elle, un peu calmée.

– Je ne sais pas. J'espère que oui !

Elle attrape son manteau et quitte brutalement la chambre, l'œil hagard.

Alex règle précipitamment la note au veilleur de nuit qui s'étire en attendant la relève.

Il fait déjà jour.

Catherine a remis en marche le moteur de l'Austin agonisante, qu'elle fait vrombir sans ménagements.

– Où veux-tu aller ? demande Alex en ouvrant la portière.

– Voir Edgar ! Tout de suite !

– Ça tombe bien ! Il m'a laissé un numéro pour le joindre. Je vais l'appeler, mais à une seule condition : c'est que nous y allions ensemble !

– Je n'ai pas le choix !

– Alors je t'accompagne ! dit Alex en la poussant pour lui arracher le volant des mains.

XXIX

Alex doit faire marche arrière. Il a dépassé de plusieurs numéros l'adresse indiquée.

– C'est là ! dit-il. A l'angle de la rue.

Ce pourrait être une auberge alsacienne, à en juger par la façade à colombages et les étroites fenêtres aux vitraux colorés.

Déjà, un petit homme brun et jovial, averti de leur arrivée, vient à leur rencontre pour leur indiquer le parking tout proche, au fond d'une allée de terre défoncée.

– On se croirait à la campagne ! fait Alex pour détendre l'atmosphère. Difficile d'imaginer qu'on se trouve ici en plein Paris !

Le petit homme est resté à les attendre sur les marches avant de leur ouvrir la porte avec civilité.

A l'intérieur, il fait sombre. Un long tunnel jalonné de part et d'autre de larges banquettes de moleskine noire en vis-à-vis, comme dans les trains.

Le déjeuner se termine. Quelques tables sont encore occupées.

Des hommes complotent à voix basse.

– Soyez les bienvenus ! fait l'aubergiste. Suivez-moi jusqu'à l'étage ! Vous y serez plus tranquilles. Là-haut, il n'y a personne.

L'hôte, obséquieux, ponctue ses phrases de courbettes.

La grande salle du premier, au plafond trop bas, est meublée de tables dressées pour d'improbables convives. On les fait asseoir comme s'ils allaient déjeuner.

– Vous êtes ici chez vous ! Notre ami ne tardera pas. En attendant, vous voulez un café, une coupe de champagne ?

Alex et Catherine se regardent, hésitants.

– Ah, Monsieur, si vous vouliez, je vous ferais bien goûter mon vieux Calvados de 1934 !

Sans attendre la réponse, il disparaît en sautillant.

Alex et Catherine n'ont pas encore échangé un mot. Ils prennent le temps d'observer les lieux, déconcertés par ce décor inattendu.

Un vieux bar branlant et suranné semble abandonné au fond de la salle. Sur le comptoir trône un vieux gramophone. Alex s'approche pour l'examiner.

Catherine remarque des caméras miniatures à peine dissimulées entre les tentures râpées de reps grenat.

Bientôt, un pas lourd et des toussotements rauques annoncent dans l'escalier l'arrivée d'Edgar.

Avec chaleur, il tend les bras vers Catherine.

– Viens, ma belle, que je t'embrasse et que je te félicite ! Je suis fier de toi. Tu t'es bien comportée !

Il la repousse pour mieux l'examiner.

– Mais, dis-moi, tu as maigri ! Et tu n'as pas trop bonne mine !

– On ne peut vraiment pas en dire autant de toi ! rétorque durement Catherine. Et bronzé, avec ça !

– Le climat des tropiques me régénère ! fait Edgar en s'asseyant. Là-bas, je m'épanouis !

Il déboutonne sa veste et se caresse le ventre avec satisfaction avant de poursuivre :

– Tu vois, je suis un truand heureux !

A pas de loup, l'hôtelier vient servir les boissons.

– C'est un vrai ami, celui-là ! dit Levert en lui administrant familièrement une claque dans le dos.

L'autre manque de laisser échapper son plateau, surpris par cette soudaine marque d'affection.

– Je vous laisse, maintenant ! Je ne vous dérangerai plus, fait l'aubergiste à voix basse en s'effaçant à reculons.

– Sacré Mathieu ! s'exclame Edgar. Trente ans que je le connais ! On peut compter sur lui. C'est rare, par les temps qui courent !

Il sort de sa veste un étui à cigare patiné et en tire un Cohiba qu'il prépare avec minutie.

– Bien, bien ! Revenons à nos affaires, fait-il en tirant voluptueusement une première bouffée et en vérifiant que le cigare est convenablement allumé.

– Edgar, où est la mallette ? demande Catherine avec une intonation péremptoire.

– Pas de problème ! fait Levert en lui tapotant le bras. Tonton Edgar a fait ce qu'il fallait.

Il tire plusieurs autres bouffées, puis s'humecte la bouche avec satisfaction.

– Une belle ordure, votre Madame Soleil ! reprend-il en s'animant. Et gourmand, avec ça. Très gourmand ! Les yeux bien plus gros que le ventre ! Non seulement il voulait rançonner la petite, mais encore il voulait toucher la même chose de Maréchal. Deux fois vingt millions ! Rien que ça ! Et le bouquet, c'est que Savini croit que c'est la gamine qui a la mallette !

– Ah, mon Dieu ! fait Catherine, bouleversée.

– Ne t'inquiète pas ! Je sais que ce sont des brutes, mais tant qu'ils n'ont pas ce qu'ils veulent, ils ne lui feront rien !

– Tu as payé Magot ? s'inquiète Catherine.

– Pas de problème ! sourit Edgar en découvrant ses petites canines pointues. Il a eu ce qu'il fallait ! Et même un petit supplément !

La tête échauffée par sa première gorgée de calvados, Alex regarde alternativement Catherine et Levert.

– Dois-je comprendre... ? commence Catherine.

– Tu penses trop, ma fille ! l'interrompt vivement Edgar. Il y a des moments dans la vie où on ne peut plus faire dans la dentelle. Ce pauvre type avait les yeux qui lui sortaient des orbites rien qu'à penser à tous ces billets. Du coup, ça lui a paralysé les neurones ! Il ne pouvait plus rien deviner !

– Non, ce n'est pas vrai ! Vous n'avez pas fait ça ? hurle Catherine.

– Mais tais-toi donc, idiote ! fait Levert en s'étouffant dans un accès de colère. Tout ça est de ta faute. Avec tes marottes de collectionneuse ! Tu penses bien qu'il les a écoutés, tes enregistrements ! Il avait même fait des doubles, et on a eu beaucoup mal à les trouver ! Heureusement, il nous a quand même aidés un peu !

Il s'arrête pour sourire cruellement.

– Imagine un instant qu'on l'ait laissé avec ça dans la nature ? Hein ? reprend-il d'une voix terrifiante. A vie, on se le traînait, cet extra-lucide ! On a préféré lui faire perdre la mémoire. Définitivement ! Est-ce suffisamment clair ?

Pendant quelques secondes, Levert fixe Catherine d'un œil menaçant.

– Bon ! Maintenant, passons à autre chose.

Il rallume tranquillement son cigare et se prend à admirer les large volutes de fumée bleue qui s'effilochent sous le plafond.

– Occupons-nous plutôt de ta fille, fait-il, apaisé. C'est bien plus important !

– As-tu pris rendez-vous avec Savini ? demande Catherine.

– Pas de précipitation ! Tout ça doit se gérer *intelligemment* !

– Non, mais tu dois plaisanter ? Samantha est en danger ! Il n'y a pas une minute à perdre !

– Je te dis que, pour l'instant, elle ne risque rien. Alors, pas de panique ! Savini va rapidement comprendre. Samantha deviendra sa monnaie d'échange s'il veut mettre fin à ses insomnies. D'ailleurs, je crois qu'il n'y a pas que lui qui devrait passer des nuits blanches !

– Tu as écouté ? dit Catherine avec embarras.

– A ton avis ? Entre nous, tu es très imprudente de n'avoir pas mieux protégé tout ça ! Ah, les femmes ! Vous êtes bien légères. Tu aurais dû me mettre au courant !

– Je ne te disais pas tout !

– Et puis, tu aurais vraiment pu te dispenser de m'enregistrer ! hurle-t-il. Ça ne me plaît pas du tout ! Mais alors *pas du tout* ! Bon, passons. En tout cas, le Savini va attendre !

– Comment ça ? demande Catherine, furibonde.

– Je n'ai pas l'intention de lui remettre ces enregistrements ! crie Edgar en ponctuant sa phrase d'un violent coup de poing sur la table.

– Et pourquoi, s'il te plaît ? fait-elle en lui tenant tête.

– Parce que tout ça va nous être utile ! Ils veulent la guerre ? Ils vont l'avoir !

– Mais puisque tu as des doubles ?

– Et alors ? En lui laissant ces enregistrements, même si je garde les doubles, je lui fournis des armes, des armes redoutables ; et il n'est pas question de lui faire le moindre cadeau, à ce fumier ! En conséquence, maintenant, on arrête les couillonnades et je vais m'occuper tranquillement de tout ça, *tout seul* !

En se levant, Catherine renverse sa chaise pour se rapprocher de Levert, l'index tendu, l'œil brasillant de rage.

– Maréchal et toi, vous me prenez pour une idiote depuis toutes ces années ! Si j'avais quelques illusions sur vous, j'ai eu tout le temps de les perdre derrière les barreaux ! Aujourd'hui, c'est ma fille qui importe, et rien ne m'arrêtera ! Vu ? D'abord, moi aussi, j'ai de la mémoire, et je ne te conseille pas de me réserver le même sort qu'à Magot ! Qui te dit, Levert, que je n'ai pas mis moi aussi plusieurs jeux de copies bien à l'abri, à des endroits différents, avec des consignes pour le cas où il m'arriverait quelque chose ? J'ai été à bonne école, tout de même ! Qui te dit que tu as *tous* les enregistrements ? Que je n'ai pas ouvert mes dossiers depuis longtemps, moi aussi ?

Alex rentre la tête dans les épaules en essayant de se faire oublier.

Les yeux perdus dans le vague, Edgar ne bronche pas.

– Tu vas appeler Savini ! Tu entends ? continue-t-elle, livide. Et sans perdre une minute ! Tu vas lui donner rendez-vous. Ma fille contre la mallette ! Et je viendrai avec toi la chercher ! C'est définitif et sans appel ! Tiens-moi au courant, mais vite, car sinon, tu auras beau garder les enregistrements, il y aura un tel feu d'artifice que la bombe que tu crois tenir entre tes mains ne s'entendra même plus ! D'ailleurs, ce ne serait sans doute pas plus mal, parce que si tu crois qu'il n'y a que Maréchal qui doit payer, tu te trompes, Levert ! J'ai fait ma liste et elle est longue, tu sais ! Très longue ! Du lampiste comme moi jusqu'au sommet ! Tu entends ? Ça va être un carnage, l'apocalypse ! Je ne plaisante pas, Edgar. Si tu n'appelles pas Savini tout de suite, et si tu n'obtiens pas ce rendez-vous, tu vas enfin comprendre de quoi je suis capable !

Elle se tourne vers Alex qui s'étrangle en essayant de finir son Calvados :

– Viens, toi ! On s'en va, maintenant !

XXX

Le rideau en trompe-l'œil s'est baissé dans une tempête d'applaudissements frénétiques sur le premier acte d'*Un bal masqué.* Les spectateurs, en tenue de gala, refluent vers le bar.

Devant l'Opéra illuminé, Samantha, soulevant sans gêne sa longue robe fendue de lamé, sort précipitamment de la limousine dont le joueur de polo vient de lui ouvrir la portière. Le skinhead jaillit derrière elle.

Même si les deux barbouzes, embarrassés dans leurs smokings étriqués, font des efforts pour être dans le ton, à l'évidence, les mondanités ne sont pas leur spécialité. Le skinhead essaie bien de prendre le bras de la jeune captive pour lui faire gravir plus vite les marches extérieures du théâtre, d'un brusque coup d'épaule elle se rebiffe fièrement :

– Toi, le scalpé, tu enlèves tes sales pattes, tu me lâches les branches et tu arrêtes de me matocher les mandarines ! Clair ?

– Oh, ça va, la raquette ! fait l'autre, vexé comme un dindon. Tu devrais plutôt nous remercier. On a eu du mal à te le trouver, ton textile ! Ça tape, non ?

– Connards !

La patience des deux hommes est mise à rude épreuve depuis quelques jours. Jamais personne ne les a insultés comme ça. Malgré tout, les ordres sont les ordres : la garder jour et nuit, mais avec ménagements.

Elle a d'abord été harcelée de questions. Elle n'a cessé de dire que la mallette se trouvait entre les mains de Magot. Ils sont allés vérifier et ont bien fini par comprendre qu'elle avait dit vrai. Sa mère serait bientôt relâchée si elle se tenait tranquille...

– C'est là que je dois la retrouver ?

– Puisqu'on te l'a promis ! Seulement, il y a un arrangement : alors, ne viens pas nous péter le concept !

– Vous voyez bien que je ne l'avais pas, cette mallette, ce n'était pas la peine de me gaver !

– Tu restes zen ! ordonne le nervi hors de lui. Tu fais ce qu'on te dit et tout se passera bien ! Mais, là-haut, t'as pas intérêt à te calter ; sinon, tu va déplaner plus vite que les deux bâtards qu'on a shootés l'autre soir !

– Hé, les cakos ! réplique-t-elle avec insolence. Vous commencez à me chauffer, depuis cinq jours, à me poursuivre comme ça en vous gonflant le berlingue !

Exaspéré, le skinhead lui fait avec trois doigts le geste de se taire.

– Oh, oh ! *Cool up* ! N'oublie pas qu'on tient ta mère, et n'essaie pas de nous ziber ! fait-il en entrouvrant sa veste pour laisser voir l'arme qui brille sous son aisselle.

– Range ton matos, Raymond ! réplique-t-elle. Tu dopes un peu, côté dessous-de-bras ! Et puis, tu devrais aussi changer de fumantes ou te laver les pingots si tu veux plaire aux dames !

Il fait mine de la gifler, mais son collègue, d'un regard appuyé, l'incite à plus de modération.

Une foule dense se presse dans la galerie. Un buffet a été dressé pour l'entracte.

Samantha a vite remarqué l'homme un peu chauve qui les observe : ce doit être Savini.

D'un signe de tête autoritaire, il indique à ses affidés la dernière colonne avant l'escalier, afin qu'ils y conduisent l'otage.

Un couple s'approche de Savini, qui se trouble :

– Monsieur le Conseiller, quelle merveilleuse soirée, n'est-ce pas ? Votre épouse ne vous a pas accompagné ?

Sans répondre, il serre distraitement les mains qu'on lui tend, tout en épiant autour de lui.

Les têtes se sont tournées pour voir passer Vandenberg, le directeur de l'Opéra, qui s'avance, précieux, en se tortillant dans un complet beurre frais, accompagné de deux exubérantes créatures en minijupe.

Au passage, on sourit et on murmure.

– Pas de danger qu'il y touche ! chuchote un jaloux.

Bousculant l'assistance, Maréchal, cheveux au vent, au meilleur de sa forme, a surgi pour rejoindre le groupe qui s'est rapidement formé autour de Vandenberg.

Après s'être fait présenter, il se penche pour effleurer des lèvres les mains des deux jeunes femmes.

Samantha attend près du pilier avec ses anges gardiens.

En voyant de loin le ministre pérorer avec les demoiselles, elle ne peut contenir sa colère :

– Ah, il est là, ce fumier ? Eh bien, je vais le digérer, moi, vous allez voir !

Elle gesticule pour se soustraire à la poigne des deux hommes qui la retiennent discrètement.

Maréchal s'est redressé en gardant dans la sienne la main d'une des deux vamps. A en juger par leurs sourires béats, les compliments semblent leur plaire, et, pour le vieux séducteur, les perspectives s'annoncent favorables.

Les yeux du ministre se détachent soudain des deux femmes et viennent croiser le regard de Savini qui s'est approché de lui.

Maréchal a changé de visage. Il est devenu inquiet et inquiétant.

D'un plissement de paupières, le conseiller le rassure.

A la sonnerie qui annonce le deuxième acte, les conversations s'interrompent, les cigarettes s'écrasent, les dernières coupes sont vidées à la hâte. Le ministre s'éclipse lestement avec Vandenberg et ses deux amies.

Par les portes des loges des retardataires, quelques bouffées des premières mesures du deuxième acte s'échappent déjà par intermittences.

– Putain, ça va durer longtemps ? fait Samantha, impatientée.

– Pourquoi, t'aimes pas la musique ? Laisse un peu sécher, tu veux ! réplique le skinhead, goguenard.

Les hommes ont été rejoints par Cheng, le garde du corps de Maréchal, lui-même accompagné d'un autre sbire.

En bas, Edgar Levert vient d'apparaître, maussade, la mallette à la main.

Il monte calmement les marches du grand escalier. Trois Africains à la mine renfrognée le serrent de près, précédant Alex et Catherine.

Lorsqu'elle aperçoit sa mère, Sam grimace pour ne pas pleurer. Elle esquisse un mouvement, mais, une fois de plus, les barbouzes la contiennent.

Levert s'est arrêté à mi-chemin.

La porte d'une loge vient de s'ouvrir et, de nouveau, des accents de l'orchestre envahissent brièvement la galerie.

Savini sort et vient prendre Sam, tandis que ses hommes et ceux du ministre se déploient, farouches, de chaque côté du double escalier.

Il s'avance prudemment en poussant devant lui sa prisonnière.

A cette vue, Catherine se raidit ; Alex lui prend la main.

Tout le monde s'observe pendant quelques secondes.

Finalement, Edgar fait un signe pour que Sam s'approche, mais Savini la retient par le bras.

Levert refait son geste tout en montrant la mallette.

A contrecœur, le conseiller, après avoir hésité, laisse enfin la jeune fille dégringoler librement les marches.

Les hommes de Savini sortent leurs armes et les pointent vers le groupe arrêté dans l'escalier.

Quand Sam veut se réfugier dans les bras de sa

mère, Levert l'arrête au passage et lui tend la mallette.

– Non, petite, prends ça d'abord ! Et va le remettre à ces messieurs !

Le visage tourné vers Catherine, la jeune fille remonte doucement quelques marches.

Aussitôt, Levert s'adresse à ses deux gardes du corps en inclinant légèrement la tête.

A ce signal, ils tirent prestement les pistolets mitrailleurs dissimulés sous leurs manteaux et, dans un fracas assourdissant, une fusillade s'engage.

En voyant le skinhead culbuter, Samantha a compris. Elle rebrousse chemin.

Levert récupère la mallette et dévale l'escalier.

De tous côtés flamboient des lueurs aveuglantes. Les balles ricochent en sifflant sur le marbre.

Les employés de l'Opéra, terrorisés, se dispersent en désordre, s'abritant comme ils peuvent, quelquefois en rampant. Une ouvreuse s'affaisse en beuglant.

– Foutez le camp, Bon Dieu ! crie Levert.

Un des Africains, touché, chancelle.

Pris de folie, Alex ramasse l'arme que l'autre serre encore et tire au hasard, en gravissant les marches pas à pas, en direction du joueur de polo qui bascule par-dessus la rambarde, puis de l'Eurasien qui s'effondre.

Levert agrippe Sam pour la tirer vers la sortie.

En voulant les suivre, Catherine est tombée tout à coup, sans comprendre.

Comme pour la protéger, Alex revient se coucher contre elle.

En bas, deux hommes de Levert continuent à

tirer en s'abritant derrière les statues de Gluck et de Lulli.

La chevelure de la jeune femme est étalée sur le marbre usé.

Indifférent aux coups de feu, Alex prend doucement sa main inerte.

Frémissante, elle souffle faiblement, en esquissant un sourire étrange et inachevé :

– Mystère...

Son visage se fige.

Il essuie d'une caresse le filet de sang qui coule de sa bouche.

XXXI

Calé à l'arrière de la Mercedes, Levert observe avec anxiété le visage blême et crispé de Sam.

Elle a perdu la rondeur enfantine de ses joues, des cernes accentuent la fixité de son œil morne.

Alex est de l'autre côté, livide, abattu et silencieux.

Dans le salon de l'aérogare, une hôtesse dépose des cafés sur une table basse où un titre s'étale en première page de *L'Indépendant :*

APRÈS LA FUSILLADE DE L'OPÉRA
SUICIDE DU MINISTRE MARÉCHAL !

Sam est en pleurs. Elle lance à Levert :

– Vous êtes content ? Ça ne vous a pas suffi d'avoir fait tuer ma mère ? Maintenant, tout le monde peut dormir en paix, n'est-ce pas ?

Le vieil homme baisse la tête.

Deux jours plus tôt, Alex a reçu un appel d'Hervé auquel venait de parvenir, sous pli anonyme, une cassette accompagnée de documents mettant gravement en cause le ministre de la Défense.

– Il n'y aura pas que lui ! fait Levert en posant

sa grosse main sur celle de la jeune fille. Ne t'inquiète pas !

Il marque un temps d'arrêt et soupire :

– Décidément, je vieillis, mes amis. Je suis fatigué. La cavale, c'est bon pour les jeunes !

– Qu'est-ce que vous allez faire ? demande Alex.

– Il paraît que les esprits ont changé. Alors, Tonton Edgar va parler ! Il en sait, des choses, et Maréchal ne sera pas tout seul !

Son visage s'empourpre, son regard clair s'obscurcit.

– Excuse-moi, petite !

Il leur a tendu deux passeports.

Sam feuillette le sien et sourit faiblement en hochant la tête.

– Catherine Duval ? Catherine Duval, c'est parfait !

– Vous allez voir ! dit Edgar en s'animant. La petite paillote sur la plage, les loups grillés que Maya, ma vieille cuisinière, sait si bien préparer ! Et puis la mer, le vent, les oiseaux...

Il dodeline de la tête et ferme les yeux un moment, puis se ressaisit en se levant :

– Bon ! A propos d'oiseaux, maintenant vous allez voir le mien ! Le gros zozio de Tonton ! J'en suis assez fier !

Alex ne peut réprimer un sourire.

– Oh, toi, c'est pas la peine de te gondoler ! bougonne Levert en le bénissant de la main. C'est pas ce que tu crois !

Les réacteurs du Falcon sifflent déjà.

En haut de la passerelle, Sam se retourne avant de disparaître à l'intérieur de la carlingue.

Alex s'efface pour laisser passer Levert. Mais celui-ci reste en arrière.

– Non, c'est là qu'on se dit au revoir, fils ! Cette fois, je ne suis pas du voyage. J'ai un rendez-vous. Prends bien soin d'elle ! Merci pour Spinoza... et pour le reste !

Alex le serre affectueusement dans ses bras.

Edgar reste longtemps à admirer son bel avion qui s'éloigne vers la piste d'envol jusqu'à ne plus distinguer, à travers la brume légère, que l'éclat vert et rouge des feux de position qui clignotent au bout des ailes.

Deux voitures se sont approchées.

Il monte dans la première qui démarre aussitôt. L'autre suit. C'est une voiture de police.

....

La vieille métisse au visage buriné tend un verre à Alex. En short, torse nu, la barbe naissante, il est assis sous un palmier, devant une table, à regarder mélancoliquement la mer où le soleil vient de s'abîmer.

– C'est quoi, ça ? demande-t-il, morose, en ôtant les lunettes qui découvrent ses yeux rougis.

– Maracudja, citron et curaçao. Recette Maya ! Pas besoin d'ajouter le gin là ! fait la vieille femme en enlevant la bouteille qui était posée à côté de l'ordinateur portable.

Alex s'est levé pour se laisser envelopper par les alizés en marchant jusqu'aux vagues.

Il vient de finir son livre. Catherine est son héroïne. Comme ça, il sait qu'elle ne mourra plus.

A l'horizon, on devine un îlot.

Une fragile silhouette est apparue sur le sable, de l'autre côté de l'anse.

– Catherine ! murmure l'écrivain en fermant les yeux.

Il n'entend plus que le clapotis des vagues.

Sam est devant lui. Elle sourit. Il écarte les boucles brunes que le vent a rabattues sur son visage.

– Tu veux rentrer ? demande Alex

– Non, je veux marcher encore.

– Je peux t'accompagner ?

– Je crois que oui, fait la jeune fille. Mais la route risque d'être longue.

Cet ouvrage a été composé par
PARIS PHOTOCOMPOSITION
75017 Paris

Impression réalisée sur CAMERON par
BRODARD ET TAUPIN
La Flèche

Édition exclusivement réservée aux adhérents du Club
Le Grand Livre du Mois
15, rue des Sablons
75116 Paris
réalisée avec l'aimable autorisation des Éditions Fayard

Imprimé en France
Dépôt légal : juillet 1999
N° d'impression : 6151W
ISBN : 2-7028-3752-2